BLOOD X BLOOD
血族传说

妖舟 著

敦煌文艺出版社

图书在版编目（C I P）数据

血族传说 / 妖舟著. -- 兰州 : 敦煌文艺出版社，2018.8
ISBN 978-7-5468-1583-1

Ⅰ. ①血… Ⅱ. ①妖… Ⅲ. ①科学幻想小说－中国－当代 Ⅳ. ①I247.5

中国版本图书馆CIP数据核字（2018）第161172号

血族传说
妖舟 著

责任编辑：赵 静

敦煌文艺出版社出版、发行
地址：（730030）兰州市城关区读者大道568号
邮箱：dunhuangwenyi1958@163.com
0931－8773348（编辑部）
0931－8773112 0931－8773235（发行部）

北京嘉业印刷厂印刷
开本 710毫米×1000毫米 1/32 印张 10.5 插页 1 字数 310千
2018年10月第1版 2018年10月第1次印刷
印数 1～10 000册

ISBN 978－7－5468－1583－1
定价：42.00元

目×录

第一卷　血之食

第二卷 血之欲

Chapter I Blood is Food

第一卷 血之食

I can't want it more…

我是如此渴望得到它……

1St Blood　玛雅预言说 2012 年是世界末日

2009 年冬天的一个中午，当高大胖坐在食堂里吃着她最爱的荷包蛋时，好友神秘兮兮地告诉她："玛雅预言说，2012 年 12 月 22 日是世界末日。"

高大胖嗤之以鼻。

因为这类预言实在太多了。从"1997 年人类完结说"到"千禧年末日论"，全球 1200 个宗教组织里，有 400 个都预言过世界末日。可人类还不是踩着种类繁多、花样层出的"末日"，年复一年彪悍地活着？

今次的末日论，跟往年的那些相比，除了声势浩大点，也没什么太大差别。那一年年底还出了一部以末日为噱头的片子《2012》，在各大影院很是风靡了一阵子。

当然，高大胖悲惨的高中生活并不受其影响。老师也没有因为人类要灭绝就少留点作业。该自习还是自习，该拖堂还是拖堂，数学题还是不会，荷包蛋依旧好吃。

然而谁能想到，三年之后，末日还真来了。

地震、火山爆发、海啸、陨石雨、气候大变、冰山融化、鼠疫、蝗虫、瘟疫蔓延……

人类大量地死亡，没死的也忙着自杀。

2012 年很悲伤，高大胖再也吃不到荷包蛋了，而且独自被父母含泪塞进了冷冻舱。

聪明人总会在危机到来之前留个后手，比如各国政府专为要员们准备的宇宙逃生舱——留下人类精英，以图种族延续！

愿望是好的，可惜存亡当前，计划全乱。这些专为科学家、运动员、艺术家之类的人类精英所准备的生存名额，大部分被当时能够提供生存物资的企业家和军派争抢了去。争抢需要实力，实力来自物资储备。军派可以调动国家存粮，企业家可以调动仓库存货，但真正的大头只能从民众身上搜刮。

在全球百分之八十的陆地塌陷，农田全毁，食物匮乏，物价飞涨到鸡蛋和钻石一样贵的时候，对苟延残喘的人类来说，一袋大米比一袋太空舱制造材料有价值得多。

究竟什么东西才能让普通人用救命粮来换一堆铁皮？

那就是生的希望。

掌握技术和太空原料的军派，与掌握生产线的企业，堪称天作之合。几大高科技公司开始大批量生产简易太空冷冻舱。同时积极向惊慌的民众灌输“虽然只能在宇宙里飘着，但人没死总有活下去的希望”之类无耻的洗脑内容。

而其成果，是显著的。

紧急赶制出来的冷冻舱粗制滥造，价格却高得离谱！但求生欲望让人们依旧愿意倾家荡产地加入抢购！然后，这些高额入账和囤积的米粮便被商家们拿去换取真正被写上幸存名单的资格。

至于老百姓，嗯，他们忙着为抢购到的劣质冷冻舱欢欣庆幸，没空监督资本家。

高大胖的父母用家里的 5 袋大米、3 根金华火腿、10 箱方便面和 20 桶纯净水给自己的独生女换来了一个冷冻舱。

高大胖知道那些是家里的全部存粮，所以她躺进冷冻舱的时候没有掉眼泪，而是很坚定地告诉泣不成声的爹妈："我一定会活下去。"

是的，当然要活下去。

否则对不起放弃了自己生存机会的爹妈，对不起10箱方便面，对不起20桶纯净水，也对不起5袋大米和3根金华火腿！

生活教育我们：钱，不能白花！

也许是这份小市民的抠门儿执念感动了宇宙。

也许是高大胖人品爆发。

也许是宇宙某种概率影响。

这个装着一个平凡地球人的冷冻舱竟然凑巧质量过关，在太空里避过上亿次流星雨，也没被卷进黑洞。在政府研制的逃生舱都毁灭在某次星际尘埃冲撞的情况下，这颗不大不小的生命种子，却在各种危险的夹缝间平安地漂流了上万年……

没人知道，这一切都应该感谢高大胖的身体。

其实高大胖不高、不大、也不胖，甚至本名都叫作高小小。

小小同志身高168厘米，体重58千克，带点发育期的虚胖，最多也就是个"圆润妞"的水平，离"高大胖"还很遥远。问题是她所在的高中位于江南某座小城，此地山清水秀、人杰地灵，少女们都异常娇小玲珑。一片150厘米上下的平均身高中，我们的高大胖如铁塔般鹤立鸡群、威武卓绝！

所幸，冷冻舱执行的是世界身高标准，不受娇小的江南人民限制。于是高大胖168厘米的身高刚好适合中号。而小号冷冻舱空间有限、设备不全，大号冷冻舱打薄凿空、偷工减料。从质量上来说，恰恰是中号冷冻舱合格率最高！这也就意味着存活率最高。

虽然在冷冻状态下，人体所有代谢降到最低，但经过上万年的漂流也还是有不少的能量消耗。如果高大胖是个时下流行的“柴火妞”，说不定早就皮包骨头地耗死在有如棺材的冷冻舱里了。而我们的高大胖同学，凑巧皮下脂肪够厚，富余的肉够多，漂个一两万年不是问题。到时候舱门一开，嘿！不仅没死，还苗条了！

宇宙用残酷的淘汰法告诉我们一个道理：吃胖点，活得长。

2nd Blood　妈妈，我被二十几个外星人看光了

“梵德”号其实是一艘走私舰，由萨恩星球一小伙蓝血族退伍士兵操纵着，上百年来流窜在萨恩星系和各大中立宇宙空间站之间，凭借丰富的经验神出鬼没地钻着各个星球管理上的空子，走私各种违禁物品到萨恩星的黑市上，卖作食物或者豢养用的宠物奴隶。

宇宙里的物种不计其数。由于长期地走私接触新奇货物，“梵德”号上的每一个成员都可算得上是半个物种学家了。而这次，这群见多识广的家伙，却没有一个人知道到底捡了个什么东西回来！

所有船员站在“梵德”号真空无菌室巨大的玻璃墙外面面相觑，船长大人皱着眉死死盯着无菌室中间那个小小的暗银色流线型冷冻舱。淡蓝色的透视射线多角度细致地扫过整个舱体，一幅立体透视图在玻璃墙上渐渐成形……

船员们终于忍不住瞪大眼睛惊呼：“人形骨骼？！”

“是血族！怎么会？！”

“我族怎会有漂流在外的子民？！”

“看那身形……还是个小孩子？”

“那个冷冻舱外层浮尘已经有上万年的积累了，也就是说这个生物在宇宙里漂流了上万年。我族能活上万年的只有圣血族。可是现存的圣血族十三氏族成员全部有记载，从没听说有这样一个人……”

“太不可思议了！”

“怎么会这样……”

“安静！”一直沉默的船长终于开口，冰冷的眼神威严地扫过所有下属，然后拍了拍投影墙上的透视图，“你们看仔细，这个东西的骨骼跟我们的并不一样！”

众人愣了愣，疑惑的私语声渐渐响起……

“真的，牙齿、指甲都不同……”

“啊，骨骼成分也不一样，密度、质量都有很大区别。”

“可是这形状也太像了，这到底是个什么东西？”

船长在渐渐变大的议论声中调整了一下光谱透析率。于是墙面的立体透视图上，冷冻舱里的生物从骨骼往外，一层一层的血肉筋脉渐渐显露，仿佛解剖台上的展示品一般，从内而外层层展现在众人面前……

“你们看清楚……不只是骨骼，肌肉的排列、内脏的组成、血管的分布，全都不同！”船长沉稳的声音清晰地回荡在宽敞的主舰里，“更奇怪的是，它的血液……从透析图上可以看出来，是红色的。”

惊呼声再次响起：“红血？！”

“真的是红血！”

“宇宙里只有圣血族的血是红的！难道这家伙真的……”

“可它根本就是另一种生物，跟圣血族也不一样啊！”

“究竟是什么东西？”

“而它的样貌……”船长顿了顿，轻轻将透视率调到最后一格，巨大的屏幕上那个备受争议的生物影像仿佛穿衣服般瞬间套上了最后一层皮肤……一个棕黑色头发、象牙色皮肤、两颊微红的少女闭目安静沉睡的样子，顿时浮现在所有人面前！

短暂却震撼般的死寂之后，便是一片哗然：“黑发！禁忌的半血族才有的黑发！”

“可它的肤色……”

“真的是人形生物，外表与我们几乎一样，内部构造却完全不同！太神奇了！”

“圣血族的血液，半血族的外形，异族的骨骼构造……”

“究竟是什么？这家伙究竟是什么？！”

现有的知识已经不足以解释面前这个奇怪的生物，而对方与自身的高度相似性又让众人的心情很是复杂，“梵德”号所有经验丰富的船员陷入了前所未有的困惑中……

“世上绝无仅有的人形未知生物吗？”船长大人终于露出了难得的微笑，盯着玻璃另一侧的冷冻舱，眼中闪着愉悦的金光，“兄弟们，这次我们发财了！”

其实“梵德”号船长的判断完全正确。

事实上，如果他们不是隔着无菌密封舱用透视射线扫描那个捡到的盒子，而是亲自走进去打开的话，就会知道，盒子里的那只稀有生物不仅很值钱，还很好吃。

可惜船长大人没有机会做这个发现者了，因为还没等到开舱解冻程序完结，“梵德”号就被包围了！

距离萨恩星球仅仅 15.43 光年的地方，“梵德”号返乡的航线上，幽深静谧的宇宙只在深处隐隐地闪动了一线流动的银光，一排黑色的隐形宇宙战舰便无声无息地瞬间收拢了包围圈！捕获射线锁链一般固定住“梵德”号的四角，干扰生物波和超辐电压同时顺着电缆流入，动力舱第一时间被爆破……仿佛落入陷阱中的孱弱小鸟一般，几分钟前还横行无阻、飞扬跋扈的走私舰“梵德”号瞬间瘫痪！

垂死挣扎的小型逃生舰从“梵德”号的阴影里悄悄潜出，试图四散逃亡的走私者却在看到黑色战舰上 M 开头的贵族徽章时纷纷丧失了反抗的意志……

“圣血族的标记？！不会吧……”

“M……竟然是莫诺赛特家族！该不会是那个布鲁赫侯爵吧？该

死的！”

“哦，天哪！真是倒霉透顶！”

“可恶，这次没希望了！究竟怎么回事？边防巡警居然有圣血族亲自出马？！”

“哼，什么都不知道吗？一群笨蛋。”意识到逃跑无望的船长大人索性丢开驾驶杆，点起一支尼古拉星特产的烟草，仰靠在驾驶座上缓缓地吞吐起最后的自由烟雾来……

“上次科斯蒂摩尔星际战役里，布鲁赫侯爵的最后一个族人死亡，现在整个莫诺赛特家族就只剩他一个了。要是不想被灭族，长老和亲王们就只能把他从前线调回来。估计他是在我们出发之后才上任的。没想到这么快就整顿了边防，竟连我们的路线也摸透了……先破坏控制枢纽的闪电战吗？不愧是圣血族有史以来最强硬的将军啊……这次真是失算了。”

船长大人在舱门被迫开启前捻灭了那支烟，自嘲道：“凭我们的所作所为，恐怕极刑难免。兄弟们，看来我们要 300 年以后再见了……”

出来混，总是要还的。

宇宙中最强悍的掠食者瞳孔微眯，黑色的鹰鹫收拢了利爪，再狡猾的毒蛇也无处可逃！

四散的逃生舰被有条不紊地挨个儿回收监控，“梵德”号主舰在军舰的胁迫下缓缓地在萨恩星着陆……

在闪着流光的黑色指挥舰里，那位被船长大人评价为“血族史上最强硬的将军”——布鲁赫侯爵大人，却把核查走私货物的麻烦工作统统丢给了手下，跨上自己的坐骑便离开了一片庆功气氛的缉私现场。

有什么好欢欣庆贺的？

对于一个更习惯于在战场厮杀的男人来说，没有两军交战，没有硬碰硬的对抗，没有鲜血和爆炸，没有死亡前的决绝和亢奋……这样的胜利实在不算什么。

自上任以来一直平静无聊的工作里好不容易揪出了这么一个暴力武装组织，对方却如此简单地束手就擒！实在让布鲁赫失望至极……

可是，对方会有这样的反应，其实也不难理解。

毕竟，对于没有死刑，极刑就是强迫沉睡的血族来说，犯罪分子跟国家机器拼命是没必要的，还不如乖乖服法，老实躺进棺材里，反正几百年的沉睡之后，醒来还可以从头开始。保护人口政策下温和的妥协与制裁，让一切激烈冲突被限定在不流血的范围内。

果然，国内治安是件很无趣的工作……将军大人郁闷地想。

他想念战场。

那里跟他的气味更合。

…………

另一边，某个刚解冻就被独自丢下的倒霉孩子也醒来了。

高大胖躺在冷冻舱里，睁着两眼，一动不动。

不是她不想动，而是经历了上万年的冷冻之后，长期停滞的肌肉全部处于轻微的萎缩状态，无论是力量还是反应速度都跟不上大脑的指挥，只能在高大胖的努力下发出微微的颤动……

从醒来后就躺在那儿抽搐的高大胖，花了很长的时间才用虚软的胳膊支撑着自己坐起来，然后喘着粗气靠在冷冻舱壁上打量四周……

这是一个纯白的空间，无论哪个方向都是一个颜色，没有阴影，也没有棱角，没有所谓的墙或者地面。这个没有任何参照物的世界，让人完全无法判断上下左右。

四周一片死寂，外面乱哄哄的围剿和逮捕声都传不进这个密封室，而清查走私物的工作只在仓库进行，巡警们并不知道隔离解冻舱里还躺着一个未知生物。

等到光着身子的高大胖能哆嗦着站起来并从冷冻舱里爬出来，那已经是很久以后了，久到让她冷得有些麻木的身体不得不注意到一件事——她饿了。

于是找不到出口也找不到食物的高大胖，默默地在冷冻舱上坐下，开始思考这个星球上有没有生物，以及它们好不好吃……

人类这种生物，就是因为这么彪悍、务实所以才很难灭亡吧？

漫长的时间在纯白中度过，高大胖同志的脑海中已经幻想出了几十种外星生物的形象，并构思出了上百种将之切、炒、炖、煮的传统中餐烹饪方法……

终于，一阵剧烈的爆炸声打断了高大胖的野性思考！

刺目的射线火光和带着烧焦的泥土气息的风猛然涌进！

刚刚那片柔白色的空间如马赛克玻璃般在眼前破碎倒塌……一队排列整齐、威风凛凛的黑衣战士气势惊人地出现在目瞪口呆的高大胖面前！

从四面八方飞来的蓝色摧毁激光射线像切豆腐一样从高大胖身旁交错而过！太空金属材料制作的冷冻舱瞬间被割得叮叮当当散落一地……

坐在仅剩的那块冷冻舱上的高大胖，僵直了……

妈妈，我被二十几个外星人看光了！

高大胖呆滞地想：好在对方是外星人。

而外星人的审美观跟地球人应该是存在着鸿沟的。搞不好人家根本不知道人类这种生物的哪个部位是胸，哪个部位是脸。

所以，三秒钟的僵持之后，高大胖干脆哪儿也没遮掩，转身就跑！

大胖同学的思路很清晰：

第一，对方手里有凶器；

第二，凶器都对着她；

第三，她不想死。

于是之前还手脚不便的高大胖同志，此刻便英勇地发挥出小市民的传统美德——在抱头鼠窜的时候总是格外灵活！

无敌神勇冲地出一层气泡般的薄膜的瞬间，高大胖的眼前豁然明亮！

三个月亮样的白色行星在半空中静静地挥洒着柔和的淡银色光芒，半个太阳若隐若现地掩映在缥缈的云层之后，连强烈的日光也被遮挡得朦朦胧胧……

大地一片白茫茫，厚厚的积雪覆盖了整个世界！

各种超出人类想象的奇形怪状的建筑物零星散落在大地的边界，仿佛背负风霜几百万年的孤堡，沉静地守候在世界的角落……

如此胜景让逃命的大胖同志也呆滞了一下，脚下一个趔趄便摔倒在了雪地上，松软的积雪被她压出人形的塌陷……

高大胖赶快挣扎起来，同时惊慌地回头看向身后……奇怪的是，身后的黑袍战士们居然没有一个人追出来！

肥皂泡一般的薄膜裹着“梵德”号被肢解的残骸和一群手持摧毁枪的黑袍战士。他们只是静静地站在薄膜的那一端，看着在外面跌倒的她，没有任何动作。黑色的金属面具上也看不出任何表情……

高大胖被这些高大肃穆的“雕像”看得有点发毛，爬起来跑得更快了……

另一边，目送其跑远的血族警卫队员们：

队员A：“它跑出去了，怎么办？”

队员B：“没想到它碰到隔离膜的时候居然一点反应都没有，普通血族应该会被那里面的神经毒放倒才对。”

队员C：“估计那家伙不是血族吧……”

队员D：“怎么会不是？人形哎，而且那头黑发一看就是半血族吧？”

队员 E：“你们不觉得它的长相和肤色都很奇怪吗？而且……”

副队长：“而且太阳明明已经升起来了，它还安然无恙。而除了圣血族，其他人是不可能在白天走到防护圈之外的。”

众人同时朝着在阳光下拼命逃窜的某人送去注目礼……

副队长：“喂喂？接应舰还有几分钟到达？这里需要一个分队的日行防护服！”

队员 C：“拜托，头儿。等接应舰赶到，我们换上防护服，然后再追出去，那家伙早跑了！”

队员 A：“放跑了走私货品，队长会杀了我们的……”

队员 B：“那有什么办法？不然你们出去追？”

队员 A：“开玩笑……”

队员 C：“我可不想化成灰烬……”

副队长：“行了，别担心，我们会追上的。那只生物的移动速度你们也看到了，不是吗？”

众人：“……说得也是。”

全员默默地向不远处雪地里笨拙地摸爬滚打的某人投去怜悯的目光……

…………

赤足踏在未知土地冰冷的积雪里，高大胖几乎要冻僵了！

她只能用双臂紧紧地抱着自己保暖，行进的速度却越来越慢……

好冷，真的好冷。

身体抖得停不下来，牙齿“咯咯”地撞在一起，胃里空空的没有任何热量，手脚已经冻得紫红肿胀，赤裸的肌肤与冰雪直接接触，每一步都像走在刀尖上……

这里到底是什么地方？

为什么只有无边无际的雪地？

那几处城堡一样的建筑竟是这么远吗？

双腿已经迈不动了，距离却仿佛一点也没缩短……这样下去，大概没等自己走到那里就会被冻死吧？

不想死，不想就这么死去。

高大胖一边蜗行着一边念念有词地嘟囔着……

上帝啊，您老人家如果真的存在的话，就赐我一条生路吧。我知道地球爆了，您老也失业了，这年头谁都不容易，我要求不高，给条毛毯就行啊……

高大胖的祷告词未完，一声不知名动物清亮的长啸便突然划过黎明的天空！接着，一片从天而降的巨大阴影瞬间笼罩了雪地里垂死挣扎的她！

高大胖惊诧地仰头看天——毛，毛毯吗？

不，等等，她看到了什么？不会吧？

3rd Blood　骑着黑龙的不一定是王子

（注：从本章起【 】内为地球语言，“”内为萨恩星语言。）

那从天而降的庞大身躯，和黑蟒一样的鳞片，巨大的利爪，头上尖锐的角，脊背上的一排骨刺，以及那对张开时可以覆盖半面天空的骨翼……

这是一条……龙？

仿佛回应没见识的小市民那震惊的情绪一般，那条黑龙昂首骄傲地又咆哮了一声，便以滑翔的姿势直朝着高大胖俯冲了下来！

也许是被这种传说中生物的气势震慑住，也许是脚冻僵了真的动不了，也许是被对方那展开后内侧颜色竟如渐变的海洋和绿叶的魔幻翼翅迷惑了，高大胖一动不动地站在原地，呆呆地看着那条龙落在了自己面前……

对方拍打的巨翅扇起一片雪雾！而浮起的雪花又被巨龙粗重的鼻息瞬间融化，变成了朝阳下闪亮的点点水色……于是高大胖眼前的一切仿佛经过电影特效处理的镜头一般，亮晶晶、雾蒙蒙，非常梦幻！然后，在梦幻特效里，帅气黑龙的背上，一身利落的黑衣黑袍、银发飞扬的英俊王子，出现了……

高大胖向上帝要一块毛毯，上帝却扔给她一个黑龙王子。

所以说，不管是人还是神，果然只要长期赋闲在家就容易老年痴呆……

黑龙王子站在龙背上傲然地俯视过来，看到高大胖的瞬间便敏捷地从高高的龙脊上一跃而下！黑袍翻飞，稳稳落地……

高大胖掉头就跑！

开玩笑，这厮的衣着打扮和脸上的金属面具跟那群黑衣战士一模一样好吗？虽然手上没拿武器，但人家是骑龙来的好吗？明显高了一个段位啊！搞不好捏死她连凶器都不用！

可惜大胖同志这次的逃窜却没了上次的幸运，还没迈出第三步，就被扑倒了！

这是真正的扑。有如饿虎擒食，凶猛、果断、稳、准、狠！

尽管有厚厚积雪的缓冲，高大胖的下巴、膝盖、手掌还是被狠狠地撞青、磕破了……因为事发突然，撞击猛烈，这笨孩子还不幸咬到了自己的舌头，一股铁锈味和刺痛顿时弥漫了高大胖满嘴……

扑倒高大胖的黑袍男人在压住她的瞬间忽然浑身僵硬地停顿了一下，接着猛地把面具掀了上去！一把将她整个人翻了过来！拽起她流血的手臂，便在伤口处狠狠咬了下去……

吸吮血液不算，连溅在皮肤上零星的血点也不放过地寸寸舔去……

大胖同志被疼痛逼出来的眼泪在眼眶里转了两转，还没来得及掉下来就被吓了回去！

他舔我？

还咬我！

啊啊啊啊，这个外星人吃人！

吃人的黑龙王子飘逸漂亮的银发在寒风中带着几分嚣张地飞扬在脸侧。从高大胖的角度，只能看到发丝掩映下对方那坚毅的眉骨，狭长上挑的眼睛，长长的睫毛，薄削高挺的鼻梁和色泽过于血红的嘴唇……

虽然以地球人的审美来说，这是个挺好看的男人。

可是，实在吓人！

被对方抓住的手臂冷得彻骨，明明是两个人形生物在一起，可高大胖就是觉得自己好像被毒蛇盯上的青蛙，本能地感到身为食物的恐惧……才试图悄悄地后退一下，就立刻被对方卡着喉咙按住！

男人微微抬眼，恐吓性地看了乱动的大胖一眼。

跟对方的瞳孔对上的一瞬间，高大胖吓了一大跳！红色的！居然是血红色的眸子！那样的眼神跟野兽没有两样！好可怕！这家伙绝对不是人类！

嗯？等等。

银发红瞳，这个特征描述好像在哪里见过。

苍白的皮肤，阴冷俊美的长相，再加上吸食鲜血……呃，该不会是……不会吧？现在是白天啊……高大胖这回是真的背后发寒了，眼角的余光开始忍不住瞄向对方唇边的牙齿……

而男人已经顺势整个覆了上来，舔着嘴唇寻找新的伤口，并很快瞄上了高大胖蹭破皮的下巴……黑袍笼罩的小空间里，男人低头慢慢舔舐、细细摩挲的动作，让光着身子的人类少女十分不自在。而对方强壮的身体，过重的压制，强力的禁锢和撩得她脖颈发痒的发丝，都弄得她万分难受……男人军装上的金属扣和勋章硌得她生疼，背后冰冷的积雪几乎要凝结在她冻僵的背上！明明被拥在怀里却感受不到一丝温暖，高大胖终于意识到不是自己冻僵了反应迟钝，而是对方根本就没有体温！

没有呼吸，没有心跳，没有体温的僵尸……于是，果然是，那个吗？

高大胖几乎要泪奔……

伤口里流出的血液很快被一扫而光，对方显然并不满足，冰冷的手指摸上了大胖同学白嫩嫩、热乎乎的小脖子上的大动脉！

高大胖顿时汗毛倒竖！颤颤巍巍满眼含泪地瞄向男人唇角渐渐露出的尖牙，哆嗦着说了一句废话：【我……我不好吃……】

对方显然不这么认为，一边埋首颈间贪婪地吸着湿润鲜血的气息，一边迷恋地舔着包裹着微微跳动的血管的薄薄肌肤，轻眯着眼睛的表情无比陶醉……

这个享受美食的陶醉表情在身为食物的高大胖看来格外惊悚！

要被吃掉了，要被吃掉了，要被吃掉了，啊啊！

自己变成一具干瘪凹陷、血液被抽干的枯尸的样子瞬间浮现在脑海，高大胖恐惧了！咬牙拼命挣扎，却被对方铁一样的臂膀固定得纹丝不动……眼瞅着对方的血牙已经压在了自己的脖子上，凉凉的尖锐触感让人全身发麻！高大胖同志高度紧张，大脑一片空白！

然后，她在这段空白里做出了一个双方都没想到的举动……

她先咬了他一口！

子曾曰，人不犯我我不犯人，人要咬我我先咬人！（子：我没曰。）

对方的脖子就在高大胖的嘴下面，所以这个动作大胖同学做得十分顺畅，也十分狠辣！可是，等她松开口，却诧异地发现对方那苍白的皮肤上连牙印儿都是浅浅的，更别说破皮了……

我明明，用力用得牙都酸了……高大胖难以置信地想，这家伙的皮究竟是什么做的？

高大胖这一口虽然阻止了男人咬下去，可也彻底激怒了对方！

男人抓着她脖子的手猛地收紧！瞬间伸长的指甲割破了脆弱的肌肤！新的鲜血顺着细小的伤口淌了出来……

“你竟敢咬我……”男人低低的沙哑的声音饱含着杀意！方圆 10 米之内顿时连鸟叫都没了，一直在旁边喷气的巨龙此时也团成一团，敛声息气，高大胖闭紧眼睛、浑身哆嗦……

就在大胖同志以为小命就要不保的时候，一队从天而降的翼龙部队却意外地冲进了行凶现场！

“布鲁赫队长！”

“队长！”

终于穿上日行防护服追上来的队员们，诧异地发现巡警队在找的逃犯和他们的队长居然出现在同一个地方！而且似乎已经有一腿了！（并没有。）

“队长，原来您在这儿！咦？太好了，您已经抓住那只生物了吗？不愧是队长啊……”

“呃，队长，您听我解释，这个，我们只是一时大意，没想到它不怕阳光，才让它跑出隔离膜的……”

“嗯？奇怪，你们有没有闻到什么味道？”

“真的……好香甜……是什么？”

“是血！血的味道！”

“啊，是血……”

“是血呢……”

跳下翼龙，渐渐走近两人的战士们，眼神瞬间改变了！仿佛受到某种蛊惑一般直直地朝着味道的源头涌来……

被称为布鲁赫的男人看了一眼包围过来的其他血族，伸臂展开黑色的斗篷，将怀里的小小人类从头到脚地裹了进去，密密地包好抱了起来，转身走向自己的黑龙。

身后的队员们却不依不饶，追问不休：

“是血的味道……”

“好甜美……在哪里？血在哪里？”

“队长，刚刚您也闻到了吧？是上等的血……”

布鲁赫的脚步顿了顿，头也不回地喝道：“退下！”

高一级的命令让队员们停住脚步，不敢再追问，恭敬地后退。

几乎被闷死在不透气的黑色斗篷里的高大胖，手脚都被裹住动弹不得，只有用脑袋拼命地拱来拱去寻找突破口，刚一露出鼻子、嘴巴，便迫不及待地大口呼吸！

“咦？又出现了……”

“血的味道，是血的味道……”

被喝止的战士们再次蠢蠢欲动，虎视眈眈地盯着队长大人的方向……

布鲁赫恼火地把怀里不听话的小脑袋强行按回去，低声掩饰：“我受了一点伤而已，不要大惊小怪。”

“咦？是吗？原来是队长的血……啊真是失礼了。”

“啊啊，圣血族的血，味道这么香甜吗？我第一次闻到……”

“我也是……啊，队长请注意身体。”

队员们的讨论和讨好，布鲁赫统统没注意，只忙于把怀里那呜呜叫着挣扎着往外拱的脑袋强行按回去！漫不经心地应了两声，便打算跳上龙背赶快离开这块是非之地，却被自己的副官表情严肃地叫住。

“队长，恕我直言，您怀里那个生物并不是血族。”拎着“梵德”号调查资料的副队长科勒谨慎地开口。

“我知道。”布鲁赫一脸无所谓。没错，尝到这家伙血液的一刹那就知道了，血族不会有这样的味道。

“既然知道，我恳请您不要轻举妄动。毕竟那是未知的生物，如果碰巧它的血液像半血族一样含有剧毒就糟了。”

“科勒，我一板一眼的副队长，从前可没见你关心过我的死活。”布鲁赫冷哼，“这话是长老会暗示你来说的吧？担心我死掉，莫诺赛特家族就会灭亡，是吗？”

科勒副队长并没否定：“的确如此。不过我恳请您别动它，不全是为了您的安危，还有一部分是因为这个生物本身。侯爵大人……长老会收到调查报告后，对这个跟血族高度相似又十分不同的生物很感兴趣，已经下达了将其立刻运往帝都的指令。而且这个指令……是来自辛摩尔大人。”

布鲁赫回头看了他的副队长一眼。狡猾的家伙，这种时候就抬出布鲁赫侯爵的头衔来提醒他遵守血族的秩序了。

长老会的命令吗？

长老，亲王，公爵，侯爵，伯爵，子爵，男爵，骑士，平民。

血族里，地位代表一切。

是力量和财富的象征，也是存活时间的标志。

下级服从上级是绝对的秩序。如果违背，便是与整个血族为敌。

没有人能逃脱制裁。

“我知道了。”黑袍男人点点头，抱着手里的生物跳上龙背。黑龙扑打着翅膀仰头长啸，在一片雪雾中腾空而起！

“侯爵大人！”科勒副队长焦急地仰望着龙背上的男人。

“我会把它送去帝都。”

远远的天空中，抛下一句冷冰冰的回话。

朝阳被巨龙的翅膀遮住，地面上的战士们目送着黑龙上的男人在天地的昏暗间离去……

“刚刚那个味道，不是队长的血吧？”一位跟布鲁赫一起调任的队员轻声嘟囔，“从前跟队长在前线的时候，见过他受伤的样子。圣血族的血的确很香，但怎么说呢……应该说是虽然闻起来就知道是极品，但头脑还是冷静的。可是刚刚的味道，却是一种让人丧失理智的香甜，好像有蛊惑力一样，让人瞬间就进入掠食状态……”

“的确。”科勒副队长苦笑，低头看看自己还没缩回去的指甲，“那是那只生物的血吧？”

众人忍不住望向载着那只生物的黑龙消失的方向……

“这下，帝都要乱套了……”

…………

被裹在斗篷里抱走的高大胖开始很严肃地思考一个问题——这群外星人到底在说什么？

本来她是很有信心自己绝对听不懂外星话的，但是从刚刚那一大群黑衣战士的对话里，她居然听到了一些熟悉的单词！

比如，You，比如，Blood。

高大胖虽然英语月考常不及格，但托福于爱看美剧，爱听英文歌，她的英语听力还是不错的。

所以说……难道这群吸血鬼是说英语的？

可是除了几个单词，大部分句子大胖还是听不懂的，而且他们说话的发音和语序似乎也跟英语不太一样。莫非这群吸血鬼是在使用某种类似于英语的语言？比如古英语加点拉丁文之类的？

想到这里，高大胖竟然莫名地产生了一种亲切感。

啊啊，地球的语言呢……在那颗星球已经消失，自己孤单漂泊在浩渺宇宙的现在，在一片陌生中醒来之后，竟然能听到故星球的语言，好感动……

于是自认为本是同根生、老乡见老乡的高大胖同学，开始试着与这个外星生物沟通。

从密实的黑斗篷里拱出半个脑袋，高大胖抻着脖子仰视着正在驭龙的男人，试探着小声问：【那个，侃……侃油斯比克……英格丽许？】

懒得搭理人的布鲁赫大人："我听不懂你在说什么，不要把头伸出来。"

因为听不懂而无知无觉、再接再厉的大胖同志：【麦内姆意子高小小。号……号阿尤？不，不对，我记得老师说过初次见面应该先说号杜有杜，嗯，还是该先说奈死兔米特油呢……嗯，那个，奈，奈死……】

"够了，闭嘴！"布鲁赫大人终于决定不再姑息这种噪音，掀过斗篷将高大胖整个脸包进去按在怀里，"你嘴里有伤口，呼吸就会带出血腥气，不想我现在就吸干你的血，就给我老实藏着不许出来！"

男人的表情是冰冷的，眼睛是血红的，牙齿是尖利的，口气是凶恶的。

而高大胖，自然是没听懂的。

但是弱小动物的本能让她从对方的口气判断出来，自己的小命，有危机。

就像之前对方卡着她的脖子低喝“你竟敢咬我”的时候一样，虽然没听懂，但大胖同志清晰地感受到了扑面而来的捕食者的杀气！于是她彻底老实了……

可是人类作为一个建立在呼吸系统上的物种，是没办法长时间闭气的。于是片刻之后，耗净了肺里最后一口“存货”的高大胖还是忍无可忍地钻了出来……

这次是憋得狠了，实在缺氧得厉害。冒出头来的高大胖只觉得头晕眼花，鼻子、嘴巴能进气的都往上用，拼命大口大口地呼吸着……

被这样甜美的血气引诱着，身为一只吸血鬼，对方终于忍无可忍了！

低头堵上怀里小生物的嘴巴，舌头毫不犹豫地伸进来，舌尖相触，细细地舔去零星的血，然后意犹未尽地纠缠吸吮了个遍，那种用力程度颇有些把嘴里的东西嚼烂了吞下肚的意思……

高大胖开始担心舌头的安危。

可是牙没人家长，力气没人家大，咬人没人家嘴熟，大胖同志只能惊恐地张着嘴巴等着对方见好就收，自己退出去。

可惜，不管是在战场上还是床上都习惯了攻城略地的前将军布鲁赫，没有中途鸣金收兵的习惯。一只手驾驭着黑龙，一只手抱着美味的小生物，布鲁赫这个类似于品尝甜点的吻没有停止，只有升级……

小生物血液里那种弥漫到骨髓里的香气，让他的瞳孔渐渐转向亢奋时的金色，血牙也慢慢伸长，微微眯起眼睛，迷恋地舔舐着，他想要更多……湿润的、甜蜜的、滑腻的血液流过喉咙，是最极致的享受。只要，只要他咬下去……

4th Blood　学好中国话，走遍宇宙都不怕

“吡……吵……布鲁赫，我的孩子，你到帝都了吗？”通信器里突然冒出的苍老声音，让沉迷于人类血液芬芳的吸血鬼大人瞬间清醒！

嘴唇稍稍离开怀里的美食，布鲁赫顿了顿，平复了一下亢奋的状态，才接起通话。声音不禁有些咬牙切齿！

“喂？辛摩尔大人，您从不用通信器联络我，为什么故意在这时候……”

“呵呵……优秀的将军要懂得服从命令和适可而止。你引以为傲的自制力到哪里去了，布鲁赫？”

“辛摩尔大人，您竟然用水晶球偷看……”

“请称之为占卜。”

“……”这个死老头！

“你现在一定在心里咒骂着‘这个死老头’对吧？”

“……”

“呵呵呵，布鲁赫，我的孩子，我太了解你了。把桀骜的雏鹰训练成优秀军人的人可是我啊……”

“那又怎么样，反正以后我大概只能待在无趣的边境巡警队或者更无趣的侯爵城堡里，永远不能再上战场了。您的心血全部白费了。”

“别这么悲观，我的孩子，科技一直在进步，也许我们很快就能找到延续种族的办法了。只要有新的族人出生，你就可以回到战场上，不是吗？”

“我不要克隆人。”

“我说的当然不是克隆人。”

“没用的，血族无法生育后代。几百万年来的科技都无法解决这个问题，未来也不会。血族的女性没有生殖用的卵子，这是全宇宙都知道的事。你们不可能造出根本不存在的东西。”

“布鲁赫，我的孩子，这世上没有不可能。”

“辛摩尔大人，从我有记忆以来，您就在研究血族生育的工程，为什么您对这个从古至今只有失败从未成功的科学这么有自信？”

“布鲁赫……你知道吗，如果真的无法生育，那么我们血族的存在，本身就是不自然的。在这个宇宙里，没有无法繁育下一代的种族。一个也没有。无论这个种族多么长寿也一样。不能产生新生命的种族，只能慢慢地面临灭亡！我坚信上天并没打算让血族灭亡，那么就一定有产生下一代的关键。只是我们还没有找到而已。”

“我只希望您能在十三氏族全部消亡前找到办法。”

“呵呵呵……布鲁赫，你有没有想过，血族的十三氏族是从哪里来的？”

“圣墙上篆刻的传说里说……是该隐的后代。”

“不错，虽然只是传说，但我们也是某人的后代，不是吗？那么你有没有想过，我们是该隐和谁的后代呢？”

“辛摩尔大人，我没有兴趣跟您探讨古代神话。”

“哦，别小瞧了神话传说，我的孩子，那些代代相传的只言片语都是‘来自远古的真实’。有关圣血族的繁衍，只有这个传说里涉及了‘父辈’或者‘后代’之类的字眼，我认为繁育新生命的关键就在这里。”

“也许吧。可我不相信推测，我只相信结果。”

关掉通信器的布鲁赫站在飞翔的龙背上遥遥眺望着远方大地上渐渐显露形状的帝都……

新的生命吗？如果真的有的话……

…………

高大胖被研究了。

很科学，很细致，从里到外，从血样到骨髓，研究个遍。

当然，她并没有被剖开。因为第一，这个星球的科技已经发展到了不再需要切开看横截面的程度；第二，只不过是小小地抽个血样，血族实验室里就发生了一场规模不大不小的暴动！可以想见，真要是血淋淋地切切割割一番，那后果是多么不堪设想……所以长老院紧急叫停，并很有效率地在当晚就公开发布了最新研究结果。

整个帝都的血族，有头有脸的人物都收到邀请函，莅临长老院学术大厅聆听长老会科学院的发布会。

在高大胖浑身赤裸地被纤细的电击线固定在透明棺材里推上展示台的时候，瞬间明白了那些被人类研究的珍稀动物的心情……她被很不人道地塞进一个可以360度全方位观看的透明展示盒里，脖子上被戴上一个小小的项圈，那上面的感应器可以随时将她身体的各项指标传输到展示厅的大屏幕上。

“体态特征：身高168.2厘米，体重49.3千克，毛发黑褐色，瞳孔黑褐色，皮肤贝珠色……肌肉无力，攻击性极低……”

辛摩尔长老在台上指点着激光投影屏语气平缓地做着说明。带着华丽刺绣的袍角随着他的动作不时拂过一尘不染的水晶地面。血族一向喜欢奢华的衣饰，在座的所有人也个个是香衣美鬓，配上血族那几乎是全民美型的脸孔，光华亮丽、熠熠生辉……晃得展示台上那只朴素的地球生物高大胖，顿时黯然失色……

“从体型、雌性激素和拥有子宫这几点上来看，这个生物是雌性。当然，按照一贯的规矩，我们已经进行过这个生物的卵子与血族精子的配对试验，很可惜，受精卵虽然形成了胚胎，却几乎是立刻死亡。”

说到这里，一直激昂指点的辛摩尔长老看上去有点泄气……

“说实话，我个人其实对这次试验抱了很大的希望。因为这个生物的样貌跟宇宙历史中记载的地球人十分相似。没错，地球，就是那个传说中血族祖先该隐居住过的星球。”

大厅瞬间变暗，宇宙模拟立体投影照射在整个大厅。辛摩尔回手按下遥控器放大了大厅角落的太阳系，赤色恒星旁边已经变成死寂灰色的蓝星浮现在众人面前……

“由于这个星球的地理位置十分奇特，星系外围又有几乎不可逾越的陨尘风暴和宇宙黑洞的阻隔，从古至今罕有舰队能够到达，宇宙历史中向来对其记载稀少。再加上一万年前这颗行星就已经毁灭，关于它的研究几乎同时毁于一旦。我本来希望这次能从这个地球人的身上找到血族繁衍的线索，结果却一无所获……”

辛摩尔长老揉了揉鼻梁，叹口气，关上了星空投影，走回演讲台继续讲解：“不过先生们、女士们，幸运的是，通过一个小小的实验室意外，我们倒是有了其他意外收获，实验室发现，这个生物的血液，对我们来说有着致命的吸引力！

“诸位请看屏幕上的数据，它的血液所含成分十分特别，构成方式更是前所未见！这种血液与圣血族具有能量的血液不同，与半血族充满毒素的血液和蓝血族淡而无味的血液也不同。至于我们平时批量养殖的艾尼玛的血液，更是不能与其相提并论！就连堪称世间美味的曼娜提人鱼血也无法与之媲美！”

说到这里，辛摩尔长老有点激动地整了整衣领，然后总结：“所以，从这种血液对我族的吸引力，以及闻到其味道时血族潜意识里的熟悉感来推测……如果血族的祖先真如传说中所说的那样曾经居住于地球的话，这种生物，很可能就是当时血族的主要食物！”

台下的贵族们一片哗然……一时间众人望向某个地球人的目光顿时热切了起来，隐隐带上了一些期待美食的饥渴！

"体温……内脏……死亡临界点……"

台上的汇报还在继续，可高大胖已经什么也听不见了。

从醒来到现在，滴水未进，不仅在雪地里长途跋涉，还又受伤又失血。虽然伤口被那只奇怪的吸血鬼舔了之后就愈合了，但被舔走的血也回不来了，更何况后来还被抽走了一大管做研究……

大概是因为吸血鬼没有体温，对周围温度的变化并不是那么敏感，取暖所用的空调之类的就别想了，大冬天的半夜最冷的时刻，这座宫殿的窗户居然还四敞大开着！光着身子躺在冷冰冰的透明棺材里又冷又饿的高大胖，被冻得浑身发抖意识不清，早就在长老大人喋喋不休的科学汇报里陷入了一种半昏迷的恍惚状态……

从科学上来讲，这种状态类似于死亡前的一瞬间，或者深度睡眠时最甜美的梦境。

在这个美梦里，高大胖的妈妈给她煎了一个荷包蛋。

而且那天她的数学统考卷子及格了。

周末，班主任留的作业居然不多，她终于有时间跟"损友"结伴去影院看新上映的大片。

大片的名字她忘了，但故事里，地球毁灭了。

啊，是的。

地球，早就毁灭了。

没有妈妈，也没有荷包蛋；没有老师，没有"损友"，也没有数学考卷。

只有她自己活着。

被当作标本一样钉在展示柜里，供玻璃外面的生物随意参观。

爸爸妈妈，我好冷，我好饿，我好难受，我不要这样……

拜托谁来把我救出去吧，拜托带我离开这里……

激光屏幕上生物监控的苯乙胺浓度迅速减少，脑内啡和肾上腺素也出现了大幅度变化……辛摩尔长老诧异地回头，尚未来得及判断这个生物究竟怎么了，就被一道黑色身影飞快地挡住！

那身血色翻飞的斗篷还未飘落，水晶透明棺材已经被一拳击碎！仿佛拨开蛛丝一般轻松扯断禁锢的电击线，单手抱起棺材里浑身冰冷、双目紧闭、脸色苍白的地球少女，来人锋利的指甲"啪"地挑断她颈上的项圈，微微低头，血牙伸出，跳动的颈脉瞬间没入口中……

大厅里在座的血族都被这突如其来的变故震惊了！

而血管被咬开的一刹那，人类独有的带着奇妙馨香的血味便飘荡在整个大厅！混入了圣血族初拥的时刻特有的激素气味，变成了一种扭曲但极其诱惑的香气……让所有血族仿佛陷入了一种享受的、迷幻的甜美空间里，无意识地、默默地看着整个初拥仪式直到结束……

银色的发丝流淌过黑夜般的长袍，红色的唇，白色的牙，艳丽的血，仿佛瞬间盛开的妖冶蔷薇！鲜血带着生命的气息蜿蜒而下，爬过苍白的手指，淌进干渴的喉咙……唇离开后留下的暧昧齿痕，是嗜血者的痕迹，圣血族的标志，宣告绝对的所有权！

"那么……"薄薄的唇带着志在必得的微笑，男人抱起昏迷中的小小，神态傲然地起身，"依据血族的规矩，现在这个孩子是我的了。"

终于回过神来的辛摩尔长老，望着来人肆无忌惮甩袍离去的背影，头痛抚额："梵卓亲王，你真是太乱来了……"

台下已经站起身的布鲁赫愣了很久，最终缓缓坐了回去……

…………

高大胖并没有变成吸血鬼。

萨恩星球血族的初拥，并非地球吸血鬼传说里那样"把人类变成吸血鬼的仪式"。准确地说，这里的初拥更像是做个标记。在中意的对象身上留下血牙的齿痕和自己的激素气味，以此宣告所有权的意思。

就像是上幼儿园的时候大家抢苹果，抢到手就先啃一口，留个牙印儿，留点口水，表示这个苹果已经有主了。

高大胖，现在就是那个被咬了一口的苹果。

“苹果胖”醒来的时候，觉得身体温暖了很多，但身下的触感很坚硬，不像是在床上的样子。而且四周一片漆黑，伸手不见五指。大胖同志摸索了很久才弄明白，自己好像被关在一个盒子样的东西里了。联系吸血鬼的生活习性，她猜测，自己现在大概躺进了棺材……

房间中央的泰坦木棺材里传来的微弱的窸窸窣窣声和笨拙的笃笃敲打声，打断了房间里另外两个人的学术对话。

“哦，我们美味的小鸟儿醒来了吗？”高脚椅上一身纯洁的白衣却全身上下都散发着性感女王气质的兰卡，优雅地放下穿着诱惑黑丝袜的大腿，撩了一把迷人的黑发，然后面带着诡异笑容走向棺材，细长的手指扣在棺盖上轻松一抬，便将大胖同学废了九牛二虎之力也推不开的沉重棺盖整个掀了起来！

“晚安呐，好吃的小女孩。”兰卡美女优雅地微笑，露出两颗闪亮锋利的尖牙……

突然迎来外界光明的高大胖，还保持着推棺盖的姿势，愣了一下，瞳孔慢慢聚焦，好一会儿才终于看清面前的女人和她的牙。

啊，美女！

哦，是吸血鬼……

面前的美女吸血鬼，清了清嗓子，开口说：“I believe we need a self-introduction first. My name is Lanka Yuan Glandis. From now on I'll be your personal doctor and language teacher. I hope we can have a good time together... I know you are wondering why I can speak the language of your planet. To be honest, it's also a surprise to me that your language has so many similarities with ours..."

美女吸血鬼那优美的红唇里一开一合地吐出一长串流畅的英文，发音古典，咬字漂亮。

而高大胖，一句也没听懂。

确切地说，她是听得半懂不懂。因为第一，对方的话里有不少生词；第二，她听了两句以后才判断出对方是在说英文，而等她拿出英语月考的气势开始聚精会神仔细听时，对方已经说完了……

于是二人大眼瞪小眼，气氛尴尬地静止……

"怎么回事？"见大胖没有反应，兰卡疑惑地调出她通宵不睡整理出的地球通用语文档，纤长的手指在蓝幽幽的光触屏上"哔哔"猛按！

"为什么没有反应？根据宇宙历史上那少得可怜的记录，地球的通用语言的确是English没错啊……虽然那次在蓝星着陆的阿基奥勒-G宇宙考古队送回来的记录混乱又白痴……啧，一万多年前的水平，也不能对他们要求太高了……但记载里的语言采集部分做得还是不错的，难道因为时间太久远，地球语言体系已经进化到新的用法了吗？！"

"咳，那个……有没有可能是兰卡你的发音有问题？"一直沉默地站在背景里的管家西里大叔好心地提出另一种可能性，"不管怎么说，三天两夜恶补起来的未知语言，不可能运用得那么正确吧？"

精致的光触屏被纤纤细指按爆！

兰卡美人缓缓回头，阴森森的声音飘向管家大叔："你是在质疑我身为语言学者的能力和尊严吗，西里·凡·纳普鲁斯大人？"

"不，不敢……"管家大叔的身影，在知识分子彪悍的斗气下默默消散……

"嗯哼哼……别说是跟我族语言有如此众多相似处的简单语系了，就算是包含着大小舌音加双重辅音的拉癸枝星语，我一样是在一周内学会，三个月内精通，不是吗？这个宇宙里没有能难倒我的语系！”

这个宇宙里的确没有能难倒身为语言学家、异种生物学家、民俗学家和考古学家的兰卡的语言。问题是，能难倒高大胖的语言多得是。

身为一个地球人，本星球的语言还没有外星人说得溜！胖，你真是太丢中国高中生的脸了……

好在，天才语言家兰卡美女，很快想到了通用语和民族语的区别性，于是，她果断地抛弃了被按坏的电子语言机，转身翻出数本泛黄的残破的大字典状的古书！唰啦啦的高速翻页声中，兰卡一边搜索，一边重组，一边学习，嘴里念念有词，手上还不时把高大胖的脸托起来，嘴巴掰开，仔细观察一下口腔构造……

而大胖同学只觉得在那种翻书速度下，换成是她，恐怕连字都看不清，这位美女到底是怎么同时做这么多事的？

“……原来如此，从历史上几次着陆的考察来看，日耳曼语系成为地球通用语似乎是很久以后的事，在那之前，不同地区盛行的是几种叫作拉丁语、希伯来语和汉语……不过记录实在太少了，又有很多缺失……从人种外形描述上来看，我们抓到的这个似乎更接近于使用汉语的种群呢……嗯，不管怎么说，先试试看好了。”

“啪”地合上书，兰卡美女抬头，直视着一脸茫然的高大胖，然后，认真地蹦出了一句让大胖同学一头栽倒在棺材里的话：“吾乃兰卡·鸢·戈蓝蒂斯，汝为何人？”

恭喜高大胖同学，从此以后，她将开始一段充斥着吸血鬼、外星人和文言文的宇宙生活……

5th Blood　地球人是一种很难喂养的生物

高大胖从她的语言老师兼医生兼随身观察员兰卡美女那里了解到，目前她是在一个叫作萨恩（Sange）的血族统治的星球，地位是食物和科研对象，饲主是一个名字很长、地位很高的贵族。

此时的高大胖还以为饲主就是指那个捉到她的黑龙王子，还不知道自己已经在报告大厅里被转手了一次，毕竟梵卓亲王咬她的时候，她已经没用地昏倒了……

所以当她第二次醒来的时候，便因为发现自己竟然躺在一个没见过的男人怀里而吓了一大跳！

在棺盖半合、光线昏暗的棺材里，可以看到对方精致得仿佛假人一样的侧脸……不同于短发的黑龙王子那种英挺的军人式俊帅，面前的男人，也许是长发的关系，感觉气质更加阴冷妖冶，简直是完美的吸血贵族代名词。浓密的长睫毛漂亮得不像男性该有的，薄薄的嘴唇，唇角微微抿起，看上去很高傲。男人银色的长发有几缕还缠绕在她的指间，触感凉滑，仿佛最上等的丝绸，在奢华的棺木里幽幽地流泻……

这家伙，长得未免太漂亮了！这种冷冰冰的美感，配上阴森棺材的背景和昏暗暧昧的光线，实在是说不出的……诡异！

这人是谁？为什么跟我睡在一起？我说怎么越睡越冷，被一具没有体温的尸体抱着取暖，我怎么能不冷？

高大胖往角落里蜷缩了一下，小心翼翼地推开那只揽着自己腰的手臂，然后抻长脖子从半合的棺材缝隙里试了试大小，确定自己能通过之后，便蹑手蹑脚地从棺材里钻了出去。

脚抽出来的时候隐约觉得脚腕好像被一个凉凉的东西抓住了！吓得高大胖一个趔趄，重重地摔在了房间质地精良的地毯上……

有地毯的缓冲，这一跤的动静并不大，但大胖同学还是战战兢兢地回头趴在棺材缝上偷偷往里瞧了瞧……里面的男人没有醒，连睡觉的动作都没变。

也许吸血鬼休眠的时候都是没有知觉的。高大胖这样想着，松了一口气，不敢再多看，赶快爬起来逃走了……

光脚踩在毛茸茸的地毯上，高大胖走得很快，长及脚踝的白色裙裾在这样的步速下飘荡，撩拨得小腿也痒酥酥的……

虽然比起照顾她更专注于研究她，但兰卡该给的日常保障还是齐全的。高大胖拿到了一条白色的轻飘飘且质地不明的睡衣状裙子，虽然不算保暖，但总比没得穿要好。

得知自己很没人权地被当作食物豢养的现实，高大胖并没有很惊讶。应该说，在一个充斥着吸血鬼的星球上，自己作为可口的人类，只是被豢养而不是被固定在实验室里每天抽一管血，大胖同学已经很庆幸了。

而作为一个目光短浅的小市民，大胖同志还没想到类似“逃离邪恶统治”“运用智慧推翻血族”“掌控星球走向宇宙”之类有志气的远大目标。她忙于琢磨着下次能不能申请一条褥子铺在硬邦邦的棺材里，这样睡觉的时候能舒服点……

大概，小市民就是这样琐碎而现实的生物吧。

小市民高大胖同学，此时正一边埋怨这房间怎么这么大，走了这么久都没看到门，一边诧异为何四周静悄悄的，一个人都没有？上次醒来时还看到了美女兰卡和一个梳着背头的英俊大叔，这次却是空荡荡的，仿佛所有的人都去安息了一样……

一路乱走到房间的尽头，好不容易找到了出口，高大胖却发现一个很尴尬的问题——那扇装饰着无数漂亮宝石和雕刻画的巨型大门，她根本就推不开！

呆立了一会儿，无奈地离开门口，高大胖转到一旁上了锁的窗户边。

这个大得离谱的房间两边的墙上，一扇扇都是勾勒着某种类似蔷薇的奢华哥特式教堂拱形窗。然而窗户虽多，却全部关得死死的。外面的光线透过蓝紫色的玻璃体落进房间里，便褪去了热烈的光芒，只留下幽幽的色泽，衬得整个房间都带上一种阴森的诡异感……

高大胖是个生在红旗下、长在阳光里的好孩子，天生比较向往健康自然的东西。因此比起棺材，当然更亲近阳光。于是大胖同学左看右看，确定那窗户的锁扣很小巧，似乎不太重，自己应该打得开，便踮起脚尖，伸长了手臂，奋力勾上那嵌了一块猫眼石的窗锁……

努力伸长的高大胖浑身哆嗦，心中怒想着，这儿的东西为什么都弄得这么高、这么大？

其实在这个星球上醒来以后，高小小同学就发现自己已经配不上“高大胖”的称号了。目测身高在两米以上，胳膊比她大腿还粗的男性吸血鬼就不用说了，就连兰卡这样的女性吸血鬼都至少比她高出一个头，身体型号更是整个大了一圈！

当然，从比例来说还是人家美，细腰、长腿、丰满胸。大胖虽然终于跟“娇小”挂上了边，但身材比例在那儿，这辈子跟“美女”二字无缘……不过，这大概是她第一次有机会符合自己的本名“小小”呢。

“啪”的一声，那纯金色的窗锁弹开，整扇窗户仿佛卷帘门一样自动收了上去。外面的阳光和风一起涌了进来，瞬间打破了房间里墓穴般的气氛……

啊啊，真的是外星球呢……

高大胖趴在窗口，望着外面天空上只露出银白色浅淡轮廓的两个月亮和光线依旧柔和的半个太阳。

原来如此，现在是白天吗？难怪没有人。大概吸血鬼们都去睡觉了吧？说来这个星球的物理环境还真适合吸血鬼居住啊，月亮有好几个，太阳却只有半个，光线也不强烈。嗯，不知道他们怕不怕银器、十字架、大蒜之类的，上帝他老人家的法力能不能覆盖到外星系呢……

正思索着的高大胖眼前忽然一暗！

带着冷冽香气的斗篷从后面整个将她包住，银色的发丝被窗口的风带起，丝丝缕缕地飘过她的眼侧，背后被坚实的身躯挡住，男人低低的、华丽的声音从头顶上传来……

“想逃吗？”

高大胖浑身僵硬……

虽然她没听懂对方在说什么，但这种香气她记得是刚刚那个棺材里搂着她睡的男人的。而且从现在对方这种占有性的拥抱和越发往脖子附近凑去的嘴唇来看，情况是大大的不妙！

抬手捂紧自己的脖子，高大胖试图缩进斗篷里蜷成一团，却立刻被卡着腰固定住！徒劳地捂着脖子的手也被对方带着嗤笑拉开，然后尖牙侵入皮肤，寒冷侵入温暖，带着生命力的血液源源不断地被吸走……

这还是第一次，在清醒的时候被吸血。

之前看着脖子上的齿痕，高大胖本以为挨咬的时候必定会很疼，然而真的被咬了，才发现其实并没有痛感，倒是有种酥酥麻麻的感觉，顺着敏感的脖颈沿着全身的血脉一路爬下，让人陷入一种舒服的半睡半醒的混沌状态，脑海里仿佛有色彩和图像一起爆炸，各种颜色的线条乱作一团，只有爽快的感觉沿着脊柱攀升，忍不住就蜷起脚趾，眯起眼，发出浅浅的呻吟……

大概，就像做爱的感觉吧？高大胖同学不合时宜地想。

但是鉴于大胖同学还是个少女，以上结论其实也只是出于推测而已。等到日后真的体验了异种间惨烈的床上运动，就是打死她，她也不敢这么说了……

等到梵卓大人用餐结束，高大胖已经头晕目眩得几乎站不住了。对方一松手，她便像抽去了骨头似的软软地往下滑……

眼前发黑，心跳如擂鼓！

糟糕了，果然长期没有进食又大量失血的后果相当严重，我不会死在这儿吧？高大胖迷迷糊糊地想着，好像到目前为止唯一的能量摄取就是兰卡冒险给她打的一剂葡萄糖营养针。至于喂她吃什么，鉴于史书上记载的人类食物这个星球都没有，只能找替代品，兰卡说她还得回去研究研究……

滑倒在地毯上的小小被对方一把抓住手腕提了起来。

捏住小小的下巴端详了一会儿，男人似乎终于意识到自己吃干抹净得太过分了，轻叹了一口气，抱起瘫软的娇小人类，一甩斗篷，大步离开……被小小打开的窗户在他身后“啪”地落下，瞬间自动关闭！

…………

亲王大人抱着高小小一路走到一个类似于餐厅的地方才把她放了下来。

银发的男人兀自走到长桌的另一端，优雅地坐下，然后微抬手示意了一下对面的座位，意思大概是“坐”。

看她迷迷糊糊地乖乖坐好了，梵卓抬起手轻拍了两下手掌，圆形大厅一圈的八扇大门突然被同时打开！

无数位制服笔挺、训练有素的侍从和女仆仿佛凭空冒出来一般，推着各式银亮的餐车从不同的门里涌入……高大胖之前见过的那个梳着背头、名字太长根本没记住的大叔也在其中，拿着一瓶红酒样的东西，姿态高雅地垫上餐巾，取出一只剔透的水晶杯，缓缓倒了半杯淡粉色的液体，摆在了大胖面前。

高大胖看看面前装着诡异液体的杯子，然后抬头疑惑地瞄了瞄对面的银发男人。

对方没有任何表情。

视线回到面前的杯子上，高大胖发现桌上已经被管家大人细心地铺好了一张绣花餐巾。于是这个是……食物？

犹疑地端起杯子，晃了晃，没看到什么奇怪的沉淀，嗅了嗅，没闻到什么诡异的气味。高大胖咬了咬牙，仰脖灌了一大口！然后……悉数喷了出去！

太难喝了！！

这种兑水的、化学颜料一样的味道究竟是怎么弄出来的啊？又腥又涩又恶心！就这破玩意儿居然还摆这么大的谱才端上来！

“呸呸！”高大胖满眼含泪一边拼命往外吐着嘴里的残余味道，一边狼狈地用手背擦着嘴阵阵干呕……

整个房间里的所有人（鬼）都震惊地定在原地，管家西里大叔瞪圆了眼睛看着这个生物把那杯价值连城的人鱼血当垃圾一样喷了出去！连自己的管家服被溅上了零星汁液都没注意到，慌忙抬头打量付钱的男人——梵卓亲王的神色……

梵卓亲王的神色很不妙。

大概被这么明目张胆地当面嫌弃，对于一向被高高捧着的亲王大人来说还是第一次。梵卓的脸色白里透青，青中带黑……幸亏贵族的教养让他没有爆发，而是挥了挥手，让仆人换上另一杯珍品。

这次端上来的是一杯蓝色的液体，装在嵌了蓝色琉璃石的杯子里，艺术品一样漂亮！

可是对被迫接受试验的高大胖来说，就算它长得像钻石，不好吃还是不好吃！

有了上次的教训，这次她学聪明了，没有仰脖就灌，而是先伸出小舌头舔了舔，然后，便露出一副“天哪！我快被毒死了！这种破玩意儿你们居然也喝得下去？汽油也比这好喝吧？你们一定没喝过好喝的东西吧？说真的帅哥，我可怜你，我真的很可怜你……”的表情。大胖同学这个怜悯的表情让亲王大人的脸色由铁青开始向黝黑发展，房间里的温度陡降，所有人目不斜视、战战兢兢……

第三杯姜黄色的液体端上来时，高大胖几乎要哭了。

语言不通，只能在梵卓亲王血红的眼睛下拼命地摇头表示抗拒。而对方却完全是一副“我知道你觉得不好吃，不好吃就不好吃吧，吃着吃着就习惯了”的雕塑一般的表情……

终于，一位伟大的女性及时冲了进来打断了亲王大人的食物酷刑！

兰卡博士蓬乱着头发，捧着一摞可以砸死人的古书，口中念念有词，旁若无人地走进空气僵硬的大厅……

“行了，我尊贵的亲王殿下，军队里那套铁血的硬灌政策在这里根本行不通。要知道，地球人可是很难喂养的生物。这孩子不是血族，当然接受不了我们的食物。这就像是让您用嚼弗瑞斯特星的树叶维生一样荒谬！”

“不要打这种恶心的比方，兰卡，这么多年来你还是没有培养出应有的修养吗？”梵卓大人屈起手指敲了敲桌子表示赐座，“你说‘很难喂养’？这么说你已经知道她吃什么东西了？说来听听。”

兰卡美人朝着帮她拉开椅子的管家西里抛了个媚眼，然后大大咧咧地一屁股坐下，将所有古书摊在桌上，直接给出结论：“简单地说，人类的食物有两样：第一，动物的尸体。第二，植物的尸体！”

梵卓亲王作为称职的“冰山”，只是挑了挑眉。

其他人却没有这么淡定，四周立刻传来轻微的哗然声，不少侍从惊讶地盯着高大胖，露出“天哪，好恶心”的表情……

“其他动物的尸体吗？”梵卓大人眯着眼睛看向桌子对面茫然眨眼的

大胖同学，“凭那样孱弱的体格和牙齿？真看不出来……”

“别这么说，地球人可是很聪明的种族，虽然生理上并不强大，却很懂得使用工具和集体协作。事实上，直到地球灭亡前，那个星球上都没有一个物种能跟人类对抗。”兰卡笑眯眯地总结，“换句话说即是，地球上所有生物都是人类的食物呢。”

依旧茫然呆坐的高大胖，忽然感到周围投诸在她身上的目光，似乎带上了一点尊敬……

兰卡依旧以夸张的高速一边翻着书一边汇报：“尤其是您面前的这个人类所属的中华民族，大约是因为人数众多，食物有限的关系，在进食领域涉猎的范围比其他种族更广，几乎没有他们不吃的东西！而且为了能将任何东西都弄成可以入口的食物，他们的烹饪方式五花八门，无比丰富，甚至发展成了一门艺术！”

说到这里，兰卡兴奋地眨眨眼：“多么有趣啊，还有把烹饪发展成艺术的，对我们来说，烹饪只不过是榨汁而已。啊啊，果然宇宙之大，无奇不有啊！”

“可是地球上的物种，现在全部消亡了吧？”管家西里提出疑问，“萨恩星上有她能吃的东西吗？”

兰卡挑眉：“根据我的研究，地球人的适应性是很强的，碳基的生物基本都能吃，至于味道，反正他们拥有高超的技术，可以将之弄得十分可口。”

梵卓亲王：“怎么弄？”

兰卡：“主要是用火吧……史料记载太少，很多也是我推测出来的，具体手段并不清楚。”

“火……吗？”亲王大人略略思索了一下，然后拍手叫来宫廷御龙师，“去牵一条伽卡龙来，选一条喷火量比较大的。”

于是……

咦?

咦咦咦?!

高大胖目瞪口呆地站在巨龙的两个脚趾之间，听完兰卡的翻译，颤抖地指着头顶那高度超过十米、正在仰天咆哮气喘如牛的庞然大物，嘴唇抽搐……

“他，他要我用这个东西烧饭?!”

6th Blood　厨房，才是这个宇宙最危险的地方

高大胖跟中国千千万万个同龄人一样，是独生子女。

出生在小户人家，虽然说不上娇生惯养，但父母也没怎么让她接触过灶火炒勺。真要被扔进厨房，也就只能弄出一盘毫无技术含量的番茄炒蛋，或者更没技术含量的煮方便面。用龙烧饭这种需要高度技巧和沉着冷静的自杀行为，高大胖完全不想尝试。

但大胖有大胖的优点，这也是咱们龙的传人传承了几万年的传统美德——将就。

比如没有灯，咱可以用手电筒，没有手电筒咱可以点蜡烛，没有蜡烛咱可以抓萤火虫，没有萤火虫咱可以利用雪光漫反射，实在不行还可以在别人家墙上凿个窟窿……

高大胖虽然不会用喷火龙做饭，但她很快就发掘出了人家的另一个用途——要知道，这条龙，挺肥的。

大胖同志无意识地舔了舔嘴唇，比量了一下此龙的后腿肉和精排部位，然后转向兰卡，中英文夹杂地解释了半天。兰卡听懂之后惊讶地挑挑眉，颇有些佩服的神色……

外星人效率就是高，片刻之后，大胖要求的东西就摆了上来！

在众吸血鬼好奇的围观中，大胖拿起那把刀刃是蓝汪汪一道激光的“菜刀”，随手一挥，硬金属的桌角应声而落！好家伙，削铁如泥！这把刀不知道以前是做什么的，估计是军刀。

放下蓝光刀，大胖又拿起那块光滑的电板看了看……没错，比起十几米的炉灶，大胖同学坚信电磁炉要安全得多。当初被放在水晶棺材里展示的时候，就被血族用电击线束缚过手脚，所以大胖知道这个星球上有“电”这种东西。21 世纪的地球都已经步入了电气化时代，在高度发达的萨恩星上，当然不必依赖火来把食物弄熟。

不过话说回来，这块电板原来究竟是什么呢？仔细看的话，背面似乎还有一粒粒的突起和符号一样的刻字呢……

仿佛看出她的疑惑一般，管家大人面无表情地解释了一句：“这是我的电脑主板。”

高大胖无言以对……

兰卡美女泰然自若：“这东西想要达到你说的‘能把东西烤熟’的高温还是不够的。所以我拆下来以后，又拜托西里先生做了些改造。哎呀，没想到这么快就改好了，西里大人真不愧是帝都首屈一指的机械师啊。”

被人拔了电脑主板，还被迫自己动手改造成电烤炉的管家大叔，脸有点黑，却居然什么也没抱怨，默默地给电板通电去了……

摇摇头，放下身世曲折离奇的电板，高大胖开始试那一排试管里各色液体的味道。

挨个儿试过一遍之后，大胖同志终于深刻地理解了神农老爷子的伟大和悲哀……

除了几个味道勉强接近咸、辣、酸、甜的溶液，更多液体的滋味可怕得超越了人类的想象力！往往如魔似幻到高大胖一个字也说不出来，只能两行清泪问苍天……

终于，一切准备就绪，只待食材上桌。

高大胖殷切地望向战斗力貌似很强的兰卡……

兰卡摇头：“我才不要杀龙，龙多可爱啊，龙是血族的朋友。”

带入句式：我才不要杀狗，狗多可爱啊，狗是人类的朋友。

十米高的怪兽咆哮着仰天喷了一团大火，然后用撒娇的眼神看着兰卡美女，带着倒刺的粗壮尾巴乱扫……

带入情景：小京巴汪汪叫了两声，然后用撒娇的眼神看着主人，毛茸茸的尾巴乱摇……

管家西里："咳，伽卡龙是一种比较珍惜的品种，市价高昂，杀了吃肉未免太可惜。建议考虑繁殖量比较大的灰翼龙。"

带入句式：藏獒其实是一种比较值钱的狗，市价高昂，杀了吃肉未免太可惜。建议考虑能生快长的土狗。

高大胖面无表情，默默地试着菜刀……

带入含义：少废话，今儿吃的就是它！

然而大胖同志还没来得及对喷火龙下毒手，就被突然闯入的一群士兵打断了！

天空中传来几声熟悉的翼龙清啸之后，管家西里业务熟练地打开了大门。

高大胖这才第一次知道，原来亲王殿下的城堡外面就是悬崖！

一队灰翼龙拍打着骨翅在崖顶降落，为首的那条黑龙则灵巧地借着滑翔的速度收拢翅膀，直接穿过亲王家大得离谱的正门飞进了大厅，然后在众人眼前堪堪停住，不仅没碰到任何桌椅家具、水晶吊灯，而且姿态优美，动作敏捷，气势如虹！那叫一个拉风……

此情此景下，高大胖顿悟：

这里的代步工具不是汽车而是飞龙，那群灰翼龙大概相当于满大街跑的桑塔纳，而这条黑龙就是那传说中速度与优美兼具的宝马！刚刚这位黑龙王子，其实就是给大家展示了一下此车强大的性能，以及自己优秀的停车入库技巧。

被质疑耍帅的布鲁赫将军面无表情地从龙背上跳下来，远远地瞥了一眼盯着他看的高大胖，便转开头朝着迎来的管家走了过去。

管家西里单手行礼，微微鞠躬："尊贵的侯爵阁下，白日莅临，请问是有什么要紧事吗？"

将军大人抬了抬手示意免礼，冷声道："第六分部军备处少了一条伽卡龙，整备官说是被梵卓亲王派宫廷御龙师调走的，高阶军官不在，他没有权限调回，只能恳求我亲自走一趟。宫廷人员怎么能去军队调物资？本来我还不信，现在看来……"

众人默默地望向大厅中央喷气的待宰巨龙……

西里有些赧然："咳！这个，这个是因为珍贵的地球人长期没有进食，亲王大人只是想找些能弄出地球食物的器材。"

将军大人不为所动："私调军资，滥用军备。这不是用一个'地球人很珍贵'的理由就可以合理化的行为。"

管家大叔语塞："这个……"

"布鲁赫，你还是这么死板啊……"

冰冷而华丽的声音从后殿传来打断了两人的对话，通往后殿的宽敞长廊上，紧闭的大门一扇扇打开，两侧雕塑装饰的壁灯从远到近顺次点亮。梵卓亲王带着一脸睡觉被打扰的轻微不耐，步履优雅地踏着长廊的丝绒地毯走到正殿里……

"呵……不愧是辛摩尔长老调教出的人才，还没活过五个三月年就如此顽固。"亲王大人懒洋洋地拢了拢长发，端起侍从奉上的水晶杯浅酌一口，然后朝着挺拔站立的将军做了个邀请的手势，"要来一杯吗？迪利赦星秘藏的美酒，有时候我会觉得这东西也许比血液还美味。"

布鲁赫脸色难看地摇头，固执地站在原地。

梵卓大人勾起嘴角："当然，那只是从前的想法……"缓缓走到高大胖身后，亲王略弯腰，俯低身子，很是亲昵地吻了吻她的颈侧，轻声道，"现在，我确信自己已经得到了这个宇宙里最美味的东西。"

布鲁赫看了一眼高大胖脖子上的齿痕，漠然地移开视线，冷淡道："亲王殿下，您是整个军队的总帅，不该如此任性。之前学术报告会上您擅自进行初拥的事，长老们也很生气。"

突然被亲了一下的高大胖莫名其妙地捂着脖子躲到兰卡的身后，仰头听完兰卡美人的简略翻译，才明白原来是亲王调了台军用坦克来给宠物做炉灶，如今人家将军大人是兴师问罪来了……

高大胖感到很无语……

兰卡曾经说过，她现在之所以会归梵卓亲王所有，也是因为当初大家都守规矩地只观赏不伸爪时，唯独这位大人无耻地先下手为强，扑上去就啃了抢走！完全视规则为无物……而听兰卡的意思，这家伙似乎还是军队最高统帅。

位高权重，无法无天。

于是，莫非这位就是传说中的……昏君？

昏君大人面对正义的指责不为所动，慢条斯理地把玩着手上精致的杯子，冷笑道："长老们很生气？那只是做给你们看的。这个生物的血让人疯狂，如果没有明确的主人，随时都有可能引起抢夺和骚乱。她的血这么美味，找个主人不是问题，问题是谁来做她的主人。这个决定如果由长老会来做，那么无论选定哪个贵族，都会有人说他们不公正。"

梵卓亲王挑眉看着对面的男人："亲爱的侯爵大人，你不觉得身为执政官和总帅，拥有亲王头衔又一贯恣意妄为，即使稍微违反规则也不会被严厉处罚的我，是最合适的人选吗？生气？呵……看到我主动出来承担这个打破规矩擅自行动的角色，待在台阶下的长老们应该是松了一口气才对吧？"

布鲁赫略微惊讶地看着他，一时说不出话来。

"当然，其实这个角色你也合适。因为她毕竟是你捉到的，而且现在的你是莫诺赛特家族仅剩的血族，所以当时如果你出手，舆论上也会比较宽容。”梵卓亲王仰头喝干了杯中酒，“可惜，你不会想到这些规矩表面下的东西。即使时间倒流，重来一次，你也依旧抢不过我。因为你的性格就是如此！布鲁赫，一个被规矩和传统束缚住的军人。而我则刚好相反……”

缓缓抽出佩剑，梵卓走到巨龙脚下，轻声道：“我刚好是个……质疑规则和传统的浑蛋。”

亲王的话音未落，便猛然间高高跃起！手起刀落！

高大胖只看到数道银光裂隙般贯穿了那条巨龙全身！接着静止了几秒，直到亲王大人擦着剑刃走开，整条巨龙才突然四分五裂！庞大的身体伴着悲惨的嘶声轰然坍塌！瞬间飙出的鲜血喷脏了整个大厅……

所有人目瞪口呆！

收回佩剑，梵卓侧身亲了亲高大胖的额头：“去做吧，你的午饭。”

高大胖不是暴力崇拜者，但刚刚那斩龙的一幕，实在是……太帅了！

力量与技巧，杀戮与优雅，竟然能结合得那么完美……

高大胖不得不承认，亲王大人那张傲慢的脸真的很适合冷冰冰的嚣张表情！

讨厌传统和规矩啊……原来吸血鬼中也有这样的异类呢。

身旁的兰卡正疯狂地记录着刚刚斩龙的各项数据；

门口布鲁赫带来的卫队士兵纷纷头痛抚额，叽叽咕咕地商量着“弄死了坦克怎么办”；

布鲁赫本人似乎还在回想梵卓亲王刚才那番冲击性的话语，站在原地一动不动；

管家西里则完全无视主人刚刚震惊全场的斩龙秀，从头到尾都在心痛地嘟囔着：“好贵好贵，大厅清洗费……”

本着有的吃就绝不能浪费的勤俭原则，大胖同学则趁着新鲜收集了几块之前就看中的精排好肉，扒皮去骨，削薄切片，手起刀落间，血肉横飞，热火朝天……

身为独生子女的高大胖，虽然不会做饭，但经常会在厨房帮胖妈打打下手。洗个菜啊，切个蒜啊，刮个鱼鳞啊……打酱油的经验十分丰富，收拾几块肉自然不在话下！

大胖十指血淋淋地做着最没技术含量的BBQ，心中流淌着对美食期待的口水……

兰卡则在一旁认真记录：

剥去尸体肌肤组织；

剔去尸体骨骼残渣；

分离肌肉和脂肪；

肌肉打薄切片；

尸体腌制；

高温炙烤尸片至冒烟；

尸体肉质半融，呈现腐烂与焦炭状之间的状态时为最佳……

所有仆人自动退后数十米，惊恐地围观着高大胖的血腥行径，眼神中充满敬畏……

“这就是地球人的烹饪吗？”

“好可怕……好残忍……”

“又切又割，又烤又烙……怎么会有人对尸体做出这么恐怖的事？！”

远远观望且一脸感慨的士兵们：

“就算在战场上死亡也不过是发生在瞬间而已，在这里死后居然还要被如此对待……”

“被炮火烤焦的尸体都是战士们的噩梦，在这里居然还会被吃掉……”

“地球人真是恐怖的物种啊！”

摆满了刀刀叉叉的杀人凶器，每日进行着去皮扒骨的行凶过程，死在每家每户菜板上的亡魂绝对不少于战场，更可怕的是，被肢解的尸体还要被众人欢笑着一口一口地吃掉……

其实，厨房才是宇宙里最危险的地方吧？

大胖，加油，凭着在宇宙最危险的地方丰富的打酱油经验，地球人在哪里都活得下去！

7th Blood　您的棺材是翻盖的还是滑盖的

高大胖在看电视。

根据科学研究，宇宙里最啰里吧嗦，唠唠叨叨，单词重复出现次数最多，循环播放频率最高的节目，就是宇宙淘宝频道的电视购物！

用兰卡的话来说，此节目“实乃居家旅行，语言学习，听力训练，打发时间之必备利器”，于是立刻被排上了高大胖的血族通用语课表。

当然，看这个频道的另一个原因是，高大胖这个人类跟吸血鬼的作息时间完全不同。基本上她起床，血族就都睡了；她躺下，血族才开始一天的工作。所以“白天”黄金档的节目她都赶不上，只能看看“深夜”广告频道……

而这里的电视与其说是电视，不如说是投影器。一个鸡蛋状的半圆形装置，按下按钮后会在房间里空投出等人大小的立体三维图像。因为实在太逼真了，没见过世面的大胖同志还偷偷伸手摸过人家电视人物两三次……

现在，高大胖就坐在地毯上，两手支着下巴，认真地看着房间中央那个英国管家一样的主持人喋喋不休地介绍着萨恩星当下最流行的新产品——便携式滑盖棺材。

这里的电视购物推销员虽然也很能说，但并不像地球节目里那样表情动作都很夸张地口水翻飞着夸耀什么“八星八箭噢！真正的八星八箭！”之类的语句。投影仪上那个穿着燕尾服的主持人，手势和站姿都很有气质，淡淡的微笑配上英俊的脸，要是搁到地球，那也是个偶像派！可是在这里，人家只不过是电视购物讲解员而已。

于是，连电视购物都是物种鸿沟一般的差距吗？

大胖同学小小地叹了口气，放下声控单词记录器，视线转移到大厅两侧那一长溜奢华窗户上……自从上次梵卓大人看到高大胖徒手打开了一个窗锁之后，整个亲王城堡里所有的窗户都在最短时间内换成了电子遥控的重型锁。从那之后，别说徒手打开了，估计就算给高大胖一台火箭炮，她都轰不开。

大胖同学大大地叹了口气……这样大概是彻底的笼中鸟了。

站起来踩着毛茸茸的地毯走到窗边，大胖两手抓住窗框，额头也抵在窗户上，默默看着外面皑皑的冰天雪地，呼吸在巨大窗户镶嵌的蓝紫色结晶体上留下蒙蒙的水汽……

外面一直在下雪呢。

听兰卡说，萨恩星球一年只有两季：万物凋零冬眠的雪季和各种危险动植物都会蓬勃生长的雨季。

不是雪就是雨，很少有晴天，所以这个星球上不会有强烈的日光。

阴冷、潮湿、雾蒙蒙的地方，真的很适合吸血鬼居住。可是这种恶劣的气候和环境，对人类来说可不是那么友好。就算能够逃出去，自己可以在这样一个星球上生存吗？

趴在窗口的高大胖缩了缩肩，觉得有点冷，才发现裹在身上的毛毛披风落在电视前面了。

高大胖有毛裘穿，也是得益于兰卡研究得出的结论：地球人跟变温的冷血动物血族不同，属于身体长期保持在37摄氏度左右的恒温动物。如果不能在寒冷的环境中维持体温，甚至会发生低温昏迷现象。

亲王大人觉得长老院科研所专为高大胖研制的变温防护服裹得太严，既不美观又阻挡了某些甜美气味的飘散，于是毫不留情地给否决了。倒是觉得小小被裹在毛团里的样子很可口，于是特意从佚尔星定做了昂贵的白色三耳狐皮毛回来，制成轻巧蓬松的大披风给珍贵的地球人保暖维生。

亲王大人大概觉得这种毛茸茸的披风真的很有个性，于是顺手给自己也定做了一件。

梵卓亲王面貌俊美，身份高贵，服饰奢侈，品位一流，在血族中人气一向很高，常常成为众人争相效仿的对象……说白了就是血族时尚领头羊。于是从梵卓穿着华丽的毛绒披风出席了某次贵族私人聚会之后，整个血族很快兴起一股毛绒时尚风！一时间大街小巷皮货走俏，不知多少动物莫名其妙地化作了冤魂……

至于始作俑者的某人类，还毫不知情地待在冷飕飕的亲王城堡里，淌着鼻涕，瑟瑟发抖……

身后叽叽喳喳的电视购物频道忽然静音！

高大胖惊讶地回头，只见梵卓大人穿着一件看上去很柔软的紫色对襟刺绣长袍，抱臂靠在门旁，银发慵懒地散下来，冷冰冰的眼睛微眯着打量趴在窗口的自己……

大胖同学飞快地瞄了一眼窗外，太阳还没落山，按理说还没到血族苏醒的时候，而且对方这副半睡半醒懒洋洋的样子，难道……是被电视声吵醒了吗？

“呃……对不起。”高大胖垂头认错。

对方却没有理睬这个道歉，只盯着她慢慢道：“经常见你从窗口向外看，是有什么想看的东西，还是打算逃走？”

勤学刻苦的大胖同学听懂了“逃走”这个单词，因为兰卡让她背下来的《与亲王大人约法三章》里第一条就是“禁止逃走”。而剩下的两条是“提供鲜血”和“绝对效忠”。

于是高大胖摇摇头否定：“不，不是逃走。”然后组织了一下语言，连比画带说地结巴道，“外面，嗯，那个，雪，漂亮，很的……”

亲王大人听着大胖仿佛牙牙学语的孩子般的话语，勾起嘴角轻笑了一下，走过来伸手捡起落在地上的毛绒披风，缓缓展开，从头到脚裹住呆愣的高大胖，伸臂轻松地抱起她，然后直接从窗户跃了出去！

梵卓亲王抱人跳窗的动作一气呵成，快得高大胖都没看清他是怎么开的窗户！

不过那已经不重要了，重要的是亲王城堡是建在悬崖上的——窗户外面就是万丈深渊！

急速下坠中的高大胖，眼球都快被吓飞出来！一时间竟连惨叫也忘了，只知浑身僵硬地蜷缩在对方怀里……

抱着她的梵卓大人倒是从容自若，单手在唇边打了个呼哨，一声龙啸便从谷底惊雷般隐隐传来！

接着朔风从深渊旋起！两侧崖上的积雪被纷纷震落……

转眼间，一条体型惊人的银翼巨龙仿佛破雪而出般腾然升起，在空中稳稳接住下落的二人！双翅一振便乘风滑翔出数里……

夕阳西下、黄昏将至的万里橙光中，梵卓亲王的坐骑那豪华的银色龙鳞被映出由深至浅、艳光流离的七彩光晕，看上去竟比布鲁赫将军那条蝴蝶翅膀的黑龙还风骚！

麻木地睁着双眼，在两侧的白狐毛中模糊了视线的高大胖，突然经历了如此刺激的空中特技之后，心中只剩下一行疯狂回旋的大字——劳斯莱斯，是劳斯莱斯！活生生的劳斯莱斯啊……

亲王大人“开”着他的“劳斯莱斯”一路飞到仿佛世界的尽头才降落下来。

找到一块丝绒毯子般完整洁净的积雪，将小小从龙背上抱下来，轻轻放了上去，然后抱臂在一旁默默地看着。

高大胖站在白茫茫的雪地上愣了一会儿才明白，因为自己刚才说“雪很漂亮”，所以这家伙就带她出来赏雪……吗？

大胖同学试探着往前走了两步，然后回头看看依旧站在原地的亲王大人。人家靠着银龙抱臂养神，一脸“你可以随便蹦跶，我这个人其实很宽容”的表情。

赏雪吗？

不，这种情况更像是主人出来遛狗吧……

高大胖开始觉得很没意思，而且光脚踩在雪地上也很冷。

遥遥眺望了一遍这个冰雪覆盖的世界，高大胖深深地明白了，对现在的自己来说，逃跑什么的，都是扯淡。于是她蹲下用手掌暖了暖冻到发麻的小腿，裹紧了毛绒斗篷，自怨自艾地团成一个更紧的团……

梵卓远远地看着那只小生物在雪地里走走停停，不时回过头疑惑地看看自己，然后慢慢地团成了一个有趣的毛团，不动了。

正想轻笑一下的亲王大人，诧异地发现那个毛球竟突然不见了！

瞳孔猛缩！几乎瞬间就闪身到了小小刚刚蹲着的地方！梵卓不禁愣住……

积雪太厚，表层稍稍凝结，下面却都很松软。高大胖踩塌了表层硬壳，就掉进了下面的雪堆，一扑腾，就整个陷了下去……狐裘是白的，雪也是白的，远远看上去就像整个人凭空消失了似的。

亲王大人踩着的那块雪没坚持几秒便也坍塌了，但血族人高马大，积雪只不过到他的大腿，人还是稳稳站着。看了看跌坐在雪堆里几乎被没顶的小小，梵卓无声地叹了口气，伸手把她拎了出来：“你的个子太小了。”

高大胖此时没空庆幸对方没先感慨“你实在是太胖了”，还处在刚刚突然失重和没顶的恐惧感里，大胖同学突然抱住亲王大人的手臂仿佛揪住救命稻草一般，手脚并用地往上爬！直到两手搂住对方的脖子，整个缩进了对方怀里，才惊慌地喘着气停住……

梵卓亲王愣了愣，大胖的脸颊和颈侧的绒毛蹭得他痒痒的，怀里的生物散发着天然甜美的芬芳，连呼吸也是暖暖的……主动靠近自己，还是第一次。

嗯……好想，就这样吃掉她……

指甲伸长，又艰难地缩回。

梵卓握了数次拳，才放松手掌，轻轻地拍了拍小小的背，表示安抚。

“兰卡说你的体重又下降了。如果继续每天吸你的血，你可能会很快死亡。”仿佛自言自语一般，亲王大人抱着小小一边在雪地里缓步走着，一边低低地说着，“我可以每个三月日才吸一次血。不过次数减少，我要求质量更好。最近你的血变淡了，要快点长胖些。”

高大胖听得半懂不懂，只猜到大约跟吃饭有关，于是乖乖点头。

梵卓大人便再次满意地温和地拍了拍她。

高大胖渐渐确定，这人的确是把她当小猫小狗养的。

“饮食方面兰卡已经摸索出大概方向，宇宙里的物种很多，你需要的食材和调味料应该都可以找到进口的渠道……其他还有什么要求吗？”亲王低头看看高大胖。

大胖同志没跟上刚才的话题，茫然地看回去。

梵卓亲王有些不耐烦地皱了皱眉，换了个更简单的句式填进更基础的单词，重复了一遍自己的问题：“你有什么想要的？”

这次高大胖听懂了，她低头想了想，然后握拳道：“我要【床】！”

所谓“衣食住行”四大基本生活条件，前两样既然已经解决，现在就要提高“住”的档次。棺材可都是硬邦邦、冷冰冰的，就算铺上一层天鹅绒又怎么比得上国产席梦思呢？

睡棺材的领头军梵卓亲王不解地挑眉：“床是什么？”

大胖想了想：“就是棺材的一种。”

梵卓看她一眼：“现在用的你不喜欢？”

大胖摇摇头，开始背诵今天听了一天的广告语：“翻盖棺材太过沉重，无论是开还是关都很费力，一旦出现故障，棺盖打不开，就如同被活生生关在盒子里一样，耽误日常工作学习和性生活……新的潮流，新的选择！滑盖棺材，时代的领导者！让我们从寝具开始掀起一场全新的变革！”

大胖念念有词、手舞足蹈，背诵得慷慨激昂！

亲王大人听得嘴角抽搐，轻咳了一下，才恢复正常语调：“不要翻盖的，想换滑盖的吗？还是要声控的？算了，等兰卡醒来让她带你去挑吧。”

高大胖连连摇头，示意亲王停下来，然后捡起一小截树枝，在雪地上画了一个长方形，又添上四只脚，然后连比画带画图，运用起自己贫瘠的形容词努力解释着：“床，就是……这个样子，然后……嗯，温暖，柔软，睡起来很舒服的东西……”

梵卓大人盯着丑丑的示意图思考良久，若有所悟，总结道：“就像你一样？”

高大胖失意地跪地，身体前屈……

一人一鬼之间有关床的对话，在太阳西沉的时候结束。

天边零零落落地开始出现其他匆忙赶路的翼龙，标志着血族新的一天开始了，而高大胖的一天也就结束了。

梵卓驱龙将她送回城堡，刚一进门，就接到管家西里的汇报：“乔凡尼·德·艾瑞斯若赛特亲王来访！”

梵卓大人的脸色，顿时变得很难看。

其实自从高大胖入住梵卓的城堡以来，打着各种旗号跑来亲王城堡的访客数不胜数。当然，来访只是借口，其实这些有钱、有闲、胃口又好的贵族，多半是来围观某个地球人的。而傲慢的梵卓亲王显然对于闭门谢客这类失礼的行为十分手熟，基本上是来一个踢出去一个，于是亲王城堡那豪华却难得用上一次的会客厅里，至今才终于坐进了一位客人。

圣血族标志性的银发打理得一丝不苟，血红的眸子隐藏在金丝单片眼镜的后面，宝蓝的丝绸长袍配上讲究的刺绣，胸前的配饰加上指间的戒指，身上随便哪颗宝石都昂贵得可以换来整颗星球的打扮，让来客全身上下都透露着“大款钱多”的信息……

空荡荡的会客大厅里，管家西里毕恭毕敬地站在贵客身后伺候着。

至于被拜访的城堡主人梵卓，早就不知野到哪里去了……

“梵卓他……根本不想见我吧？”百无聊赖地转着手里的酒杯，乔凡尼亲王一针见血地戳破了被晾在这里的事实，“肯让我在沙发上坐坐，也不过是碍于我跟他同为亲王，不能像对待其他人一样轰出去而已。但是我亲爱的西里，摆上这么难喝的酒招待客人，意思不就是‘麻烦你快点滚’吗？”

管家西里面不改色：“是我招待不周了，大人稍等，我马上命人换新的饮料上来。”

“好啊。”乔凡尼别有深意地笑了一下，放下酒杯，“酒也喝腻了，新的饮料不如就用那个地球人的血液，如何？”

8th Blood　最心惊肉跳的告白

高大胖洗完澡准备回去睡觉。

吸血鬼作为僵尸的一种，必须保持身体的长期洁净，如果细菌太多，躯壳是很容易发生病变或者腐烂的。所以萨恩星的洗浴系统十分发达，从液体沐浴到粉尘沐浴再到振荡波除尘应有尽有。

通过兰卡审查和调节的淋浴，无论是温度还是强度都很舒适，唯一让高大胖比较郁闷的一点是，这里的淋浴头喷出的不是单纯的水，而是某种混合了消毒药剂的奇怪淡蓝色液体。

大概因为还不清楚人类身上有没有携带什么对血族有害的微生物，所以每日对高大胖身体的杀菌就成了必须。这就类似于我们养猫养狗的时候总是要喷点药水防跳蚤。高大胖理解，只是，不太喜欢自己身上标志着宠物地位的消毒药水味……

现在才开始觉得当初被自己嫌弃的国产蜂花护发素和上海硫黄皂其实挺好闻的大胖同志，郁闷地嗅着自己的头发，拖着脚步从浴室往回走，转了一个弯，就在长廊上迎面撞见了硬闯进来的陌生人！

来人步子虽然很急，但动作却很敏捷！在高大胖就要撞上他的衣角之前便单手点着她的肩膀直接把她推到了一边！高大胖跌坐在地，愣愣地看着那个衣着华丽的高大男人掸了掸袖口，用眼角斜瞥着自己。

从后面追上来阻拦的管家西里大叔一看到二人对峙的情况，便一脸头痛地按住了太阳穴，嘴里碎碎念着："怎么会这么巧，怎么会这么倒霉……”

西里带着无奈的表情，一边抬手叫来一个侍从去请兰卡，一边叹着气走过来扶起地上的高大胖。

“既然撞见了也没办法……那么介绍一下吧，这位是乔凡尼·德·艾瑞斯若赛特亲王，总管萨恩星的金融事务。亲王大人，这位就是您要见的那个人类。”

“哦？就是她吗？”乔凡尼抱臂垂眼俯视了高大胖一会儿，嘟囔道，“好小只……好丑。”

管家西里：“咳，亲王大人，对女性这么说太失礼了。”

“失礼？”乔凡尼亲王不解地挑眉，“她只是个宠物吧？难道因为是人形你就把她当作血族对待了吗？呵……说到底，虽然珍贵，她也不过就是艾尼玛或者人鱼的一种而已。”

管家西里沉默。

伸手拉过大胖的胳膊，乔凡尼亲王尖尖的指甲挑起她的下巴，微俯身轻轻地嗅了嗅：“嗯。不过这生物的味道真的很好闻……这层薄薄的皮肤下面，包裹的就是味道更浓稠的温热液体吧？这么一想真是诱人啊。”

略用力地摩挲着高大胖脆弱的皮肤，乔凡尼亲王眯起眼睛盯着大胖颈侧微微跳动的血管，喉结无意识地滚动着咽下期待的口水……

高大胖也紧张地咽了一口口水，这家伙的力气好大，抓得她好痛！而且那冰冷镜片后面的血红色眼睛完全是猎食者的眼神，让她再次意识到自己真的是食物！

就算在学习语言，就算能提出要求，就算可以洗澡、睡觉、看电视，地位也还是食物。

乔凡尼冰冷的手指抚过小小温暖的脸颊和脖颈，在触到梵卓留下的齿痕时瞬间停住！

“啧，什么啊，还真的签订了契约啊……”

被摸得发毛的高大胖感受到对方的停顿，心中松了一口气。

看来，这个牙印儿还是挺有用的。

当初她还很诧异为什么吸血鬼舔过的伤口都会愈合，留下的齿痕却不会消失？兰卡便告诉她因为这是特意留下的标志，主要是警示其他吸血鬼的，是一种契约，表示供血者受到享用者的保护。只要享用者一直从供血者那里取血，齿痕自然一直不会愈合，如果享用者抛弃了这个供血者，齿痕自然就会渐渐消失。一般来说，只要齿痕还在，就是契约期间，低级血族如果对这个供血者出手，就会被干掉。如果是同级或者高级出手，会受到其他血族的责难。

高大胖当时觉得很无语……

所以，只要地位高，抢别人的东西就没什么实质性处罚而只会被鄙视吗？

那万一某些贵族跟梵卓一样不要脸怎么办？这契约还真是毫不靠谱的保障啊……

好在，血族里像梵卓一样不要脸的贵族毕竟不多，这个乔凡尼亲王还是比较靠谱的。看到牙印儿，他便松了手，退后一步仔细端详惊魂未定的高大胖，不时捏起她一缕头发或者戳戳她的脸颊兀自评估着……

“真是不错呢。”乔凡尼兴致盎然地转头，询问刚刚赶到的兰卡美人，“长老院科研所那边有开始着手做她的克隆人吗？这么美味的东西应该批量生产啊，肯定能大赚一笔！”

“克隆实验已经做了，不过不会批量生产。”伸手揽过被乱摸的高大胖，兰卡美人简洁回答。

“哦？是碍于宇宙法的约束吗？我不记得我们血族是会在乎区区宇宙法的种族啊。或者是经费不够？的确，精致的克隆人所需成本还是很高的。不过这家伙绝对是有投资的价值，如果是经费方面的问题，我可以做出资人。”

“乔凡尼大人，收起您那满眼的商人金光吧！事情不是那么简单。”兰卡噼里啪啦地调出实验数据，“不会批量生产，正是因为根本没有价值……克隆人一定会有某方面的缺陷大家都知道的吧？”

“当然。”乔凡尼点点头，“我听说有些是智商低下，有些是器官残缺，有些则是寿命短暂……啊，难道说……”

“没错，她的克隆人缺陷就是血液！实验结果是克隆人身上的血液并不诱人，或者说，滋味一般，比艾尼玛强一点，但实在不值得克隆的高昂成本。就连营养数值也很普通，您看……”兰卡点了点数据屏，“克隆人与本体的数值差太多了，而且不是偶然现象，编号从 001 至 007 的试验品都是这样。不过目前还不清楚这是克隆技术缺陷的关系，还是地球人本身的血液就是如同试验品这样，只不过在宇宙射线里漂流了一万年的这个，因为各种辐射的作用，血液味道才会特别好。”

“原来如此……呵，这么看来，要提醒梵卓省着点吃啊，这玩意儿全宇宙可就一只。我可不希望到我手上的时候，她只剩下皮包骨头了……”乔凡尼亲王拍拍手，一条金色的翼龙从天而降，扑打着一看就很值钱的翅膀，安静地等着主人的命令。

“当然，”跃上龙背的乔凡尼大人微笑着补充，“就算只剩下皮和骨头，也要留给我啊，毕竟珍稀物种，做成标本也能卖上好价钱。”

留在原地的高大胖不寒而栗……

…………

萨恩星从雪季跨入雨季的时候，高大胖已经渐渐习惯了血族的语言和贫乏的食物。

但是经常性的失血和营养不均衡，让她的体质差了很多。

贫血造成的头晕耳鸣已经算是小问题了，肢体疲倦导致的日益严重的嗜睡让她大部分时间都在梵卓亲王那张新造的床上度过。

除了健康状况的变差，血族的态度也让高大胖隐隐地恐惧。

时常不请自来的乔凡尼亲王，看着她的眼神就像是看着一堆值钱的骨头和皮，实在让人胃绞痛……

也许是因为现实生活的压力，高大胖最近开始常常做梦。

梦里有时是胖妈做好了早饭叫她起床，有时是胖爸坐在沙发上打呼噜，有时是曾经那个家里某个房间的一扇门，有时是教室书桌上写了一半的单词本，纸页被窗外的风掀起来一小角……

总之，都是些熟悉到催泪的场景。

高大胖是坚强的地球高中生，不会这么轻易就哭出来，于是只好醒过来。

“失眠、浅睡，贫血的早期症状。”兰卡抱着医疗记录电子板科学地总结。

可她并不知道，高大胖还会做梦。

血族没有梦。

他们的休息并不是睡觉，而是仿佛关机一样真正的休眠。

沉沉的，冰冷的，没有呼吸和心跳，没有神经、肌肉甚至没有细胞的一丝运动，仿佛真正的尸体。

“我们的休息才是真正的休息。同样的能量，人类 24 小时一直在消耗，而血族的消耗量起码比人类节省一半，效率问题可想而知。”兰卡修长的手指转着激光笔，声音带着科研者的好奇，“而人类，睡眠时呼吸、心跳、血液运输甚至大脑活动全都不停止，人却已经没有意识了，这太不合理！人类入睡时那些继续运动着的脑细胞到底在干什么？难道是大脑在进行独立的思考吗？”

不，不是的。那是大脑在造梦。

真实的，虚假的，有道理的，没道理的。

回忆的，预见的，安抚自己的，吓唬自己的。

精彩纷呈，而且不用负责。

“人类的寿命太短了，我们才不舍得浪费一半的生命在睡眠里。”高大胖说，“更何况如果睁开眼就是现实世界，闭上眼就一片漆黑，那样太残酷了。总要有个能够幻想逃避的地方。”

就像现在，作为最后一个人类，她起码，还可以做梦。

高大胖很清楚，时间一天天过去，一切都会被冲淡。如果有一天连她也记不清地球上的事物了，那么到那时，也许高大胖只能在梦里闪过的画面中找到一些回忆。

高大胖今夜的梦里有个男孩子。

面目已经模糊了，大约是帅气的。

校服的颜色都记不清了，却还清楚地记得他在操场上的样子。高挑的、运动的、带点青涩的、硬装出来的酷酷的感觉。如果放到现在，只不过是个小毛头。可是放在当时，却是校园里最受欢迎的类型。四周自然要有女生前呼后拥的，打篮球的时候自然要围观尖叫的，偶尔手插口袋走过楼下时自然也是要有人偷偷从教室窗口往外看的……

高中生活那么贫乏，高大胖作为一个俗人，自然是不能免俗的。考卷重压下的少女春心是萌动的，有意无意地也是经常会瞅两眼的……

不过高大胖那时候，是“高大胖”。

站在一众娇小可爱的女生中间，是巍峨的“铁塔胖”。

全校合唱比赛，是站最后一排穿男生衬衫的“雄伟胖”。

就算围观篮球赛，也不好意思跟其他女孩子一起两手夹胸娇声尖叫，而是好不容易忍不住去看了，还要扛上一桶纯净水谎称是来给运动员送水的“强壮胖”。

就那么一次，绊倒时被对方拉了一把，却悲哀地发现自己胖胖的爪子比人家帅哥修长的手还大，于是满脸通红地回去，化作以头抢地耳的

"悲哀胖"……

高大胖在梦里笑喷，那时候真是蠢得可笑……笑着醒过来，坐起来，在异星球半夜时分的黑暗中，那点笑意僵在嘴角挥之不去……

现在，就连很蠢的恋爱也没有机会了，不是吗？

人类就剩下自己一个了。

要作为食物一辈子这么活下去呢……

高大胖爬下床，裹着被单走到窗前，外面是萨恩星银灰色的土地，天空中远远近近的翼龙昭显着异界的现实，地平线上散发着清冷白光的三个月亮照亮了血族城堡的窗台，色泽让人很忧郁。

高大胖坐下来，抱着膝盖蜷成一团……

她不知道自己坐了多久，窗外的景物没有任何变化，四周没有任何声音。

血族高雅的教养和野兽般敏捷的身体让他们行动起来全都无声无息。

直到来人触到自己的皮肤，高大胖才注意到有人进了房间。

"你在哭吗？"冰冷的手指确认一般拂过大胖的脸颊，低低的声音在她的头顶响起。

"没有。"高大胖闷声答。

"肚子饿了？"伴着衣料的唰啦声，来人似乎弯下腰来低头看她。

"没有。"高大胖摇摇头，摸了摸肚子，又点点头，"好像又有一点。"

一颗橙红色的果子被苍白有力的大手托到她面前，尖利的指甲居然没有碰破薄薄的果皮。

"兰卡说你也可以吃植物果实。"

高大胖伸手摸了摸男人掌心里那颗圆滚滚的果子。虽然颜色很奇怪，但……大胖说："长得好像【桃子】。"

“桃子是什么？”

“我最喜欢的水果。”高大胖拿起果子咬了一口。

半晌，才慢慢道：“好难吃……”

真的好难吃。

那刺激的味道让她的眼睛里瞬间涌出水汽，模糊了视线……

啊啊……这里真的不是地球……

什么都不同，完全不同。

我回不去了，可也不知道该往哪儿走……

只有一个人，该如何是好？

“难吃到让你哭出来吗？”亲王大人叹了口气，拍了拍她的头，伸手过来想拿掉果子，高大胖却不肯松手。

“是不是……”高大胖哽咽着抓紧手里难吃的水果，抬头泪眼模糊地看着面前的血族，“是不是如果我只想着吃喝睡觉……就不会，就不会觉得难过了？”

人类为什么会思念呢？

人类为什么会回忆呢？

人类为什么要有情绪呢？

人类为什么是这么复杂又这么脆弱的动物呢？

如果我真的是一只家畜，吃了饲料就睡觉，是不是就不会难过了？

梵卓亲王轻轻地叹气，拉起厚实丝滑的斗篷温和地包裹住哭泣的小小，抱着她默默地坐在窗边许久，然后轻声道：“人类真是麻烦的生物……”

高大胖认同地点头，拽着亲王的斗篷擦着眼泪和鼻涕，在他的怀里蜷成一团，轻轻地抽噎着……

“明天我给你买新的果子……”他说。

高大胖继续点头，有新的果子，也是好的。

“不要哭了……”他继续说，低下头来，轻轻地亲吻她的嘴唇……

哽咽的大胖愣了一下，伸手慌张地推拒着男人凑近的脸：“等……等一等，你做什么？我嘴里没有伤口。”

对方头也不抬，继续亲吻：“不是吸血，只是想亲……”

大胖同学不断后退着，抬手捂住亲王凑近的嘴唇：“你等等，这样太奇怪了……只有【情人】之间才会亲吻嘴唇，不是吗？”

“情人？”梵卓亲王拉下对方阻止的手，一脸不解地挑眉，“那是什么？”

“就是……就是以后会成为【夫妻】的关系。”

“夫妻？又是什么？”

高大胖真的无语了……莫非这个星球根本没有“结婚”这一说？

兰卡的确说过血族女性无法生育，所以这里没有“家庭”这种概念，就连氏族都是按照古代流传的姓氏和血统划分，族人间无所谓兄弟姐妹，也没有父母。这么说来，这个星球上的确有可能没有“婚姻”或者“夫妻”之类的东西。

但是，但是……血族不是很好色，性生活很活跃的吗？

“情人就是……你，你总有上床的对象吧？”高大胖憋红了脸。

“上床的对象？你是说伴侣？”床伴无数的亲王大人终于了然，“情人就是指伴侣吗？”

血族的伴侣，概念很广泛。

是床上的情人，也是战场上的同伴，还是交换血液的对象。

互相的羁绊来自本能的欲望：食欲、情欲、生存欲。

只是依存，与爱无关。

“我并没有把你当伴侣的意思。你是特别的。”梵卓亲王想了想，认真道，“你的味道对我的吸引，比那些伴侣更强烈。只要一靠近你，就让我忍不住想靠得更近！想亲吻你，抚摩你，想舔一舔，咬一咬，想用力地拥抱，或者干脆撕碎！”

“……”

高大胖，女，在（一万零）一十八岁的生命里，第一次被“告白”。

在此时此刻、此情此景，她无言以对……

9th Blood　地球人的说话艺术

“嗯，巩膜发蓝的状况减轻了。”兰卡关掉手上的强光灯，结束了对高大胖眼球的观察，在记录电板上总结着，“看来动植物饮食的均衡还是有用的，贫血症状缓和了很多。”

高大胖揉着酸涩的眼睛，从医疗台上爬起来，慢吞吞地穿衣服。

“不过……为什么你的体重还在下降？”兰卡不满地读着显示屏上蓝汪汪的体重数据，“听说你的食欲也不好，最近学习的时候也很没精神，到底是怎么了？”

“没什么，只是心情不太好，可能是因为总见不到太阳的关系。”高大胖低头系扣子。

“心情？”兰卡诧异地挑眉，然后仿佛想到了什么似的，转身埋首于主电脑上，面容严肃地猛查起来……

继续认真系扣子的高大胖被旁边伸来的手拦住，梵卓大人苍白的手指撩开她单薄的内衣，拂过她瘦得瘪下去的腰腹和身侧微微凸显的肋骨……

“养得这么辛苦，居然又瘦了。”

大胖暖乎乎的身体突然被冷冰冰的手指碰到，忍不住瑟瑟发抖。扭腰躲开，裹紧睡衣，大胖同学小声抱怨：“我这个被养的人也很辛苦啊。”

亲王大人轻笑一下，伸手爱怜地摸摸大胖的脸颊，温柔地在她嘴唇上留下一个蜻蜓点水般的轻吻，便带着侍从离开了。

“总觉得……”趴在电脑前的兰卡单手支着下巴，懒洋洋地瞥着高大胖，“总觉得你们两个之间的气氛变了呢，感觉不像养宠物了……发生什么事了吗？你们俩上床了？”

端着热果汁慢慢喝的大胖同学一口喷出去！“怎么可能？我是他的食物吧？”

“怎么不可能？”兰卡满不在乎地挑眉，“对血族来说，吸血行为本来就是把食欲和性欲结合在一起的。从杯子里饮用抽取的血液也就罢了，如果是直接在生物的脖子上咬下去的话，饥渴得到满足的同时会有强烈的性冲动，这是很正常的。更何况你又是人形，而且有思维能力，现在又学会了我族的语言……说实话，有时候连我都会忘了你其实是其他种族。”

高大胖愣住，她想起上次梵卓的“告白”。

原来如此，真的是食欲和性欲的结合吗？可是……听起来似乎更危险啊。

“我可是说真的，”兰卡转着笔，满脸科学家的神圣光芒，“如果上床了要马上报告我哦！性行为引起的各项变化可都是很有价值的数据啊。不知道亲王大人肯不肯让我现场旁观做笔录，不然全程电子监控也可以啊……”

高大胖很无奈……科学，有时候真是伟大又窘的东西。

“咳，不是那样的，兰卡。只是上次我哭的时候，他安慰我了，让我觉得他这个人还不错。”

“你哭的时候？你哭了？”兰卡兴致盎然地转了过来，“为什么哭？哭泣行为持续了多久？除了那次以外，还哭过吗？是偶然行为还是较高频率的行为？泪水有没有保存下来？下次哭的时候一定要联络我把数据记录一下啊……”

高大胖扶墙出门……

“等等，等等！”兰卡一把将她拽回，“别走！我想我找到你体重下降的主要原因了。当然……虽然还没有数据上的论证，但我认为从逻辑上是讲得通的。之前你提到‘心情不好’的时候我就隐约有这种感觉，人类虽然肢体孱弱，但大脑活动却已经算是高等智慧生物的等级了，有没有可能会因为心理方面的‘情绪’影响生理方面的各项指标呢？我刚刚查了一下宇宙百科，其他星系的智慧生物偶尔也会有这样的例子。现在你又提到之前哭过……要知道，哭泣实际上是身体自我减压的调节方法之一。所以我在想，你或许正是因为心理上的压抑，才导致健康状况的下降！”

高大胖停顿了一会儿，点头：“啊，没错，不过这种显而易见的事需要想这么久吗？”

兰卡转身掀翻了主电脑！

“啊啊！可恶！地球人最讨厌了！什么叫显而易见的事？！这种情况很特殊好吗？一般的宇宙智慧生物哪有像人类那么孱弱的？通常脑力和体力都是同步进化的好吗？！”

讨人厌的、孱弱的地球人高大胖：“啊……是这样啊。”

“没错！就是这样！就像我们血族，比如我，就算伤心得天崩地裂，也照样可以干掉一个连的黑战士！这才叫高等智慧生物！”

科学家兰卡，傲然挺立在电火花刺啦作响的主电脑残骸中，气势雄浑，黑发飘扬……

建立在医疗室主电脑被毁基础上的，兰卡的《论地球人心理和生理之矛盾统一》调查报告，有力地改变了高大胖同学之后的命运。

对于整篇乱码一般的科学推论，就让我们无知地略过吧。

重要的是报告的结论：“地球人不能总关在家里养着，要经常放出去晒太阳、散心。”

梵卓亲王放下报告书，抱起高大胖掂了掂重量，便同意了这个论断。

于是，萨恩星雨季到来时，执政官惯例的全球巡视随行人员名单上，便添上了一个地球人的名字。

…………

“这就是，所谓的公费旅游啊……”兰卡一脸的意气风发，“呵呵呵，政府撑腰，包吃包住，豪华城堡全球游！年假就是要这样过才带劲！”

高大胖默默地收拾着自己的小小行李包，“兰卡，有时候我觉得你真不像个血族。”

梵卓也好，布鲁赫、乔凡尼也好，西里也好，从没见过其他血族这么不优雅地大笑的，说话也从来不用敬语……

“你是想说我怎么一点都没有礼貌和教养是吧？”兰卡满不在乎地撩了一把乌黑的大鬈发。

高大胖摆摆手：“啊不，我只是想说，其他吸血鬼最擅长的摆谱，你一点都不会呢。”

兰卡沉默地看着大胖半晌，喃喃：“不是我说，你有时候嘴巴真的很毒。”

随手帮大胖把毛绒披风也塞进行李包里，兰卡低头看了看自己黑亮的发丝自言自语：“没教养吗？大概是因为我本来也不是贵族吧，谁让我只是个半血族呢……”

高大胖：“之前我就想问了，你常说的‘半血族’到底是什么？民族的一种吗？”

兰卡挑眉：“我曾经告诉过你萨恩星上有三个血族吧？”

“嗯。贵族‘圣血族’，平民‘蓝血族’，禁忌‘半血族’。”大胖掰着手指细数课上学过的知识点。

兰卡：“没错。不过虽然现在是三族共存，但其实萨恩星上的原住民只有蓝血族，银发红瞳的圣血族是在古代迁徙到这个星球上来的。至于是什么时候、出于什么原因、从哪里迁徙而来，就不得而知了。但圣血族拥有强大的肉体力量和精神力量，很快就降服了这个星球的原住民。在血族之中，力量决定一切，力量较弱的蓝血族只能充当平民或者奴隶，为贵族服务。等级就是这样划分出来的。”

高大胖：“咦？这么说来，蓝血族和圣血族其实是不同的生物？”

兰卡无力抚额：“你才知道吗？当然不同了。蓝血族虽然也是血族，但寿命是有限的，大概有500年，而且有从童年到老年的一切生命阶段，死亡后会留下一个所谓的‘核’，然后在三月年的第一个满月日的光辉下重生。因为是循环生命，所以蓝血族不需要孕育下一代也可以延续种族。

“至于圣血族，他们强大而长寿，自然状态下几乎是不老不死，但没有可以重生的‘核’，一旦心脏被粉碎，就是彻底消亡。并且圣血族的女性又无法生育后代，所以圣血族的人数只有不断减少。

“我小的时候，听说圣血族有十三氏族，共计一百六十五余人。可是现在，经历了战争或者其他的损耗，已经有三个氏族完全灭绝了，还有七个氏族人数太少，纷纷被吞并。如今只剩下三大家族，而人数也下降到了七十二个人……如果找不到繁衍的方法，这个种族大概总有一天会消亡的。到时候，萨恩星也许会重新回到蓝血族的统治之下吧……”

高大胖看着兰卡黑色的眼睛和美丽的黑发：“那么半血族呢？”

“半血族吗？呵呵……比圣血族更惨。不能繁育，没有‘核’，而且也不长寿，这是个一开始就没有未来的种族。”兰卡笑笑，手指漫不经心地绕着发梢，“半血族是人工硬造出来的异类。如果圣血族将自己的血输给蓝血族，并且两者能融合的话，就会产生半血族。那个人的瞳孔、头发和血液都会变成黑色，而且血里含有剧毒。半血族的时间是停滞的，不会衰老，变异的时候是什么年纪就会停留在那个年纪。寿命也会延长，一般可以活一万年左右。不过，那一万年就是极限了，一万年一到，立刻死亡，而且什么也不剩。

“蓝血族有‘重生’，圣血族有‘长寿’，半血族只有‘一万年’。

“不管是蓝血族还是圣血族，都可以跟自己的伴侣交换血液相互依存。但半血族不同，我们是禁忌，血液是毒。真是尴尬的地位和生命……”

高大胖羡慕地感叹："啊，能活一万年，真好啊。"

"……"兰卡抚额，"你应该听得出我用沉痛严肃的语气讲了半天不是想表达这个意思吧！"

高大胖挠挠头："啊，是吗？可是……你看，我呢，是这宇宙里最后一个人类了，最多也只能活100年，既不强大，也不美丽，没钱没文化，也没正当职业，而且走在大街上谁都可以过来咬我一口。而你呢，可以活上万年，人长得漂亮，脑袋又聪明，文可以纵横科研院，武可以扫平护卫队，血液天生有毒没人敢下嘴。虽然少但毕竟还是有半血族的同类，而且这一万年里都可以做自己喜欢的事，研究宇宙未知世界，实现个人价值，贡献血族社会。所以说，在我看来，你的抱怨就像是在说'哎呀，老子惊才绝艳、貌美如花、打遍天下无敌手，而且才只能活一万年，好可怜耶……'一样找抽。"

兰卡目瞪口呆……

房间里忙碌的侍从纷纷原地石化……

良久，美人才闭上嘴巴，有点敬佩地望着大胖同学喃喃："逆向思维的对比性心理安抚吗？竟然能用这么欠揍的话达到这么治愈的效果。地球人……真厉害……"

表情平静的高大胖："好说。"

…………

就这样，被治愈的兰卡同学更热情地投入了科研事业。

等到梵卓亲王的全球巡视正式启程时，高大胖专用的各项高科技产品也纷纷出炉了。

坐在一地的新奇物件中间，高大胖东摸摸，西看看。

大胖："这个是？"

兰卡："民族语翻译器。虽然你现在已经比较熟悉血族的通用语了，但各地的语言还是有很大差别的，这个是我设计了软件以后拜托西里做的，我不在你身边的时候应该派得上用场。”

高大胖点头：“明白，就是地方话和普通话的区别嘛……那这个呢？”

兰卡：“气味抑制器。只要贴身携带，就可以消除你天生携带的淡淡甜味，降低被扑倒的危险性。只要不真的出血，你闻起来就跟普通的吸血鬼无异。这个玩意儿我可是研究了好久啦，最近才终于成功！啊啊，从此以后终于不用为咬你还是不咬你，遵从本能还是绝对效忠而每日纠结了……快点戴上让我看看……”

兰卡调整着抑制器的尺寸，歪头审视着：“嗯，还不错。其实我为了便于携带本来给你弄成项链的样子，但梵卓大人说戴在脖子上的话啃你的时候会碍事，所以改成了手镯形，效果比项链差一点。不过，只要你不把脖子伸到别人眼皮底下去，应该就不会被闻到。”

“美食”高大胖泪眼婆娑：“谢谢……这东西真是太实用了！”

兰卡叉腰笑：“那当然！也不看看是谁做的！哦呵呵呵……啊对了，还有你的头发和眼睛，颜色比起半血族的黑色来说也太浅了一些，等下要做做改造。皮肤……嗯，反正已经是很不健康的苍白了，还凑合吧。”

被凑合了的大胖：“那个，我一定得扮成半血族的样子吗？”

兰卡严肃地点头：“当然，如果你不想被血族瓜分掉的话。”

“可是，血族不都是很优雅守礼的吗？我是亲王的“食物”，别人应该不敢动我吧？”

兰卡嗤之以鼻：“那是王都的贵族。到了边境荒城，那些野蛮人跟禽兽没两样，你如果不想被吃掉，最好乖乖听话。”

高大胖飙泪：“我，我可不可以不去了……”

兰卡翻着健康记录档案，头也不抬地说：“从健康的角度来说，不行。因为关在房间里太久了，你的心理和骨骼都会出现病变。从安全的角度来说，也不行。因为没有梵卓亲王坐镇，谁来抢人都很容易。”

大胖无奈地点头：“反正，总之，跟在亲王身边就对了吧？”

“这个嘛……”兰卡微笑，拍拍手，窗户打开，一条体型较小、彩虹般绚烂的翼龙，不，麒麟，拍打着翅膀从天而降！鬃毛和羽翼在风中拂过窗棂，仿佛传说中的神兽踏着七彩圣光降临人间……

高大胖惊呆：“好漂亮……”

兰卡把放着大胖行李的压缩空间包丢上龙背，微笑着召唤呆滞中的胖：“来，上去吧，梵卓大人给你买的新龙哦。”

大胖同学僵硬回头：“咦？你说这是谁的龙？”

兰卡：“你的。”

大胖：“我不是跟在梵卓身边吗？”

兰卡：“别傻了，他抱着你上他的坐骑的话，谁都看得出你身份不一般吧？那隐藏还有什么意义？”

大胖：“可，可我不会骑龙。”

兰卡：“是吗？那样的话，我来教你一个御龙的秘诀吧。”

大胖凑近：“是什么？”

兰卡压低声音：“很简单，就是……不要掉下去。”

今夜，风和雨稀，星月当空。

管家西里站在城堡的大门口，朝着巡察队伍离去的方向谨慎地行礼送别。

“恭祝各位，旅途愉快。”

远处的风中传来龙队里隐隐约约的哭叫声……

10th Blood　饭前要洗手

“阿嚏！”

一声轻微的喷嚏夹杂在飞龙振翅的队伍中并不明显，可是每个听力发达的血族都毫无障碍地听见了。

所有视线都悄悄地从四面八方聚集在队伍后边一条花花的小龙上。而龙背上的某人，正无知无觉地默默地吸溜着鼻涕在雨中瑟瑟发抖……

众人的心声：啊，她冷了，她冷了呢，被淋湿了，在发抖，在发抖了……

兰卡递纸巾：“咳咳，保持队形，不许围观！”

高大胖擦鼻涕：“兰卡，血族的科技这么发达，为什么咱们不坐飞船出门呢？”

兰卡把用过的纸巾放进收集皿：“因为这是国土巡视啊，当然要慢慢看。坐飞船的话，一下就到了，下了车就是摆阔的欢迎仪式，吃吃喝喝、唱唱跳跳的晚宴，互相吹捧、报喜不报忧的会谈，然后大家就洗洗睡了，那还巡视什么啊？”

高大胖：“咦？这步骤跟我们地球上的好像呢，不过我们还要留点时间行贿、受贿……阿嚏！”

兰卡递出第二张纸巾：“喷嚏是肢体冷热调节的应急反应之一。已经穿了变温衣，你还是会觉得冷吗？难道是因为风吹雨淋？地球人真脆弱啊！这种时候就显出血族变温体质的优越性了，永远能和环境保持协调才是最基本的生存之道啊。人类凭着这种还不如爬行动物的身体，到底是怎么爬上食物链顶端的啊？”

高大胖：“我们把其他动物的皮剥下来，披在自己身上。”

兰卡：“……”

护卫队前后左右的飞龙瞬间与大胖的花花龙拉开安全距离……

“危险”的地球人高大胖默默地拧了一把滴水的头发：“兰卡，湿漉漉的不会难受吗？这里除了雪季就是雨季，可我好像没看到有谁用过雨伞呢……”

兰卡：“雨雪都是自然的恩物，为什么要躲开？再说了，‘水与泥土，乃血族生命之源’。比如，当发生日光灼伤的时候，埋入潮湿的土中休眠就是最有效的治疗方式！”

高大胖：“果然如此吗……其实我小的时候读过吸血鬼的故事，那里面有说吸血鬼的力量来自他坟墓附近的土地，所以一只吸血鬼离开领地的时候，都会带上几箱墓地的泥土以备不时之需……你们也会这样吗？啊，难道后面那几条运输龙的背上驮的其实就是梵卓城堡下面的沙子？”

兰卡嘴角抽搐：“怎么可能……这么没道理的事你是从哪儿听说的？”

高大胖掰着手指细数：“《惊情四百年》《德拉库拉》《吸血迷情》……啊，对了，在地球灭亡的前几年还很流行一部叫作《暮光之城》的电影和《吸血鬼骑士》的漫画呢。那里面的吸血鬼经常在学校里耍帅，在太阳底下会很风骚地闪闪发光，而且不知为何都会爱上人类女孩，于是每次咬爱人之前都满心纠结，咬的时候一脸悲壮，咬完以后涕泪满面……”

兰卡：“真是越编越离谱……”

高大胖耸肩：“人类编的故事嘛，当然很自恋地以人类为中心……说来吸血鬼一直是地球人钟爱的艺术题材呢。因为你们不老不死，百年孤独，害怕阳光，害怕大蒜，害怕十字架，镜子里照不出身影，力大无穷有如野兽，身份高贵又很有钱。当然最重要的是，长得都很好看。”

兰卡："哼！我们才不怕大蒜、十字架、镜子什么的……不过我们的确长得好看。"

"对于血族总是能面不改色、毫不羞耻地自我吹捧这一点，我真的很佩服。"高大胖说。

"因为那是事实。地球人无时无刻都穿插在社会交往中的过度自谦才奇怪吧？"兰卡满不在乎地撩头发……

"说来，虽然这些故事都编得很夸张，但任何传说的流传都是有根据的。地球既然有这么多吸血鬼的故事，也就从侧面证明了这个星球上的确存在过这种生物。嗯，这是很有价值的资料，等着陆以后你多跟我说一些。"

高大胖活动着酸麻的四肢："跟你说是没问题，可是我们究竟什么时候才会着陆？"

兰卡目测了一下月亮的位置，推测道："天亮前吧。"

高大胖哀号："……我们要飞一晚上吗？！"

兰卡："才十几个小时而已，很正常吧？难道你累了？"

高大胖："又累、又饿、又渴、又困、又湿、又冷……说实话，我现在好想昏过去一了百了。"

兰卡："对于人类总是面不改色、毫不羞耻地承认自己很弱这一点，我也真的很佩服。"

然而队伍却在二人细碎的讨论声中停下来了。

站在银龙背上的梵卓亲王口气平淡地下令："降落整队，30分钟后出发。"

护卫队众人的心声：急行军半个月都不会休息的梵卓大人，她才飞行几个小时就降落整队？是为了她吧？是为了她，一定是为了她……地球人真孱弱啊！

…………

萨恩星上除了被开辟成居住区的城市以外，大部分都是完全原生态的土地。

雪季的时候，一切都被白雪覆盖还看不出异状。到了雨季，曾经沉寂的大地便展现出了一种充斥着生命力的恐怖！

在雨水下结束冬眠破土而出的巨大植物，仿佛某种快速生长的猛兽，盘根错节相互啃噬着向着天空延伸……生长繁殖期的天性使得它们将任何进入其领域的异物都用暴力排除，不论是芽叶还是花朵都变得充满了攻击性！瘴气、毒液、带刺的茎、食人的花，铺满了整片原野！

危险的东西总是美丽的，远远地从空中俯瞰下去，就是月光下大片朦胧的、五彩缤纷的诱人色彩。然而一旦降落在地表，曾经美丽的颜色就变成了力大无穷、吞噬骨肉的怪物……

不过，对战斗力一流且站在萨恩星生物金字塔顶端的血族来说，这点危险就跟地球人在自家菜园里摘茄子一样普通。

随着黑衣护卫队手中光剑那流畅华丽地翻飞挥舞，整个队伍的下降速度没受任何影响，全员降落的时候，曾经被凶猛植物占据的土地，已经变成了毫无危险的空地。只不过空地四周散落着大堆流着汁液的绿色尸骸……

完全瘫软在龙背上，任由兰卡帮忙牵着缰绳降落的高大胖，则是刚一落地就被梵卓召唤走了。

“跟我来。”亲王大人说着，然后一甩斗篷，就很潇洒地走到前面去了。

大胖同学在兰卡的帮助下笨拙地爬下花花龙，好不容易落地，还被扭头回来看的花花龙很鄙视地用鼻子喷了一口气……

胡乱擦擦身上的雨水，大胖挪动着骑龙骑到没知觉的两条腿，费力地在布满凹凸不平的虬根和松软落叶的森林土地上蹒跚着追赶已经走出很远的某亲王，并不时在被雨水冲得光滑无比的石块上踉跄一下……

终于停下脚步回过头的梵卓大人，盯了挣扎蠕动的大胖一会儿，慢慢道：“你……等一下到了别人的领地上，不许单独行动。否则以这种差劲的行动力，一定会被看出来不是血族。”

高大胖扶着树干，喘着粗气，点点头。

梵卓：“护卫队会帮忙掩饰，所以不要离大家太远。尽量留在兰卡身边，兰卡不在时，就待在原地不许动。”

高大胖继续乖乖点头，擦着脸上的雨水，把湿漉漉的头发从脖子上撩开……

亲王大人的话语突然停顿了一下，转开视线看着别处，梵卓又淡淡地补上一句：“还有，不许跟陌生人说话，也不许吃别人给的东西。”

高大胖没力气点头了，她现在头晕得厉害，虚弱的身体状态加上感冒的早期症状和饥饿引发的低血糖，让她有点站不住。撑着树干的手脱力一滑，整个人向前扑倒……

几乎是瞬间就移动过来！梵卓单手拽住高大胖的手肘，拎起她后颈的衣领，几个起跃，便稳稳地落在了一棵异常庞大的紫色植物面前。

梵卓放下手里的人，然后抽出佩剑来走到那棵植物下面，手起刀落，“唰”地在树皮上划出一道深深的口子！乳白的树汁顿时汹涌地冒出来！高大胖惊讶地看着那伤口附近的树皮仿佛人的皮肤一般剧烈地抽搐颤抖着！那棵紫色的植物竟然像生物一样猛地扭曲抽打起自己的树枝藤条来！还发出“叽叽嘎嘎”的惨烈叫声……

狠狠抽向亲王大人的树枝都在瞬间被利落地砍断！梵卓的速度快得几乎让人看不见出剑的动作！几轮攻击之后，那棵植物仿佛终于意识到力量的差距一般，发出委屈的呜咽，停止了无用的暴行……

“好了。”利剑归鞘，梵卓转头朝高大胖伸出手，“过来吃吧。”

“咦？”高大胖眨眼，吃啥？

“米由克树的树汁，你在城堡里经常喝的饮料。兰卡说你觉得味道像地球食物【牛奶】，所以一直很喜欢。”

“咦？”原来在城堡里每天早上喝的米由克树汁是这种活生生的植物产的吗？高大胖捂住嘴……

“怎么了？”梵卓亲王挑眉，“我不觉得你是那种会为吃其他生物而感到内疚的人。”

“不，不是内疚。”高大胖摇摇头，走到那棵植物旁边，摸了摸对方还在因为疼痛而抽动的紫色树皮，“只是，没想到这个星球的植物如此活泼。这让我有种‘喝植物树汁的自己跟喝动物血液的你们在做的事根本差不多’的错觉。”

“吃或者被吃。这个宇宙里所有种族做的事本来就是一样的。真要说手段和过程的话，人类还更残忍一些，不是吗？”梵卓淡淡道。

高大胖看看他，噘嘴反驳道：“才不是。其实人类是很纤弱的动物，我们那么做正是因为还不够残忍。比如现在，让我直接趴在这个痛得呜呜叫的树上舔它流出的汁液，我就做不到。可是，如果用杯子接了乳白的树汁放在铺了漂亮桌布的早餐桌上，我就可以喝得心安理得。”

“那明明是一样的。”梵卓皱眉。

“不一样啊。眼不见，心不乱。人类是很自欺欺人的生物。把尸体通过残忍的步骤做成美食的样子，就是为了让它们看起来不再像尸体。把汁液装进华丽的罐子里，就是为了让它们看起来不再像其他生物的体液。”高大胖缩回手，“所以，我们还是回去拿个杯子来吧。”

梵卓：“……”

远远观望的兰卡捶地！

“这么富有哲学性地阐述之后，得出的结论居然是‘去找个杯子’！啊啊，地球人这种充满高等思维却又现实得要命的生物究竟是怎样？！”

“杯子就不必了。”

沉默了一会儿的梵卓亲王低声道，然后抬手接在树皮的断口处，乳白的汁液便顺着他苍白修长的手指静静地淌下，缓缓汇聚在手心，慢慢变多，在月光下仿佛一汪圆润白玉般的晶莹潭水，沁人心脾……

“这样可以喝了吧？”梵卓大人一脸自然地抬起手，将手心里那汪甘露抬到小小面前。

高大胖望着对方手心里的美景停顿了一秒，犹豫着抬头道：“你好像没洗手吧？”

远远观望的所有血族原地灰暗化……

冷风夹雨，飘零而过……

托着甘露的高贵的手猛地握紧！一潭美水被捏得四处飞溅！被嫌弃不卫生的梵卓大人赌气拂袖而去……

“啊，对不起，对不起，是我不好。”高大胖尴尬地拽住对方的斗篷，“我知道血族一天不吃东西根本没什么，你是为了给我找食物才中途停下的。你是个大好人，我太不识好歹了，原谅我吧。我喝，我喝就是了。”

亲王大人停顿了一会儿，才缓缓转过来，嘴角带笑：“我是大好人？会这么说的人，你还是第一个。”

高大胖：“啊，是吗？其实我也不是很确定。我对这种事其实没什么判断力……”

梵卓：“……”

远远观望的所有血族同情地远目……

雨夹冷风，继续飘零……

伸出两手托住亲王大人的手，大胖低下头伸出一点小舌头舔了舔对方手心里甘甜的树汁，喃喃：“可是，好人坏人这种事，本来也没有定论。想得太深，反而没办法判断。我肚子饿的时候，你找东西给我吃，树汁很好吃，所以我觉得你是个好人。就是这么简单。”

“是吗……”

第一次因为这种简单的理由而被夸奖的梵卓亲王大人，俯视着从自己手心慢慢喝水的小生物，沉默了好一会儿，柔和地轻声道：“还想吃点什么？”

周围一圈大树瑟瑟发抖……

小雨怡情，大雨湿身。

雨天，孤男寡女，（食）欲火熊熊，舌尖接触……其实是一种比较暧昧、比较危险的情形。

不过高大胖同学显然并没有意识到这一点，她正认真考虑着亲王大人“还想吃点什么”的美好提议，一边舔着残留在嘴边的乳白色树汁，一边用热情的双眼上下打量着那棵哆嗦的树……

“弄湿了……”梵卓的声音低低地在脸侧很近的地方响起来。冰凉的指尖点在小小的唇边，然后慢慢地滑过嘴唇，撩开贴在脸颊的湿发，仿佛挑逗一般让潮湿的发丝从指间缓缓滑过……

“你似乎总是很温暖，身体的每个细小部分都是这样……指尖……嘴唇……甚至呼吸，都是暖暖的……让我觉得很神奇……”亲王大人垂着眼自言自语，抬手拉起小小的指尖，放在手心里细细揉捏。

“呃，人类都是这样的。”高大胖眨眨眼，后倾着身子试图躲开对方的手指。

拜托不要再摸了……

“是吗……这样就好像生命流淌在身体的每个角落一样，真不错……”手指滑下脸庞，贴着脖颈缓缓地游走，撩开衣领，另一只手则微微用力，揽着腰把对方拉到更贴近的怀里，“你……为什么叫‘小小’？

这个名字……有什么含义吗？”

“没有，顺口。”高大胖开始感到气氛不太妙。

为什么这家伙的手在解我的扣子？还解得这么流畅！

“哦……”很明显从一开始就不在意问题答案的某亲王，专心地从严密的变温服里灵巧地剥出大胖同学白嫩诱人的小脖子，便立刻俯身投入到咬人运动中去了……冷冷的牙尖触到颈侧温暖肌肤的一瞬间，被固定得死死的高大胖终于忍不住出声：“兰……兰卡不是说两个月以内你都不能再咬我了吗？”

是的，兰卡的健康诊断结果认为至少两个月内不能再对高大胖进行吸血行为，要给她的身体留足缓冲造血的时间。否则，如果大胖目前的健康状况继续恶化下去，很可能会对身体造成无法挽回的伤害。事实上这次出行的目的之一，就是进行一次短期修养。

难道这位吸血鬼大人，这么快就挺不住了吗？

梵卓对着猎物的喉咙，张开的血牙静止了几秒，才勉强地、缓缓地收了回去……

仿佛意犹未尽一般，亲王大人低头在对方的脖颈附近逡巡着，恋恋不舍地轻嗅着对方肌肤下散发出的淡淡血气，并发出危险的抱怨：“我饿了……”

高大胖望天……原来大家都饿了。

好吧，自己饿的时候对方帮忙找吃的。那么礼尚往来，对方饿了的时候，自己多少也该表示表示……

“那个，虽然现在不能让你咬我，不过可以让你舔舔。”抠门儿的小小同学想了一会儿，提出了一个葛朗台的提议。

梵卓大人头也没抬，低喃了一声“嗯”，便侧头吻住了小小的嘴唇，细细地舔去唇角乳白的树汁，然后单手托着小小的后脑更深入、更凶猛地吻了下去……

“嗯……等……你等一……下！”好不容易从两人紧贴的胸膛夹缝里抽出手来，用力推开对方的下巴，大胖同学气喘吁吁地涨红了脸，“你，你舔错地方了吧！”

“哦？”被小爪子阻挠的梵卓大人略微停顿了一下，湿漉漉的舌尖擦过嘴唇，暧昧地反问，“那么你还想让我舔哪里？”

“……”高大胖在这个狡猾的问句之后，忽然答不出“脖子”两个字了……

远处自豪的兰卡：“梵卓大人的血族语研修成绩可一直是满分！”

远目的众人：“起码把这技能用在更正经的地方吧……”

“唇舌深处……”亲王大人的手指轻轻撬开小小的牙关，指尖擦过口腔里细嫩的粉肉，“……是身体的入口。没有肌肤的阻隔，直达五脏六腑，血气聚集和发散之处。如果真想解决饥渴，首选自然是这里。当然，还有另一个无须吸血的办法……”

“什么？”含着对方的手指口齿不清的大胖同学费力地提问。

“上床。”亲王大人微笑，雍容高雅。

“……”

《恋爱进程》告诉我们：A 是拉手，B 是亲吻，C 是上床。

循序渐进，健康恋爱。

什么？吸血是第几阶段？

对不起，地球人谈恋爱一般没这个阶段。

明明连情侣都不是却要面临要么 B，要么 C，要么直奔 X 的可悲的大胖同学，抱头苦恼地想了好一会儿，终于无奈地转过脸问道：“那……亲亲也可以吃饱吗？”

“不能，不过零散地享用可以让我不会失去理智突然咬你。”其实跟野兽没两样的某吸血鬼贵族淡定地给出不要脸的答案。

也就是说，就像正餐后的小份甜点那样的存在吧？

算了，接吻总比上床好吧？

高大胖无奈地叹了口气，伸出双手搂住对方的脖子，仰头主动凑上去："我选 B……"

11th Blood　甜言蜜语和不要脸

被搂住的梵卓大人因大胖同学罕见的主动诧异了一下，刚要开口说点什么就被口中紧跟着流淌而进的甜美血气堵了回去！

意识仿佛一瞬间融化在这种香氛里一般，所有的神经瞬间集中到唇齿之间，感受着那湿润温暖的灵巧小舌头，滑溜地在让人迷醉的气息中挑逗着敏感口腔里隐秘的角落，游鱼一样撩拨了就走，舒爽和酥麻的感觉同时涌来，让人只想不顾一切地一直沉醉着享用下去……持续了良久的一吻结束之后，我们经验丰富、阅人无数的亲王大人，第一次尝到了爽到眩晕的滋味……

“真意外……”微抬手轻捂住嘴，梵卓惊讶地看着一旁忙着匀气的大胖同学……是错觉吗？刚刚那个吻，虽然的确是因为血气的原因而显得格外美味，但不可否认的是……“你的吻技似乎很不错。”

“啊？是吗？谢谢，嘿嘿……”被表扬的大胖同学不好意思地挠挠脑袋。

仿佛想到了什么，梵卓大人冷淡地说：“常做这种事？”

“怎么可能？我还是高中生哎！长得又不漂亮，哪有机会谈恋爱？更别说实践了。”大胖同学仰头骄傲道，“我只是学得很快罢了。要说经验嘛，大概就只有我刚来到这个星球的时候，亲过我的一个骑着黑龙的男人了，哦，就是那个布鲁赫将军。”

“哦，是吗？布鲁赫啊……”亲王大人的声波，瞬间铲平了波峰波谷……

远处观望的众血族瞬间凝结……

“是啊，就是布鲁赫。”对声波感应有些迟钝的地球人点头，补上一颗更大的炸弹，“嗯……你觉得不错的话，那大概就表示他的吻技很不错吧，因为我都是模仿他的……”

兰卡跪地：“谁啊，谁去让她住口啊……”

“哦，是吗？模仿他啊……”亲王大人的声波，快速趋向绝对冰寒的直线中……

“嗯，所以说如果你喜欢这种接吻方式的话，也就是说……”迟钝的地球人抛出最后一颗炸弹，“说不定你会很喜欢跟布鲁赫将军接吻呢！”

梵卓：“……”

高大胖：“不如下次你试……”

崩溃的众人：“求求你闭嘴吧！”

…………

接吻风波的恶果是，杀气腾腾的亲王大人再也不肯停下来休息了。

别说休息了，连原计划中天亮时到达的第一个城堡都没进！在领队冰冷的目光下，被迁怒的全员只能换上日行防护服继续赶路……

连续几十个小时的奔波之后，憔悴的大胖同学只能四肢瘫软地挂在花花龙背上，默默接受着旁边翼龙背上担心被防护服焐出尸斑的美人的抱怨……

“他说他肚子饿了……”高大胖困惑地皱眉，“兰卡，为什么梵卓会饿？你们血族不是十天半个月不进食都没事吗？”

“待在你身边，他不饿都难。”兰卡调整着防护服的手套，摇头叹气，“我都看到了，你撩头发啊，露脖子啊，舔嘴唇啊，这分明都是赤裸裸的诱惑啊……”

“可是，湿头发粘在脖子上好难受……”大胖郁闷地看看手腕上的首饰，“归根结底还是你给我做的去味手镯不好使，不是说戴上这个就没有诱人气味了吗？结果根本没用嘛……”

兰卡站在俯视角度：“你在质疑我的研究成果吗？”

大胖惊恐地摇头：“不……我就是随便一说。”

兰卡：“哼，这个跟那个根本没有关系！梵卓亲王是特别的，他曾经品尝过你的血液，那种味道已经刻在他的身体里了，所以他的条件反射不需要闻到气味。简单地说，就是‘看到你’等于‘唾液自动分泌’。”

高大胖：“……那他不能吃点别的东西，克制一下吗？”

兰卡看了她一会儿，转身懒洋洋地趴回自己的龙上：“说了你也不会明白的。人类跟血族对味觉的反应完全不同。血族是味觉记忆动物，尝过你的血那种极品的味道，再吃其他的东西，只会味如嚼蜡。想想看吧，无论再吃什么都无法缓解那种干渴，只有湿热的鲜血那种特别的味道，才可以从内而外完美地填满那种欲望！也就是说，从味觉上，你是无可取代的！”

大胖：“……我该感到荣幸吗？”

兰卡：“不，你该感到恐怖。只有能一直占有你的人才应该感到荣幸。对于其他人来说，你一样很恐怖。说实话，虽然在你身边时我总是忍不住想咬咬你尝尝味道，可是就另一方面来说，我又很庆幸自己从没尝过你的血。不然，以后我到哪里去找个‘宇宙中最后的人类’来弥补那份味觉记忆？只是一次的快感，却要用一生的欲求不满来换，那样太悲惨了……”

高大胖愣了一会儿。在听到兰卡这段话的时候，她脑海中突然浮现出了一个切实的“如此悲惨”的形象。那个人，如果没记错的话，好像，也尝过她的血……

他要怎么排遣这种再也无法满足的欲望呢？

…………

又一个城堡在飞龙队伍的下方掠过，亲王大人依旧毫无着陆的意思，众人只能硬着头皮继续飞。

其实连续飞行对训练有素的血族来说，不算很重的负担，倒是对只擅长短途飞行的娇贵飞龙来说，颇有些吃不消。好在此次队伍中使用的龙多半是军备，耐受性比较强，即使疲惫也会在统一的口令下忍耐。

问题是，某人的新坐骑，十分与众不同。

考虑到体型的问题，梵卓给大胖买的是一条未成年的龙。速度快，飞行稳，外形靓。但是，这条备受宠爱的漂亮小龙，有两个致命的缺点：跟其他军用成年龙比起来，此龙不仅缺乏经验，而且性格十分糟糕……

连续无停歇的飞行已经让花花龙同学憋了一肚子怨气，当又一个象征着“歇脚＋食物”的城堡从身下堪堪掠过时，花花龙满怀的希望再度落空，怨气积累到临界点，我们的花花终于暴怒了！

它愤怒地长啸了一声，然后不满地翻了个身……

其实这个动作在龙群里面不算什么，就像小孩子撒娇，在地上打个滚儿一样。问题是，缺乏载人经验的花花同学，忘了自己的背上还驮着一根“废柴”……

于是，一个撒娇耍赖式的翻滚之后，便是凄惨的“啊啊啊——！”

倒霉鬼高大胖，丢脸地从半空中跌落之前，其实是做出过自救的努力的。

她曾试图抓住手边的骨刺以拖延时间，然而，作为一个力气不足以玩单臂吊活人这种高难度特技动作的普通高中生，大胖同学连半秒钟都没坚持住就罢了，还没用地在坚硬的龙骨上锉断了半片指甲，就那样又痛又惊地继续掉了下去……

队首的梵卓亲王和飞在大胖附近的兰卡第一时间反应过来！猛地加速俯冲下来试图抓住坠落的高大胖……却被突然插入的黑色龙翼遮挡住视线！劲风旋起！刮得鼓膜震痛！兰卡的龙直接被掀到了一边！梵卓的银龙虽然没被顶开，却也被高速划过的骨刺割伤了尾巴，愤怒地痛叫了一声，停在了半空！

高大胖好像掉进一片冰冷的黑色的梦里，仿佛被坚硬又柔软的如夜色一样的斗篷包裹着缓缓落进对方的怀里，惊魂甫定，心脏却还在怦怦地跳个不停，挤压着全身的血液沸腾狂涌，指尖的伤口传来阵阵刺痛……

“布鲁赫，好久不见。”梵卓大人伸手威胁性地拍了拍身下暴怒的银龙，抬眼扫过将军抱着高大胖的手臂，“不愧是职业军人，即使退伍了，反应速度依旧胜过护卫队一筹。那么……”亲王大人优雅地微笑着朝布鲁赫伸出手，声音中带着一贯的傲慢，“这次多谢你出手相救，现在把她还给我吧。”

仿佛没听到亲王的话一般，布鲁赫将军手臂微微收紧，拉起大胖挫断了指甲的手，低头粗暴地含住，濡湿的舌卷过指尖上带着血腥的嫩肉，冰冷的刺痛带来对方轻微的反抗，但在浓郁的血香下统统被无视……

骚动的护卫队在血气消失在布鲁赫口中的同时恢复了平静。

被无视的亲王大人，脸色更加难看。

啊啊，就是这样的味道……黑龙将军血色的瞳孔享受地微眯。

跟记忆中的美味丝丝重合，却又鲜明得仿佛第一次品尝，甜美得让人骨髓深处都跟着颤抖的气息，却只有指尖这么一点……不够，不够，无论如何也不够！

等待了这么久，忍耐了这么久！只想要更多、更浓、更芬芳的，带着生命力的汁液……现在，满满的汁液就藏在这个软软的身躯里。只要轻轻咬破，它就会无止境地流出来……舌舔过温热的肌肤，留下湿漉漉的水迹，碍事的衣领被粗暴地扯开！

想……好想伸出血牙撕破那层包裹着美味的薄薄皮肤，深深地、深深地扎进血泉的源头！让滚烫浓烈的液体淌满舌尖，滋润干涸，填充饥渴，尽情地顺着咽喉滑下……

赫然出现在颈侧的标志性齿痕，仿佛规则的利剑瞬间刺穿了布鲁赫的眼睛！一切冲动戛然而止，激情仿佛被从头到脚泼了一桶冰水，急速冷却……

啊，是的，这家伙是别人的。

仿佛在整理理智一般，静止了短短一秒，将军大人拉上小小的衣领，缓缓抬起头来……

“梵卓大人……您带着这么危险的东西，实在不该如此不小心……”声音带着勉强压抑的沙哑，布鲁赫抱着小小的手收得更紧，伸长的指甲几乎要抓破她的隔离服，“这样让她的血气随便播散在空气里，是在炫耀吗？”

梵卓傲慢轻笑：“说出这种话来就证明你其实羡慕得要死吧？”

布鲁赫并不反驳：“长老院需要一个很有实力的血族明确占有这个人类，以防引起任何争夺和骚乱。”抬眼看向亲王，将军的声音冷冽，“这句话是当初您说的。现在看来，任性妄为的亲王并不适合担任这个角色。我想，长老院不会介意换个饲主。”

亲王大人略惊讶地挑眉：“难得你想通了知道来争。可惜，我想区区小意外还不足以动摇长老院的决定。亲爱的布鲁赫，我建议你在政事堂多混上几百年，摸清了长老院的底线再出手。不过，呵呵……只是不知道几百年以后她是否还活着就是了，我听说，人类的寿命可是很短的。”

将军大人盯着对方，沉默着握紧了手。

“那个……”高大胖满脸冷汗地插嘴，“请问，你们可以等一会儿再吵吗？我的手，好像断了。”

将军：“……”

亲王：“……”

众人的视线集中在某将军屡次“暗暗握紧”的手上，大胖同志瘦得露出骨形的细手腕正在某人的大手里发出可悲的断裂声……

兰卡：“咳，将军，血族的力量人类根本不能承受，请注意轻拿轻放。”

布鲁赫诧异地松开爪子，只见高大胖的手腕在自己的手心里赫然露出青紫和瘀血，腕骨形状奇怪地扭着……

梵卓：“呵呵……现在看来，不知轻重的武斗派似乎比任性妄为的男人更不值得托付啊。”

将军大人烦躁地皱着眉并侧头，却正看到受害者噙着眼泪控诉的双眼、发白的脸色和涔涔的冷汗！布鲁赫不自在地转过脸，低声嘟囔：“你……咳，你哭什么？！我已经放手了，自己修好就是了。”

高大胖内心在咆哮：我要不是爪子断了一定活活挠死你！

兰卡继续干咳：“将军大人，人类没有血族的自我修复本领。”

将军：“那如果手断了怎么办？”

兰卡：“地球人有一种专门修补人体的职业，俗称医生。顺便说一句，我现在就是她的私人医生。不过人类是脆弱的生物，实施修补的时候需要有平稳的环境和严格的消毒，否则任何错位或者感染都会造成后遗症。在空中做这些不太合适，我建议降落到地面，最好是有一定医疗条件的地方。”

低头看看怀里抱着手腕、一脸丧气自认倒霉的小小，布鲁赫将军毫不迟疑地呼喝一声，脚下的黑龙便仰头扭身，振翅朝着刚刚经过的城堡俯冲了下去！

护卫队队长低声汇报：“亲王大人，下面的城堡是艾瑞斯若赛特家族的领地，您看……”

兰卡：“啊，乔凡尼亲王的势力范围吗？让我们祈祷那个财迷没在附近吧，不然第二天醒来说不定那个人类就被切掉哪一块拿去卖了……梵卓大人，我们要下去吗？您怎么了？”

默默望着黑龙背影的梵卓轻声自语：“真是……让人不愉快。”

兰卡凝视着脸色阴沉的亲王，若有所思地说：“大人……其实我在研究地球文化的时候，发现了一个有意思的现象。当人类对一个东西产生强烈的喜爱之情时，会伴随着产生一种强烈的排他感，即反感他人跟自己一样喜爱、分享，甚至是碰触这样东西。此种行为在地球语言里有一个形象的名词，叫作‘独占欲’。”

兰卡斜眼看了看亲王大人雕像般的侧脸，轻笑：“很有趣不是吗？对于血族来说，没有什么东西是不能跟他人分享的，食物也好，伴侣也好，都可以交换。占有的标记是出于荣誉，而不是出于感情，如果有高阶或者同级要求分享，也不是不可以。但对地球人来说，却是对‘与人分享’这种事从情绪上就排斥，为之不愉快、烦躁、暴怒……”

梵卓：“你想说什么？”

兰卡：“我以为您知道。”

梵卓：“我是血族。”

“所以不会有人类的独占欲？”兰卡微笑，“不必急着否认，那并不是什么坏事。说实话，我认为这恰恰是地球人比我族进步的地方。独占欲的起源应该是生物对配偶和繁育后代的强烈渴望。动物天生会执着于延续自己的血脉，并防止他人的混入，为此甚至自相残杀，胜者才能独占雌性。所以，这是有繁殖能力的种族才会产生的感情。而没有后代，对伴侣也没有独占欲的血族，从生物学上来说其实是一种弱势和退化！”

梵卓：“你在劝我为了种族发展这种先进的感情吗？”

“当然不。”兰卡低着头冷静地记录，“我是科学家，只会静观其变。”

…………

高大胖开始很认真地思考一个问题——要不要提醒将军大人，自己伤的是手不是脚，可以自己走呢？

因为……这样被布鲁赫打横抱着闯进城堡，实在是，太引人注目了！

细微的议论声一路上从四面八方传来，不习惯成为目光焦点的草根人物高大胖浑身僵硬……

"啊，那个是谁？将军抱着谁？"

"黑发的，是半血族，难道是宠物？很美吗？"

"不知道。是他的女人吗？好娇小的样子。"

"不会吧……将军喜欢幼齿型的吗？看身材，那女的还是个小孩子嘛……"

"脸，脸长得如何？看不到……"

"嘘……过来了！"

在整个城堡所有围观群众别有意味的注视下，大胖下意识地抱头捂脸，恨不得团成一团把自己整个儿埋进将军的怀里……

布鲁赫当然不知道大胖这个举动只是因为小市民上不了台面，他只觉得怀里的小生物紧紧贴着自己，暖暖地蜷在胸前，十分亲密，万分依赖，于是不禁冒出一股久违的柔软情绪，硬抓着对方的手也不知不觉地放松了……

难得现在气氛不错，也许，应该跟她说句话，将军大人想。经常见她跟梵卓细声说话，但自己没跟她好言好语地说过什么，现在又弄伤了她的手，大概以后会更加被她讨厌吧？那么，抓住机会，先从温和地询问伤势开始好了，比如"疼吗？""不疼。""别忍着。"然后柔声安慰她，顺便摸摸她的脑袋，或者亲一亲，让她不要害怕。

在心里敲定了作战计划的将军大人，于是硬邦邦地开口："你……还疼吗？"问完之后，将军心里不停地重复着下一句：别忍着、别忍着、别忍着、别忍着……然后摸一下亲一口……

高大胖满脸幽怨，一腔控诉："超疼的！"

"……"将军尴尬了，"忍着。"

对话结束。

郁闷的布鲁赫：可恶！地球人怎么会喊疼？血族从来不喊的……

悲愤的大胖：居然叫我忍着？这厮太不是东西了！

就这样，二人的矛盾加深……

从这件事上我们学到，“甜言蜜语”这个东西，需要高度的随机应变技巧以及丰富的跨文化知识。

“很疼吗？”梵卓亲王的声音从背后传来，高大胖只觉得身子一轻，便从之前好不容易焐热的那个怀抱里离开，然后落进了一个新的冷冰冰的臂弯。

受伤的手腕被托起来，放在唇边，几个凉凉的吻落上去，别说还真有点镇痛的效果，这算是……冰镇止痛？凉凉的吻转移到脸上，轻轻落在睫毛上。高大胖费力地眨眼，模糊的视线里满是亲王大人华丽的银发红唇，丝绸一样的声音摩擦着肌肤……

梵卓：“疼到想要掉眼泪吗？血族的唾液有修复的效用，要不要我帮你舔舔？”

大胖：“我不要……”

梵卓：“别客气。”

大胖：“我不是……”

梵卓已经在舔了……而且舔得津津有味……

大胖：“……算了。”

多少觉得不太疼了的高大胖心想：这人虽然行为诡异了点，但出发点还是善良的，应该是个好人吧？

更加郁闷的布鲁赫心想：原来还可以这么干……

从这件事上我们学到，“甜言蜜语”这个东西，其实可以用“不要脸”替换。

12th Blood 恶毒女配角的传统套路

等到高大胖抱着捆上夹板的倒霉手腕跟着兰卡从临时医务室出来的时候，大胖同志“长得不咋地却勾引了两位贵族大人的丑女”的名号已经传遍了城堡……

胖啊，恭喜，你的地位终于从“食物”上升到“女人”了。

这座临时落脚的城堡的主人是位伯爵，地位在梵卓亲王和布鲁赫侯爵之下，自然是毕恭毕敬、无微不至地招待着这群不速之客，并献上本地名产——温泉。

水和土都是血族的生命之源，温泉可以软化血族的关节，防止发生尸僵，在血族内部一向很受欢迎。可是萨恩星球整体偏阴寒，温泉稀少，并且多半在贵族私人领地内，故而“泡温泉”可谓是比较奢侈的高端享受。

兰卡听说整个巡检队都有使用温泉的特许资格，顿时两眼放光地领了权限卡，左手拎上两瓶鲜酿艾尼玛，右手拖着高大胖，直奔温泉区……

因为医生兰卡美人坚持温泉活血化瘀，对手腕挫伤瘀血的恢复最是有利，所以大胖也被获准下水。可惜我们没有情趣的大胖同志觉得比起泡温泉，她更想回家睡觉，一边提不起兴致地任美人帮忙脱着衣服，一边听着“公费旅游就是上档次啊上档次”的碎碎念，一边瞥了两眼跟地球温泉无异的冒气小水坑，心中感怀着“想我中华大地，广阔河山，多少更上档次的温泉我都不稀罕泡。这群吸血鬼真是没见过世面啊”，然后慢腾腾地下了水……然而被高温滑腻的泉水包围的一瞬间，高大胖发现泡温泉其实还是很不错的，起码比血族冷冰冰的怀抱强多了。

旁边的兰卡更是早就进入了享受状态，靠在滑溜溜的石头上慢慢喝着冰镇的艾尼玛血浆，感叹着："这时候要是能品上一杯人鱼血就更完美了，享受这个东西真是没有止境，赚钱这项活动真是没有尽头……"

大胖抱着杯子慢吞吞地喝着乳白色米由克树汁，小声嘟囔："兰卡，你难道还不算高薪阶层吗？长老会研究院哎，听起来就是油水丰厚的地方，而且梵卓看起来好像也挺有钱的，给你的工资应该不低吧？"

举头望明月的兰卡捏碎了杯子，声音幽怨："高薪……你知道什么叫高薪吗？真正高薪的人都是不领薪水，只给别人发工资啊！唉，给人打工真是永无出头之日，你知道人鱼血有多贵吗？一桶就可以买下这整个温泉了！可恶啊，梦想果然只能是梦想！"

面对悲愤地感叹贫富分化的兰卡同志，高大胖忽然想到当初那杯被自己喷出去的昂贵至极且绝顶难喝的东西，顿时觉得还是不要把真相告诉兰卡为好。梦想这个东西，只有当它还是梦想的时候才是最美好的啊……

温暖的温泉让人在高温中不断慵懒下去，打破安详舒适的，只有冰冷的东西。

"哼，下等人就是下等人，就算有机会享受贵族的东西，也是一副底土臭虫的样子，真是难看！"

冷冷的充满敌意的陌生声音从二人靠着的石头后面传来。

高大胖诧异地回头……

水声哗啦，一个未发育完全的少女样的孩子从温泉石头后面走了出来……一瞬间，高大胖相信自己是窒息了一下的，因为这个孩子太美了！长长的丝缎一般的黑发一直缭绕到纤细的腰下，乌沉沉的眼睛衬着雪白的皮肤，樱花瓣一样娇嫩的嘴唇，简直是注入了生命的精致娃娃，美丽到恐怖的程度！

大胖同志给对方的评价是很高的。可惜，对方上下打量了一遍呆滞的高大胖之后，只发出了一个轻蔑的单音节："呿！"

"哎呀，"一张更娇艳的脸孔从甜美娃娃的身后冒出来，肌肤细腻的胳膊懒洋洋地搭在前一个的肩上，好奇的眼睛在兰卡和大胖身上来回扫描，红艳艳的小嘴吐出恶毒的疑问，"是哪个？那个勾引了两位大人的下贱人是哪个？什么啊，一个已经是老古罗猪了，另一个根本是癞莫哩蛙，亲王和将军的品位不会这么差吧？"

这大概，是明晃晃的挑衅了。

两个小美人抱臂等着二人气急败坏地回应。

冷风吹过……

毫无回应……

兰卡动作不变地喝干了杯子里的余酒："你怎么都不生气？"

继续揉膝盖的高大胖："你不是也没反应？"

兰卡耸肩："我刚成为半血族住进梵卓城堡的时候听过的难听话多得是，早就习惯了。"

大胖同耸肩："这样啊……其实我根本没听懂她们在说什么。"

兰卡慢条斯理地倒酒："对哦，我好像没有教过你那些侮辱性的词汇用血族语怎么说，也就是说在你听来那些都是听不懂的单词而已，这么说来……"

以下才是大胖真实听到的内容：

"哼，□□就是□□，就算有机会享受贵族的东西，也是一副□□的样子，真是□□□！"

"是哪个？那个□□了两位大人的□□是哪个？什么啊，一个已经是□□了，另一个根本是□□□，亲王和将军的品位不会这么□□吧？"

兰卡：“……”

大胖继续慢吞吞地喝米由克汁：“不过虽然没听懂，我也大概知道她们是在骂人，而且攻击性大概很差，不值得反击。说来你们血族接受的都是很有教养的贵族教育，估计就算骂人也只是各种打比方的形容词吧？”

兰卡：“的确，可是骂人有其他方式吗？”

在“国骂”中成长起来的地球人高大胖得意道：“那当然。你知道，我们与血族不同，在我们地球是彪悍的市井文化占主流。对骂是每个社会人成长中的必修课，从最低档次的脏话连篇到最高档次的不带一个脏字却“杀”人不见血！这是一个积累的过程，也是一个升华的过程。虽然言语不通，但只要用上糅合了我们中华五千年精髓的经典“国骂”，就算只靠满天的“□□□”也能骂得她们泪流满面、五体投地、肝肠寸断……杀伤力完全不在一个档次。所以，为了宇宙的安定，我们地球人轻易不骂人。”

兰卡：“那还真是……善良啊。”

大胖：“好说。”

一般在我们爱读的故事里，女主角总是柔弱善良，女配角总是邪恶善妒。受到谩骂、侮辱让女主角显得越发楚楚可怜、冰清玉洁，于是充分地激起了男人们的保护欲。而但凡女配角大耍淫威的时候，一定会有从几个到几十个不等的男主角、男配角、男炮灰碰巧在附近听墙角（别问我为什么他们这么闲）。于是本性暴露、真相大白，被欺负的女主角嘤嘤啜泣，耀武扬威的邪恶女配角被当场唾弃，男女主角脚踏倒霉女配角，头顶祥云、身披朝霞、光芒万丈地奔向童话结局……

为什么，故事里总是这么写呢？

因为，这是大家最希望的结局。

可是所谓的“希望”，就是指现实中很难实现的事啊……

所以，现在柔弱善良、楚楚可怜、冰清玉洁、嘤嘤啜泣着冲出去博取大家同情的，不是高大胖和兰卡，而是那两个小美人。而作为她们衬景的兰卡、大胖两人，只能默默地接受着门外侍从们惊疑、愤怒的眼神洗礼……

兰卡无奈道："居然哭了，那样的身板儿配上那张骗人的脸和眼泪，不管怎么看都是我们欺负她们吧？真阴险啊……"

高大胖击节称赞："果然是把眼泪战略运用得颠倒黑白、炉火纯青！高手啊……"

兰卡："呃，怎么办，你要不要也哭上几声？"

高大胖："来不及了，先哭先赢，我们已经失了先机。"

兰卡："说得也是，现在假哭也很拙劣。不过不采取点措施的话可能会很麻烦哦。那两个家伙应该是城主的爱宠，我们现在的地位只是普通的随行人员，如果她们跑去伯爵那儿告状，伯爵只要有一点私心，倒霉的绝对是我们。"

高大胖诧异："咦？你怎么知道她们是城主的爱宠？"

"很明显吧？半血族的形象，加上那种淫靡的美貌，再加上一副未发育完全的身体，明摆着就是贵族豢养的床伴啊！"兰卡瞥了满脸惊诧表情的高大胖一眼，叹气，"没错，半血族大部分都是贵族的宠物，这是血族公认的事。圣血族天生就是完全体，没有幼年的阶段，所以他们对处在青涩年龄的少年少女总是格外执着。很多美丽的蓝血族孩子被贵族看上以后强行赐血，之后就会变成永远停滞在少男少女形象的半血族，专供贵族们赏玩……所以一看他们的样子就能知道他们的身份了。"

高大胖诧异地扫了一眼兰卡肩上那美丽的黑发，有点不自在地沉默了下去。

兰卡拍拍她的脑袋，安抚道："你在可怜我吗？别担心，我不是因为这种无聊的理由变成半血族的，不过其他人并不知道，所以当初我到梵卓城堡的时候，有不少人把我当成情敌呢。那时可是经常遇到这种阴险的挑衅啊。哎呀，那段激情燃烧的岁月哦，呵呵呵。"

高大胖尴尬地说："那你当初都是怎么处理的？"

“很简单，”兰卡美人右手握拳闪电般地挥出！二人身侧的大石头应声碎裂，轰然倒塌……美人在灰飞烟灭中微笑，“打到她们不敢告状！”

…………

温泉边的植物都被热气蒸得十分和蔼可亲，连一向喜欢纠结惨叫的米由克树此时也懒洋洋地梳理着自己的叶子，在角落的泉水里浸着干燥的枝条。

高大胖半蹲在泉水里慢吞吞地收拾着东西。

兰卡豪情万丈地追出去找那两个小美人灭口之前，吩咐她老实地待在原地等着。可是人类不像血族那么强壮，温泉泡久了就会头晕，于是等了有一会儿的大胖同志决定先出去休息一下。

把毛巾认真地叠成一摞，收起浮在水面上的盘子、酒杯，抱着一大堆东西的高大胖正打算直起腰来，就突然被人卡着脖子从背后凶狠地抱住！抓牢她手腕的那只冰冷的手上有着锋利的指甲，余光里扫过脸侧的发丝是月光一般的银色，高大胖瞬间判断出，这是一个贵族！

“别，别咬我，我有毒！”先糊弄过去再说……

来人鄙夷地低声嘟囔：“谁要咬你，肮脏的半血族……”卡着高大胖的手臂狠狠用力，直接把她从泉水里拎了出来！拽到一旁的石头上，就势压住！接着便在腰侧胸前胡乱地上下抚摩着，坚硬的膝盖也顶进了两腿间，手顺着大腿滑下去抓住她的脚腕向旁边粗鲁地扯开……

高大胖同志浑身僵硬！

（一万零）一十八年没有男人缘的某人，居然一上来就亲历强暴现场！

此时高大胖的震惊情绪已经超过了恐惧和害羞的情绪，难以置信中只剩无语凝噎……除了因为血液诱人以外，大胖同志还没被任何雄性出于欲望而压倒过，于是一时间连反抗也忘了，只在脑海中回旋着一行离题万里的大字：这人也太不挑食了吧？

"什么啊……看样子不怎么样，皮肤居然很滑嘛……"

不同于丧失了反应的高大胖，那陌生男人倒是很享受地一边细碎自语着，一边牢牢压着高大胖尽情地占便宜！嘴唇流连过背脊细嫩的肌肤，爬上单薄的肩头，牙齿啃着突出的肩胛骨，在被温泉浸得粉红的肌肤上留下道道暧昧的红痕……两人身体相抵之处，碍事的衣物被一件件剥去，轻轻的嗤笑擦过敏感的耳侧，"呃，你的皮肤很容易留下痕迹呢，真不错，让人充满了占有的感觉啊……"

高大胖浑身哆嗦："你……你到底是谁啊？"

"安静，谁许你说话了？"一声低喝之后紧接着是惩戒性的一巴掌！

高大胖被打得头晕耳鸣，愣在当场。还没等想明白刚刚发生了什么事，她的头发就被凶暴地揪住，整个脑袋被狠狠拉起来！

身上的人那张漂亮的少年一般的脸上带着不爽的表情，出现在高大胖正上方，血色的眸子还带着刚刚那场前戏里冒出来的亢奋水光，薄削的红唇里吐出侮辱性的傲慢言语："没有主人的允许不许开口。你连宠物基本的规则都不知道吗？没教养的东西！"

有力的两指粗暴地捏着大胖被强行拽起来的有些变形的脸，那人轻蔑地哼了一声："切，这张脸看了还真是没欲望啊，布鲁赫那家伙竟然中意你这种的，果然是个怪胎……"

没欲望你还压倒了又摸又啃的？你是畜生吗？而且居然打我？好吧，既然我打不过你当然只能你打我，可是你跟布鲁赫那厮的奸情关我什么事？为什么要拿我撒气啊，呜呜……倒霉的高大胖同志被收拾得浑身乱疼、心中悲鸣……

好不容易等对方放松了手上的力量，那人的下身却又不依不饶地顶了上来！高大胖汗毛倒竖！大脑一片空白！顿时什么都不管了！只顾放声号叫："兰，兰卡！兰卡！兰卡救命啊啊啊——！"

身上的人停顿了一下，没有捂住她的嘴，倒是弯腰侧过头来慢条斯理地轻声问：“你怎么不喊布鲁赫？”

高大胖悲愤：“我跟他不熟！”

对方一愣，旋即哈哈大笑：“你还真有趣……啧！”

最后一个音尚未发完就戛然而止！

空中突然出现的凌厉银光瞬间切断了二人的对话！

那人敏捷地跃开，顺手拽起高大胖挡在身前！头晕目眩的大胖同志只觉得天旋地转，然后一道银光停在了眼前！

定睛一看，才浑身冷汗地发现那银光竟然是一柄冰寒的利剑，直指用自己当挡箭牌的男人，剑尖却已经触到了自己的睫毛！停得如此惊险，有如悬崖勒马！哪怕偏差一分一毫，自己就已经死了……

高大胖脚下一软，瘫在身后人的怀里……心中默默祈祷着突然出现的梵卓亲王大人一定要把剑拿稳了，手可千万别哆嗦！

梵卓大人显然是不会哆嗦的。

他沉默地上下扫了一遍衣衫不整的二人，闭了闭眼，便如平常般冷静地开口：“诺菲勒，两百年没见，你似乎一点长进也没有，越发胡闹了。”

微抬手流畅地收回银剑，梵卓冷漠的血眸俯视着有点紧张的银发青年：“放开她吧，如果你不想激怒我的话……如果你想挑衅的人是布鲁赫，那么你找错目标了，因为她是属于我的。”

“骗人！”被叫作诺菲勒的年轻人卡紧了高大胖，在亲王的气势下本能地后退，却并不放手，“哼，梵卓大人，您何必替布鲁赫出头？我亲眼看到他抱着这个女人冲进城堡，两人怎么可能毫无关系？”

“替布鲁赫出头？”梵卓挑眉冷笑，“他只是个搬运工而已。你怀里的人是我的，这点你毋庸置疑。至于布鲁赫的女人是哪个……呵呵，如果以后我知道了，可以免费通知你，到时随便你抓去尽情蹂躏。”

高大胖心想：好烂！这人好烂！这家伙的心已经腐朽了……

诺菲勒心想：烂人！是个彻头彻尾的烂人啊……

围观群众心想：是烂人！活生生的烂人啊！亲王大人您好过分……

“咳，既然是亲王大人的命令，我自然要遵从。”诺菲勒大大咧咧地松开抱着大胖的两手，兀自去整理自己的衣物了。

高大胖失去支撑，顿时狼狈地跌坐在地，大腿触到凉凉的石头地面，大胖同志才后知后觉地意识到自己是光着身子的……可恶，又被看光了！

“来我这里。”梵卓亲王放柔了声音朝着缩成一团试图遮掩身体的小小伸出手。黑色的袍子擦过众人的视线，堪堪笼罩下来，仿佛让人安心的避难所，冰冷而坚不可摧却又柔滑若丝……

高大胖同志有生以来第一次觉得，这种只有观赏性的斗篷此时此刻真的很有安全感！于是连滚带爬地朝着遮羞布扑了过去，却在迈出第一步的瞬间就被身后的人一把抓住喉咙！

“等一等……”冰一样的手指抚摩过大胖颈侧标记般的血牙痕迹，慵懒的声音透着不祥的饶有兴味，“奇怪，本该是血有剧毒的半血族，脖颈上却留有贵族吸血后的齿痕！能不能告诉我，这是怎么回事呢？”

哎呀，糟了……

13th Blood　全民唯美的星球

体温、呼吸、容貌、力量，人类和血族都完全不同。

为什么一开始没有注意到呢？

“你……根本就不是血族吧？”诺菲勒的声音中透着点兴奋！手指抚过怀里人暖暖的肌肤，“最开始我以为是温泉的关系，可是现在已经从泉水中出来这么久，你的皮肤依旧是温暖的……为什么？”

“诺菲勒……”梵卓亲王微微皱眉，停顿了一下，挥了挥手，示意所有人离开。

狡猾的笑容出现在少年的脸上：“怎么？还要保密？”

“你可真会给我惹麻烦。”亲王大人轻哼，“现在的你应该接任布鲁赫的将军职位坐镇前线，不是吗？谁准你擅自回来的？你与布鲁赫的私人恩怨我不管，但为了一个女人擅离职守，太难看了。这就是你对升职的回应？你不觉得羞耻吗？”

“一个女人？莉莉丝对我来说才不只是一个女人！她的仇我一定要报！布鲁赫那个浑蛋还活着对我来说才是最大的羞耻！”诺菲勒声音冰冷，抓着高大胖的手也无意识地加重，直痛得大胖呜呜叫唤，对方才回过神来，缓缓放松了力气，轻哼，“至于擅离职守……反正现在是休战时期。更何况索纳斯星的蠢材们被上一场战役吓得屁滚尿流连退三百万光年！谅他们也不敢贸然进攻。”

“进攻不一定非要从正面，”梵卓亲王掸掸袖子，兀自走到温泉一侧的紫红色奢华躺椅上坐下，“如果我是索纳斯的总指挥，就一定会注意到，正面击退敌人并陷入胜利的放松之后，正是放暗箭的好机会。”亲王大人叹了口气，“年轻气盛……前线的总帅真是越换越差，难道非得我亲自出马吗？难得我想多休息一阵子……”

被上司这样一针见血地指出缺点，诺菲勒的表情略显窘迫：“知道了，我马上回前线就是。布鲁赫的事情我暂不追究，哼，反正他现在也只能窝在后方一辈子上不了战场，形同废人而已，我就暂时放他一马好了……”抱紧了怀里小他一圈的光溜溜的高大胖，诺菲勒的眼睛闪烁着找到新玩具的兴奋光芒，“总帅，这个女人给我吧！”

“……你说什么？”

没有意识到亲王声音里的阴冷，诺菲勒将军笑嘻嘻地低头蹭蹭怀里的人：“难得遇到娇小又不是半血族的雌性，梵卓大人，您知道我喜欢这样的，就让给我吧。”

“我好像已经说过，她是我的。”

“我知道，有什么关系？反正亲王大人您从来不缺床伴。从前也不是没这样做过，你我同为琉珂赛特族人，交换伴侣也算不上辱没。最多我之后再物色几个美人亲自送到您的城堡去，如何？或者在这里立个军令状，只要您把她给我，我就把左右臂螺旋星系剩下的独立星球都给您打下来纳入萨恩星的殖民地！怎么……样？”

还在念叨着交换条件的诺菲勒眼前突然一黑！

未完的话语被夜幕般的衣袍猛地掩盖！杀气包裹在极细的银光里，仿佛流星般瞬间掠过！

黑幕落下，怀里的温暖早就转移到别人的怀抱里！而刚刚还卡着对方喉咙的左手，已经被毫不留情地斩断！

伤口冰凉，断臂赫然，骨骼的切面如此整齐，仿佛那只是个假的肢体……

诺菲勒的姿势还没变，一切就已经结束。

直到断臂里的血飙出来，疼痛才和现实同时袭来！

难以置信的速度！

年轻气盛的将军捂着伤口惊恐地抬头，略带畏惧地望向傲然挺立的亲王大人……

曾经那些关于这个帝国总帅的恐怖传闻，因为历时太久都蒙上了黯淡的尘色，光芒一旦收敛就让人不再畏惧。可是浮尘之下的宝剑名器历久弥新、锐利不减，略显锋芒便震慑依旧！

血族里，力量决定一切。

诺菲勒捂着断臂垂下头，单膝跪地恭敬行礼……

“诺菲勒，”梵卓大人一只手抱着娇小的人类，另一只手将佩剑归鞘，“如你所言，三个月之内，把左右臂螺旋星系剩下的独立星球都给我打下来纳入萨恩星殖民地！你自己立了军令状，可不要反悔。”

“咦？”诺菲勒意外地抬头，“这么说，您同意把她给我了？”

“怎么可能？”无耻的亲王大人看也不看他一眼，“这个军令状只是补偿你刚刚的动手动脚，若不是看在你我同族的分儿上……”瞥了眼地上血淋淋的断臂，梵卓冷哼一声，抱紧怀里的小小，甩袍走人！

被留下的诺菲勒将军无言以对……

良久，他垂头丧气地捡起地上的手臂，一边自己接上，一边纳闷地嘟囔着：“两大星系换一次动手动脚？那只是什么啊，这么宝贝？”

…………

兰卡和大胖的房间里，弥漫着活血化瘀的药水味。

“咦？因为身高？”高大胖难以置信地眨眼，任兰卡夹着消毒棉在自己手腕和脖子的瘀青处拍打，“就因为这个？”

“没错，就是身高。你啊，没发现诺菲勒将军的个子比较矮吗？”兰卡确认了最后一块红肿也涂满了药水，才收起医疗箱。

“矮吗？”高大胖回忆了一下，从背后抱住自己的高度来看，是个180厘米左右强壮有力的年轻人，算是矮吗？

呃，话说回来，也许在萨恩星的确是这样。毕竟这里一般的女性血族也不会低于180厘米的，更何况是个男性。这么说来……那个粗暴的诺菲勒将军，其实在这里算是会被其他基因优秀的高大血族嘲笑的类型？

基因优秀、身高190厘米的无情美人兰卡，不屑地撩着头发挑眉道：“我听说，诺菲勒那小子连床伴都很难找到合适的呢，一般的女人从身高上就把他排除了。他本人又很鄙视半血族，基本上连‘找个幼儿体型的宠物’这条路也断绝了。血族身形娇小的女性几乎没有，估计一直没有伴侣的他也很苦恼吧？”

高大胖弱弱地举手：“那个，我有个问题，为什么血族女性因为他比较矮就不当他的伴侣呢？”

兰卡一脸理所当然：“因为不好看。”

高大胖：“那很重要吗？”

兰卡傲然叉腰：“当然重要！血族可是极度追求唯美的种族！看看我们的服饰，看看我们的城堡，看看我们生活的一切细节！别说择偶了，就连战斗的队形也必须是唯美的、华丽的！高挑美女和小矮子的搭配太侮辱我们的审美观了！”

高大胖含泪扭头，可怜的诺菲勒……

兰卡：“所以说，你这么小只，是雌性，又完全反抗不了他，血可以喝，而且不是人工制造的半血族，以上几乎符合他对伴侣的一切幻想。我估计那家伙不会轻易放弃的，幸好梵卓大人把他赶回前线去了。不过话又说回来，他不可能永远在战场上，总是会回来的，你可要小心点。”

高大胖乖乖地点头，然后想起了自己遭遇此次无妄之灾的源头，忍不住发问：“兰卡，莉莉丝是谁？”

兰卡愣了一下：“你是在哪儿听到这个名字的？”

高大胖回忆了一下：“嗯……是诺菲勒说的，好像正是因为那个叫莉莉丝的女人，他才跟布鲁赫结仇，然后找他麻烦，结果让我当了炮灰。”

兰卡沉吟了一下：“跟他们两个有关的话，那个莉莉丝应该是指莉莉丝·凡·莫诺赛特。她是布鲁赫大人的最后一个族人，也是诺菲勒将军的Father，在上一场战役中阵亡了……”

高大胖满眼混乱：“等等，你等等，莉莉丝到底是男是女？怎么又是‘Father’？”

兰卡笑起来：“哈哈……不是啦，‘Father’只是个称谓，跟性别无关，相当于‘导师’的地位。呃，你知道圣血族是不老不死的吧？而且他们又是从一开始就是成年体型，那么圣血族是从哪里冒出来的呢？”

高大胖眨巴着眼，歪头道：“坟地里？”

“……”兰卡头疼地揉了揉太阳穴，继续道，“据说，只是据说哦，圣血族有一个圣地，那里沉睡着所有族人。”

高大胖：“什么啊，果然是坟地。”

兰卡继续说：“总之圣地里的圣血族呢，每隔几万年，会醒来一批，然后他们在世间活跃几万年之后，再回到圣地去沉睡。因为每次醒来的时候，记忆会全部消失，就像是新生儿一样，所以圣血族每个刚苏醒的族人都需要一个Father，从头教导养育他，直到他可以独当一面。像诺菲勒的Father就是莉莉丝，而布鲁赫将军的Father是辛摩尔长老，至于梵卓亲王……咳，他的情况比较特殊，听说不知道从第几次苏醒开始，他的记忆就不会消失了，所以他是唯一一个没有Father的贵族。”

高大胖顿悟：“野生放养。”

兰卡：“……”

生命短暂的地球人，在这段对话后却忍不住思考：梵卓的记忆不会消失，这算好事还是坏事呢？

如果每一次长眠后的苏醒都宛如新生，那么不老不死的生命也许不是那么难熬。

可是如果有一天，连这个救赎也没有了，会怎么样呢？

…………

仿佛为了粉饰之前在温泉发生的纠纷和不愉快一般，城主大人举行了一次晚宴，为所有在城堡做客的权贵接风洗尘。

吸血鬼的晚宴自然是华贵古典的舞会，而舞会永远是女人们的最爱。

华服、美钻、香水、发髻，哪怕鞋带上的珍珠和蕾丝也是比拼的焦点之一。

兰卡也亢奋地掏出晚礼服和首饰盒，磨刀霍霍，准备上阵。

高大胖在走廊上碰巧遇到之前那两个找她麻烦的半血族洋娃娃的时候，即使仔细观察，也无法从血族那拥有强大恢复力的精致面孔上看出兰卡施暴后的痕迹了。不过，对方看到她身后的兰卡美人，却是真的不敢靠近了，只是抱着满怀的漂亮衣裙和首饰，傲慢得意地抬着下巴，故意从二人眼前迤逦走过……

兰卡望着二人的背影感叹："布鲁赫侯爵出手真大方啊。"

高大胖："啊？"

兰卡耸肩："哦，我没说吗？那两个家伙本来是城主的人。因为在我们来之前，布鲁赫侯爵来城堡做客，凑巧看上了她们，城主就把她们两个送给他了。现在那两个家伙是布鲁赫大人的床伴哦，看来得了不少好处呢。"

高大胖挠挠头："你羡慕？"

"我也是女人啊，当然喜欢漂亮的衣服和珠宝。用自己的工资想买那么多基本是没戏，可是想要不劳而获就要傍上个贵族，唉……"兰卡叹了口气，摆弄摆弄裙角的丝带，然后撩了把头发重新振作起来，"好在，比起华服美钻，还是科研成果更让我兴奋。这可不是有钱就买得到的东西，而是智慧的结晶啊！你不觉得我从内而外都洋溢着内涵美吗？"

高大胖冷静道："在我们地球，只有在没有外在美的时候才会拼命强调内在美。”

兰卡受打击扶墙：“……肤浅。”

高大胖：“是啊，可是男人找老婆的时候还是先看脸，工作面试的时候还是挑漂亮的招收，美女在生活中一般都比丑女占便宜，虽然明知很肤浅，但大家还是不由自主地这么做着。这么说起来，喜欢追求美的其实不只是血族而已，人类也一样。”

兰卡：“说得也是，其实就算用热爱工作来自我安抚，如果有条件的话，我大概还是会去买漂亮衣服和珠宝的。”

高大胖：“其实以地球的标准来说，你已经是内外都很美的强人了，就算不用珠宝粉饰也一样光彩夺目。”

“哦呵呵呵，你的嘴巴真是越来越甜了。”兰卡美人叉腰笑了半晌，忽然停顿，“啊，对了！你有什么特长吗？唱歌、跳舞、朗诵、绘画、乐器之类的，什么都行！贵族晚宴最爱弄这些摆谱的东西了。”

高大胖默默摇头。

兰卡抚额：“总有点什么擅长的事吧？”

高大胖想了一会儿：“我会翻跟头。”

兰卡：“……”

高大胖：“当初中学体育课考前滚翻的时候，我可是全班第一个……”

兰卡：“别说了……”

其实最可悲的应该是外在不美内在也空空的人，对吧？

…………

悠扬的弦乐回荡在城堡的大厅，古典的章节敲打着每一寸奢华的墙面和历史悠久的家私，摇曳的烛光笼罩着更加摇曳的裙摆，绅士闪着金光的袖口，淑女带着珠钻的鞋尖儿，红的唇、黑的眼、白的肤、银的发，每一片欢声笑语都带着教养下才有的规范和谨慎，融化成带着傲慢的尾音，交织成热闹的晚宴……

梵卓亲王独自坐在主宾的位置上，无视周围大献殷勤的男人和鸟语花香的女人，懒洋洋地喝着杯里昂贵的美酒，凝视着自己的左手，若有所思……

温暖的、滑腻的、柔软的、带着喘息和水珠的触感……握紧了拳头，梵卓头疼得闭目向后靠了靠，仰坐在椅子里叹了口气："真是折磨啊……"

看得见，摸得到，却不能下手。

真想撕碎了吃掉，撕碎了吃掉……

在手心里托着如此脆弱的东西，就如同拿到一只精巧纸鹤的小孩子，一方面，他小心翼翼、轻手轻脚地不断告诫自己千万不要扯破了那薄薄的纸翼；另一方面，他心底也隐隐翻涌着疯狂的破坏念头，只想彻底撕烂一次！

也许，为了对方的安全，应该分开一段时间。

就像她说过的，眼不见，心不乱。

亲王大人又叹了口气。

旁边挤上来的不知谁的丰满胸部擦着他的手臂而过，让他分了分神，不禁想起了另一种触感……对了，如果不是现在瘦得厉害，骨头开始硌人，那简直是一副手感好到让人忍不住产生坏念头的身体。

血族的男性就不必说了，哪怕是相对柔软的女性，说到底也是僵尸的一种。身体如同裹着蜡的玩偶，纯白耀眼，完美无瑕，却也坚硬而毫无生气。

可是那个不同，那是不同于血族僵冷身躯的温热柔软的身体，饱含着生命的弹性和脆弱……生命存在得那么鲜活，又那么容易被夺去。

又弱小，又可爱。

这种矛盾感格外吸引着吸血鬼这样没有生命的生物。

更何况，本来就要比血族细腻得多的肌肤，经过温泉的浸润又带上了一层滑腻，温润得仿佛一团入手即化的乳白嫩膏，让人忍不住想咬一口。还有她那因为被弄痛了而露出的泪蒙蒙的眸子，像被欺负的小动物一样，怯怯地望过来，看得人心里酥酥麻麻地发痒……梵卓亲王简直要佩服那个抱着对方回房间却什么都没做就离开的自己了！

说得也是，分开的话，就要自己一个人睡棺材了。

没有可爱的抱枕。

没有诱人的香气。

也不能随便亲吻。

一个人睡，一个人睡……

面无表情的亲王大人手支着下巴睁开眼，轻喃："还是照旧吧。"

旁边正在询问晚宴流程的城主顿了顿，以为亲王回应的是自己，于是连忙回头吩咐管家："听到了吗？一切照旧，一切照旧！"

于是作为今晚自助餐的几位血液健康、美味的蓝血族少男少女被带了上来，一字排开恭敬地站在贵族们的眼皮底下。

"不，应该再养胖点……"依旧在走神的亲王转着酒杯自言自语道。

城主立刻贯彻下去："听到了吗？养胖点，养胖了再带上来！弄下去，重新选一批胖的上来！胖的！要胖的！"

为什么她的体重还在下降呢？手指无意识地敲击着扶手，梵卓亲王心不在焉地靠在椅背上，等着所有宾客的入场。

入口处总是传来阵阵的惊呼，一会儿是赞叹这位男士的女伴容貌过人，一会儿是议论那位淑女的配饰昂贵稀罕。所有人都带来他们最光彩夺目的一面，从笑容到脚尖，力求熠熠生辉……

当然，并不是所有的血族都喜欢争奇斗艳。也有类似布鲁赫将军那样的死板派军人，对宴会有着生理性的厌恶，总是在晚宴的后半段无人注意大厅入口的时候才会来露一下脸，表示对主人的礼貌，之后就匆匆离去。

至于梵卓亲王，他早就已经脱离了那个层次的较量，以他在血族中的地位，只需高高在上地俯瞰就够了。

倒是很少回萨恩星的诺菲勒将军，这次成了众人关注的焦点。贵妇们被将军在前线遇到的奇闻趣事逗得娇声欢笑，他那带着军人粗俗感的豪放言语和粗粝声音，跟帝都里轻声细语、慢条斯理的贵族们完全不同，让她们倍感新鲜和好奇。

艾瑞斯若赛特城堡里都是乔凡尼一派的经商贵族，很少上战场的男人们总是喜欢在别人领兵打仗的故事里发掘自己的热血和激情，仿佛围着诺菲勒一起高谈阔论就能让他们也带上几分沙场豪情似的……

梵卓自然明白为什么诺菲勒故意推迟一天回前线，也大概猜得到为何他现在会出现在这里，他们等的是同一个人。

只是当那个人真的出现在大厅入口的时候，他们却都陷入了惊愕之中。

14th Blood　一个充满了食物链上层生物的晚宴

高大胖没有晚礼服，当然也不能穿睡衣，所以是穿着视察队的制服来的。

其实那套控温防护制服并没有很难看。仔细想想就知道了，有血族的全民唯美风打底，怎么可能研制出难看的服装来？

利落的银白色双排扣高领小制服，配上淡金色的腰带和小靴子，每个金属扣上都有华丽的皇家徽章，收拢的袖口和靴口显得手脚细长。如果是从前虚胖的大胖穿起这套衣服来可能还有点横向发展，但以其现在的消瘦程度，只显得小巧玲珑、精致可爱。唯一可惜的是，在不太健康的脸色映衬下，穿着军装的大胖却显不出军人那份飒爽英姿的精神来。

兰卡为了不让穿制服的高大胖成为唯一扎眼的那个，很义气地配合她换上了同样的服装。丰胸、细腰、长腿的兰卡女王，扣上最后一颗制服扣子，把黑发高高地扎成帅气马尾，挑眉回眸的一瞬间，美人的气场全开！连空气里都飘荡着“被她帅死”的激素……

黯淡的地球人高大胖原地灰化……

可惜，兰卡美人的魅力也没能敲开晚宴大厅的大门。

二人因为着装问题在门外被侍从拦下。

“抱歉，两位女士，入内者需身着晚礼服。”那位紫发帅哥侍从的态度恭敬，口气却很强硬。

兰卡亮出琉珂赛特家族的徽章：“我们是随行人员。”

“那也不行。”紫发侍从很坚持，“晚宴的受邀人员有限制，如果是随从人员应当跟随主宾一同入场，现在不得入内。”

兰卡犯了难，回头对大胖嘀咕：“怎么办？要不要把梵卓大人叫出来一趟？你开口吧，要是我叫他出来接人，他绝对会无视。”

大胖顺水推舟：“反正也进不去，我们回房间吧。”

兰卡抓狂：“那怎么行？好吃好喝的就在里面了，我们怎么可以在这里退缩？！”

大胖默默扭头：“其实那些对你来说好吃的东西，对我来说真的没什么吸引力……”

兰卡抓住大胖的肩膀猛摇：“那两个小妖精一定在晚会上等着看我们的笑话呢，结果我们连门都没进去！说出去多丢脸啊！”

大胖目光无神：“说实话我根本就不认识她们，其实我真的无所谓……”

兰卡头痛抚额：“如果不是骨骼灰质检测结果告诉我那绝对不可能，有时候我真的怀疑你其实已经活了好几万年了……为什么明明年纪轻轻却这么没有干劲？”

大胖继续说着：“一个没有好吃的，充满了食物链上层生物，而且还要表演根本就不存在的才艺的晚宴，真的很难让人提起干劲。”

兰卡：“……”

用咳嗽掩饰的轻笑声从二人背后传来……

高大胖诧异地转身，看到依旧一身黑到底的布鲁赫将军和另一个没见过的金发碧眼、脸侧有道疤的高大男人。

“就是她吗？”那个没见过的金发英俊男人还在笑，脸朝着布鲁赫轻佻地总结，“明明很可爱嘛，并不像他们说的那么丑啊。”

布鲁赫没说什么，只垂眼看着有点迷惑的高大胖。

兰卡愣了愣，似乎认出了眼前的男人：“古雷？古雷·格尔菲斯？好久不见！你怎么会在这里？”

金发男人微笑着弯腰，托起兰卡的手轻吻了一下：“好久不见美丽的兰卡小姐，上次您在军中关于反物质的精彩演讲，我至今记忆犹新。这次我是来接诺菲勒将军回前线的。”

高大胖在一旁愣愣地看着，她还是第一次这么近距离地看别人行吻手礼，原来这个动作真的很绅士……被叫作古雷的男人身材高大，线条冷硬，笑容却带着一种坏坏的不羁，举手投足间有着军人的笔挺感，一个小小的吻手礼也显得很有男人味。

高大胖觉得兰卡细白漂亮的手指被古雷略显粗糙的大手托着真的很好看，心里不禁对远在梵卓城堡的兰卡的“原配”——管家西里大叔感到抱歉……还没想完，对方已经转到了她面前。古雷比大胖高得多，于是微微弯了腰来牵她的手：“初次见面，我是古雷·格尔菲斯，诺菲勒将军的辅佐官……”

大胖出于对吻手礼的好奇和羡慕而主动往外伸的那只小爪子，只到半途，就被另一只手生生截下！

布鲁赫拉着她直接转身进了大门，扔下两人在原地面面相觑……

门口刚要开口的紫发侍从，被将军大人一个冰冷的眼神冻在了原地，阻拦的话胎死腹中。

高大胖则被他拉得跌跌撞撞，勉强跟上对方的步伐，一脸不安，不时回头惊慌地寻找兰卡的身影……

古雷望着二人离去的身影抱臂叹气：“布鲁赫那家伙，明明是做好事，为什么非得用土匪一样的表情呢？”

兰卡抱臂远目：“是啊，这下对方不仅不会感激他帮忙入场，还会更怕他。说实话，我真的很好奇布鲁赫将军从前的床伴都是怎么搞到手的？”

古雷无奈地看看她：“兰卡小姐，您果然还是不开口显得比较优雅。”

兰卡瞥他一眼，暧昧地轻笑：“男人啊，只有在穿着衣服的时候才会喜欢优雅的女人，不是吗？”言罢摆摆手，尾随布鲁赫跨进了大厅……

古雷目瞪口呆地站在原地半晌，才笑出声来：“哈，看来这次真是没白来。”

…………

穿着变温防护服出现在奢华晚宴的高大胖，自然是一进门就让所有人震惊了。

不过现在的她没空搭理那些指指点点和哄笑，因为旁边拉着她的手的男人是更大的麻烦！

上次不过被这位黑龙将军抱着冲进城堡一次，就招来了一个诺菲勒和两个半血族小美人的打击报复！而之前被这家伙捏错位的腕骨，现在还在隐隐作痛！如今又被他拉着手进了宴会大厅，一时间，高大胖只觉得好几个方向射来的带着杀气的目光，利剑般地扎人……

想抽回手，却被攥得很紧。

想停下脚步，却被拖着前进。

“今晚做我的舞伴。”“你放开我！”

两人同时出口的话，都让对方一愣。

将军大人首先冷了脸：“你说什么？”

高大胖怕他又发飙。万一手下用力一捏，自己又得断几根骨头。于是气势也弱了，只在对方逼视的目光下喏喏：“我……我不会跳舞。”

这个答案显然超出将军大人的计划。血族的交谊舞就像是上街打招呼说“你好”“再见”一样，是每个人都会的基本技能。只有想不想跳，没有会不会一说。可是高大胖偏偏不是血族，还真的有可能不会。

其实高大胖会不会跳舞根本无所谓，布鲁赫只是想在她身边多待一会儿。可是，如果作为借口的理由根本不成立，那两人也就没有道理整个晚上都在一起了。我们一向习惯按计划行事的布鲁赫，面对这种突发状况，一时竟想不出接下来要说什么。

大胖同志于是再接再厉，比量了一下两人巨大的身高差，认真规劝道：“而且身高相差这么大，我们两个跳舞也不合适。”

布鲁赫不吱声，也不放手。

高大胖：“那个，你能把手松一下吗？”

布鲁赫仍旧不吱声，不松手：“……”

高大胖无语，心想，这家伙在闹别扭吗？

大胖抬头四处求助地张望，远远看到大厅主位上支着下巴默默凝视着这里的梵卓亲王。高大胖停顿了一下，刚想开口，余光瞥见朝这里靠近的兰卡，便立刻扭头呼救：“兰卡！我在这里！”

身侧被拽住的手忽然拉高！高大胖诧异地回头，只见布鲁赫将她的手腕拉到唇边，轻轻地落下一个吻，看了她一眼，便慢条斯理地继续吻了下去……

高大胖僵在原地，对方这么大大方方、理所当然，她反而不知道怎么反应了。

布鲁赫这个吻慢慢的、轻轻的，细腻得让她几乎能感到手腕内侧纤细的脉搏在他唇上跳动时的微颤，几乎能看见绵绵的生气顺着这个吻淌进对方的唇齿之间……将军轻垂的睫毛微微颤动，明明是在啃噬，那副专注而享受的神情却让高大胖忍不住心跳了一下！

“吻手礼……”布鲁赫低声说着，在她的手心轻咬了一下，“最初亲吻的位置是手心，只是确认对方没有握有武器的动作，演变成亲吻手背，那是很久以后的事了……”抬眼看了看瞪大眼睛僵在原地的高大胖，布鲁赫又低头在她的手背上亲了亲，才缓缓松开了手，“不过这都是借口，我只是想品尝你的血气而已……给你个忠告：如果不想被吃掉，以后离我远点。”

…………

高大胖独自在宴会厅里转了一会儿，尽管已经尽力地无视了，她还是觉得背后的视线很扎人。那视线紧紧地跟着自己的每一次举手投足，就像在观察珍稀动物。

站在宴会大厅的角落里叹了口气，高大胖喝了一口米由克汁，定定神，鼓足勇气转过身……

“你到底想干吗？”高大胖说，抱紧了手里的杯子。

偷窥者毫不紧张，抱臂靠在墙上懒洋洋地笑：“看看你。”

“兰，兰卡马上就回来了。”高大胖大声地说，更像是给自己壮胆，因为声音比对方紧张得多。

诺菲勒将军无所谓地耸耸肩，直起身来，慢慢走近：“你觉得我会怕那个女人吗？”

高大胖后退，她还记得这男人打她的样子，没人喜欢挨揍。

“别紧张，”诺菲勒轻声说，动作却不慢，转眼已经贴到了近前，低头看着大胖，“我让古雷缠住兰卡了，她一时半会儿是过不来的。”

高大胖警惕地仰头看他，他这样子压迫过来，别人怎么可能不紧张？

大胖转头寻找其他外援，再次瞥到主位上的梵卓亲王。那个人依旧默默地看着，纹丝不动，眼神不明……刚刚也是这样，似乎每次都远远地、稳稳地接住她无助的眼神，却无动于衷。

一瞬间，高大胖忽然明白，他是在等她主动开口求助。

那算什么？

他想证明什么？

高大胖收回视线，低下头。

手里的杯子忽然被抽走！高大胖惊讶地抬头，愣愣地看着诺菲勒就着她的杯子舔了舔里面的液体：“米由克的树汁？这是造酒的辅料吧？第一次见到有人把这个当饮料喝的……”俯低身子，面孔逼近，对方赤色的瞳孔紧盯着她的眼睛不放，“你似乎跟血族的饮食习惯很不一样，你是异族吧？是什么种族？”

"不关你的事。"高大胖扭头，试图从旁边逃跑。

"哎，别跑。"诺菲勒笑嘻嘻地伸出一根手指轻松勾住大胖同学的衣领，眯眼看着颈侧露出的齿痕，喃喃道，"不管你是什么族，血能喝就够了。"诺菲勒手下微用力，把她整个人拉到怀里从背后抱住，下巴搁在对方的颈窝里，嘴唇贴着嫩嫩的耳垂轻声道，"你这么小只，跟亲王上床很辛苦吧？要不要考虑考虑换成我？"

被调戏的大胖同学涨红了脸，用手肘胡乱地推他："我才没跟他上床！"

诺菲勒明显愣了一下，怀抱略微松开了些："没做过？那个梵卓亲王？不会吧……"

高大胖趁机钻出来，贴紧墙壁，左右瞄着合适的逃跑路线……

"他只把你当食物吗？"诺菲勒笑起来，"那更好。听说梵卓亲王的口味换得比床伴更快，大概要不了多久他就会腻了。与其到时被抛弃，不如现在换个主人，如何？"

这位血族的小个子将军一脸诚恳地歪头看着高大胖："血族契约双方都是自由的，虽然因为大家都喜欢强者，很少有人会拒绝契约，但并不是说不可以拒绝。考虑看看吧，跟在梵卓亲王身边的话，不论是他越来越喜欢你最后决定跟你上床，还是他越来越厌倦你最后决定把你丢弃，受伤害的都是你。不如趁早换人。"

高大胖看他一眼，扭开脸："就算换人我也不会找你。"

诺菲勒的脸色瞬间阴沉……

感受到蓬勃杀气的高大胖一哆嗦，转身就跑！

诺菲勒抬臂伸出一拳粗暴地打在墙上！两手堵住高大胖的逃跑路线，诺菲勒咬牙切齿："……为什么？连你……也蔑视我？"

高大胖惊恐地瞄了一眼脸侧打进墙里的拳头，颤颤道："因……因为你会打我。"

诺菲勒渐渐升腾的怒气停顿了一下，慢慢转成了疑惑："你在说什么？我才不会打女人，为什么你会这么想？”

高大胖生气地亮出身上的瘀青：“你明明已经打了！在温泉的时候！”

对方歪头想了一会儿，无辜地喃喃：“什么啊，难道你是说那个？只是轻拍一下吧？那也能叫打？如果我出手打你，你的半边脸早就没了。”

“……”孱弱的地球人高大胖浑身哆嗦……

诺菲勒笑起来，稍稍低下头用脸颊蹭着高大胖微微颤动的发丝，心满意足地感叹：“这个高度真不错，接吻也合适，跳舞也刚好……喂，我们去跳舞吧？”

“不去。”高大胖费力地抬起两手撑在对方越靠越近的胸膛上，努力往外推，“我不会跳舞。”

诺菲勒的心情明显很好，被拒绝了也没有生气，一手抓起大胖的两只小爪子，拉到唇边吻了一下：“来吧女士，我正式邀请您共舞下一支曲子，不要拒绝我。”

这还是高大胖第一次被这个星球的人称作“女士”，她推拒的动作停顿了一下，有点诧异地看了看对方认真的脸孔，想了想，还是摇了摇头。

高大胖面前的血族少年脸上期待的表情渐渐变得失望……

缓缓松开了手，诺菲勒静静地站在高大胖面前，不强迫，也不走开。

“我……一直想在晚宴上跳一次舞。”他轻声说，“可是，我从来都没有舞伴……”

高大胖被他有点难过的口气触动了，她想到了高中时的自己。

我也想在晚会上跳一次舞，一直想。

不是因为体型而被塞进男生组，也不是做角落里的壁花或者默默无闻的幕后工作者，而是穿着漂亮的、转起来显得轻飘飘的裙子，作为女孩子被邀请跳一次舞。

可是，我从来都没有舞伴。

“对不起……”高大胖说，有点抱歉地看着面前在某种层次上跟曾经的自己处境如此相似的年轻将军，“我是真的不会跳。不过以后等我学会了，你不介意的话……就是，那个……”

“嗯，那就这么说定了！”

“欸？”

眼前刚刚还在散发忧郁少年气质的家伙几乎瞬间就原地满血复活，立刻重新扑上来！罪恶的爪子搭在高大胖的小肩膀上，手下是压迫性的力道，脸上是志在必得的笑容，眼里闪着兴奋的光芒……

“喂，你可是自愿的，我可没有强迫你，所以契约是成立的。”

高大胖同志眼前一黑！

被玩了！居然用哀兵政策……这小子迄今为止用这招激起了多少母性，蒙了多少人？

轻微的嘀嘀声在脸侧响起，诺菲勒抬手轻按了一下耳边的对讲机：“知道了，古雷，再拖她几秒。”

高大胖被他压得动弹不得，还在憋着劲使劲地掰着搭在肩上的大爪子……

诺菲勒收起对讲机，低头看努力挣扎的她，喃喃感叹：“你力气可真小啊。”然后嘴唇寻找着嘴唇，发丝擦过彼此的脸颊……

“三年，我们约好了。”他说，然后侧头吻住她。

15th Blood　你的脚尖踏过我的让步

“嗯……没有破皮，放心吧。”

兰卡单手托着高大胖的脸，帮她检查着被某人咬肿了的嘴唇：“话说回来，你打算怎么办？三年以后，等诺菲勒从前线回来的时候，要换主人吗？”

“怎么可能？”大胖同学郁闷地揉着被某人抓痛的肩膀。

“哦？”兰卡诧异地挑眉，“我不知道你这么喜欢梵卓亲王。”

“怎么可能？”大胖同学做了两个伸展运动，确定胳膊、腿儿的关节都还能用，“就像我对他来说只是食物一样，他对我来说只是会走路的僵尸。人类不会爱上盘子里的荷包蛋，更不会爱上坟墓里的尸体。”

“真是刻薄啊……”兰卡轻笑，“不过你说的是人类，血族可是不同的……对了，荷包蛋是什么？”

“下次煎一个给你看。”

“哼，又在说土里土气的话了，真是乡下人。”远远的冷哼声带来的是漂亮娃娃二人组。脸庞依旧美丽，嘲讽的词语也还是那么几句，只是畏惧着兰卡，脚步不敢迈得太近。

娃娃 A 说：“轮到你们表演了，难看二人组。”

娃娃 B 重复：“难看二人组！”

娃娃 A 冷哼：“我实在看不出这样的货色有什么观赏价值，真是浪费大家的时间。”

娃娃 B："浪费时间！"

娃娃 A 轻蔑："长成这样居然能周旋在三位贵族之间，最近半血族的档次也越来越低了。"

娃娃 B："档次低档次低！"

高大胖捂住嘴，浑身哆嗦……

兰卡："嘘……不要笑，她们说不定排练了好久的。"

两个娃娃气得涨红了脸，拂袖而去！

高大胖好不容易调整好脸部酸痛的肌肉："说实话，我很诧异，如果看不惯我周旋在很多男人之间的话，她们不是应该先从道义上谴责我水性杨花、朝三暮四、红杏出墙、搞破鞋、不要脸之类的吗？怎么听起来没有那个意思？"

兰卡远目："听不懂中文，她们真幸运……"

兰卡清了清嗓子，解释："那主要是因为血族没有这种一对一的道义。能吸引更多的人跟你上床是你的本事，通常人们只会从技术层面嫉妒你，而不会从道义上谴责你。"

高大胖："就是说血族全民滥交是传统。"

兰卡："你最近似乎越发毒舌了……"

高大胖摇头："你看，地球对爱情的第一定义就是忠贞，你我两族的习俗相差太多了。所以你说的那种感情，根本就不可能。提供我生存条件的，就是我的契约者，也只是契约者。"

兰卡沉默，遥遥地望了一眼远处独自端坐的亲王，轻叹了一口气，低头拍拍高大胖的脑袋："走吧，轮到我们表演了。"

…………

围观群众自动分开，让出一条道来。兰卡拉着大胖昂首挺胸、神态自若地走到大厅中央站定。

高大胖在整个大厅里所有人的灼灼注视下有点不自在。

来宾的表演是夹在舞曲的间隙中的，类似于放松小憩的余兴节目，一般是乐器独奏、伴唱、诗朗诵之类的轻小品，不是很正式，群众也是爱看不看，所以一般不会有很多人围观。

可是，为什么，轮到大胖她们的时候大家就都瞪着眼睛等着啊？上不了台面的小市民高大胖站在视线的焦点处死死垂着头盯着自己的脚尖……

不知道是布鲁赫将军之前那场抱美人闯城堡造的势，还是诺菲勒温泉事件的后遗症，还是漂亮娃娃二人组故意散播了什么，总之现在等着看热闹的人，在谣言的鼓动下越来越多了……

本打算随便糊弄过去的高大胖很郁闷。

兰卡则是落落大方地在人们窃窃私语指责二人着装寒酸的声音中行了个潇洒利索的男式宫廷礼，扬声道："我们的表演有点特别，还请大家让出较大的地方来。另外，我需要熄灭大厅一半的灯……谢谢，那么接下来，敬请期待。"

后退的人群叽叽喳喳的议论声变得更大，人们的好奇心完全被这些奇怪的准备工作给调动起来了。

高大胖更紧张了……

"兰卡，行不行啊？我总觉得不太靠谱……"

"没问题，出了事还有我呢！"

"呜呜，你说得倒容易，等出了事我早就归西了！"

"放心吧，"兰卡拍拍高大胖的后背给她鼓劲，"这是我在实验室唯一的娱乐，命中率从来没低于99.874%！不要小瞧科学家的业余爱好！"

被科学家的魄力击败的高大胖，只好忐忑不安地在众人的注视下，一步一挪地走到大厅中央的天使立柱前，然后认命地张开两臂，紧贴着宽大的柱子站成一个"大"字形……

一身劲装的兰卡玉树临风地站在五十米之外，黑色的眼睛在昏暗暧昧的光线中微眯，露出狡黠妩媚的笑意，声音放软，丝绒般拂过在场的每个人：“首先，是左脚。”

苍白纤细的右手在众人眼前缓缓抬起，停顿在半空……

一个响指“啪”地打破空气中的寂静！

空无一物的手上如凤凰展翅一般，瞬间出现了数片七彩羽毛似的薄薄刀片！

修长的手猛扬！翎羽仿佛破碎的彩虹，割破空气“嗖”地飞出！半透明的刀刃在昏暗中如同吸收光华的神器一般耀眼而凌厉！

屏息间已经悉数狠狠扎进了立柱！

轻巧锐利，入木三分！

每一寸刀片都紧贴着高大胖的左脚，远远看上去仿佛穿骨刺肉！

可是迎接飞刀的人，却若无其事地慢慢抬起脚来，靴子就那样从刀口处裂成两半，留在了原地，粉白细嫩的小脚丫上毫发无伤！

“噢……”“哎呀……”“真厉害……”

观众不吝啬地报以热烈的掌声！

“接下来，是右脚。”

兰卡微微笑，左手轻抬，故技重施！这次眨眼间完成了右边的表演。

赞叹的掌声再次响起……

高大胖在人们的掌声中光脚站在水晶锆石的地板上，摆好姿势朝着兰卡点了点头。

兰卡美人拍了拍手，人群安静下来。

“那么，来点更刺激的吧。”她轻声说，带着挑逗的余音。

转身走到漂亮娃娃二人组旁边，兰卡微微弯腰，似笑非笑地看着对方。

娃娃们畏惧地试图后退，却被一把拉住！

“别紧张，只是借你们的丝带用一用。”兰卡邪恶地笑笑，捏住对方固定胸衣的宽丝带，一把抽了出来！

后者惊慌轻叫着，手忙脚乱地捂住往下掉的裙子……

人群哄笑起来，兰卡无辜地挑挑眉，转身用丝带利索地蒙住了眼睛！

高大胖眼睁睁地看着兰卡蒙住眼睛，咽了口紧张的口水，紧紧闭上了眼睛！

啊啊，老天保佑！

兰卡的双手在众人的注目下同时举起，在空中划了一个优美的弧度，然后瞬间抓了满手的七彩羽毛匕首！这次没有任何停顿，几乎是匕首出现的同时就被抛出！左右同时出手而且全凭感觉！从立柱到兰卡站立之处，空气中纵横飞舞的飞刀不断，竟连接出彩虹般绚丽的光泽！仿佛凤凰死去之时翎羽散落满天的景象……

惊叹和鼓掌声此起彼伏，一片喧嚣中，几乎被埋没在飞刀中间的人形靶子高大胖忽然听到了二人约定的暗号！

兰卡的声音清冽地越过众人传来：“最后一个。”她用中文说。

人们听不懂她在说什么，但高大胖明白，她立刻打起了十二分精神，在心中默数到三，然后在所有人的惊呼声中，扬手接住了正好飞到眉心的最后一枚飞刀！

睁开眼，跨前一步，将手上的飞刀凌空抛起！

一声凤鸣般的清啸声后，空中羽毛般的飞刀突然炸裂开来！无数真正的纤细绒羽瞬间漫天飘散！高大胖那被飞刀固定在立柱上的衣服，随着跨前的动作逐一裂开，仿佛包裹着蝴蝶的蚕茧，在羽化的瞬间被抛弃，吐出带着稚嫩、轻灵翅膀的新生命……

身上轻纱般缥缈的纯白色薄睡裙在梦幻般的七彩虹光和漫天细羽中，包裹着娇小的身躯，在夜风中云雾一般飘荡，一瞬间竟带上了几分不真实的朦胧的仙气……好像只要再有一阵风，那个小小的生物就会被吹走一样……

大厅里出现了一刹那的安静。

梵卓亲王第一次在位子上缓缓起身，透过飘零的凤羽和纯白的绒毛直直地凝视着那后面温润的黑色眸子……

震动了整个大厅的热烈掌声，跟高大胖的第一个喷嚏同时响起！

小蝴蝶瞬间化为蛾子，抱着肩膀蹲在地上瑟瑟发抖……

“阿嚏！兰卡……嚏！我们成功了吧？”

接受了众人赞美的兰卡心满意足地叉腰笑：“啊哈哈哈，大获成功！时间差拿捏得恰到好处！咱俩真是完美搭档啊！”

高大胖吸溜着鼻涕被兰卡拉起来：“搭档吗？其实我根本什么都没做，不过大家好像都没注意的样子。”

“要的就是视觉效果。血族喜欢美的东西，给他们美的东西就是了。”兰卡耸肩，“只要表面漂亮，人们才不会在乎底下是什么货色。”

高大胖连连点头：“其实我们地球也是这样的。对了，幸亏灯光比较昏暗，羽毛又比较浓密，不然对着我这张脸，他们是绝对没办法鼓掌的……”

兰卡不满地嘟嘴：“你也太没自信了，虽然跟我比起来差很多，但你也没那么丑啊，只是长得比较朦胧而已。”

大胖：“……”

冷风吹过……

大胖同学连打三个喷嚏！

兰卡：“孱弱的地球人啊……没办法，我去给你找件变温服去，你去角落里等我。还有，再打喷嚏记得采集一下，如果起鸡皮疙瘩了就保持住，等我回来采样！记住了啊！”

高大胖无语地望着科学家跑远的背影喃喃：“不要要求别人做那种不可能的事啊……”

虽然新的舞曲已经响起，但大厅里留意着这边的人还是很多。呃，安全起见，还是躲出去吧。

白日里闭得紧紧的，拒绝每一丝阳光的露天阳台，此时是大开的。

小小踮着脚趴在露台的边缘，凝视着远处银白色的月亮。地平线上各种植物的影子遮住了纯净月球的下半部分，雪季里看起来很圆润的月亮，现在也带上了某种不平衡的残缺恐怖感……

很难得，没在下雨，但空气中透着饱满的水汽，仿佛用力一挤就会滴下来似的。深深地吸了一口气，然后长长地呼出去……

“真冷呢。”她自言自语地感叹。

密实的斗篷从身后笼罩过来，包裹住她全身，帮她挡住冷风细雨。梵卓亲王强健的手臂松松地从后面搂着她。黑幕落下来，拢住每一丝轻薄的白纱，好像一片铁色的乌云瞬间吞没了一团轻飘飘的白色云朵……

他大概是想帮我保暖吧？

高大胖想。

可是，他大概不知道，他的身体本身就像冰块一样，即使这样抱着，也只是在分享我的体温而已。

不过，他就算意识到了，大概也还是会跑来抱吧？

高大胖叹了口气，索性靠在身后人的胸膛上，懒懒地望着天边：“今天只有一个月亮。”

“嗯，今日是独月日。”

梵卓亲王的声音真的很性感，想听他在枕边细语的血族女性大概可以排到萨恩星的那一端去吧？

“两个月亮是双月日，三个月亮是三月日，每出现一次三月日是一个月，十个三月日之后就是一年。”高大胖缩在梵卓的斗篷里掰着手指细数，“萨恩星的时间算法似乎跟地球不太一样。”

“更长还是更短？”

“大概……更短吧。二分之一的样子。”高大胖凝视着远方的半个月亮，“这意味着我没准儿可以在这个星球活上两百年呢。不知道是好事还是坏事。”

“你……已经厌倦了？”

“什么？”

“活着的事。”

“怎么可能？人类是最怕死的。”

“那么，你是不想待在我身边了？”梵卓低头，亲吻着怀里人细茸茸的发丝，“想去诺菲勒那里吗？”

“不想。”大胖摇摇小脑袋，“他出手不知轻重，说不定哪下没注意就把我弄死了。”

“你不喜欢布鲁赫，对不对？”

“嗯。”

“你也不喜欢我，对不对？”

“……”

“你根本就不喜欢血族，是吗？”

“嗯……我们是，不同的。”

梵卓亲王在她颈后沉默。

微妙的、兽类的气息在大胖那脆弱的咽喉盘旋。

高大胖每一寸肌肤都感受得到那份紧绷，仿佛下一秒落下的就是血牙，或者头颅。

可是对方却后退了一步，斗篷从二人身上滑落。

感受到冷风的高大胖诧异地回头。

梵卓高挑的身形优雅地鞠躬，伸出的手掌托起她冻凉了的指尖：“我们跳舞吧。”

“呃……我不想跳。”为什么话题会跳跃到这里？

“你今晚已经拒绝了两个邀请，”亲王的声音在夜色中淡淡的、凉凉的，“根据血族的宴会习俗，一个晚上拒绝三个邀请的女士，意思就是只愿与宴会的主人共舞。”梵卓抬眼看着她，血色的瞳孔里流露着戏谑，“会豢养未成年半血族作为宠物的城主，可不会是什么好东西。你要跟他共舞一夜吗？”

“嗯……”高大胖为难地皱眉，“可是我不会跳。”

“没关系，我教你。”梵卓牵着大胖的手微微用力，将她拉进怀里。

猎物入网，亲王大人合拢了手掌。

梵卓低头轻轻亲吻对方冰凉的小指尖，然后托着那只手放在自己的肩膀上：“女士的右手放在男士肩上……左手，与舞伴交握。”修长的手指穿过对方的指间，牢牢地、密密地紧贴在一起。

高大胖费力地踮着脚，抓着梵卓肩头的衣服，姿势摇晃：“这样我根本站不稳……”

“哦，别担心。”梵卓扶在她腰上的大手顺势下滑，托在臀部微微用力，直接把她整个人抱了起来！

“咦？这样……”这样怎么跳呀？

“嘘，别乱动。”亲王的表情泰然自若、一本正经，“右手搭在我的肩上，左手握紧我的手，听着音乐的节拍……”

高大胖涨红了脸：“听，听什么节拍，我根本不能动……”

梵卓轻笑着仰头亲吻她：“我要旋转了。”

天在旋转，地也在旋转。

叮咚的音符流淌过旋转的空隙，华丽的银发缠绕着柔软的白纱裙，淡淡的月色是最美的背景……

一瞬间高大胖有点恍惚，这样是不对的，这样是对的吗？

“这不是跳舞……”她抱着他的脖颈低低地说。

“这就是跳舞。”梵卓华丽的声线融合在音乐里，仿佛浑然天成，“男人和女人的相互追逐，进进退退，彼此纠缠，手心相抵，机智交错，你的脚尖踏过我的让步，我的手臂带着你旋转……最早的舞蹈，就是异性间的挑逗。”

他抬眼看着她有点迷茫和惊慌的湿润眸子，轻声道：“没有人不会跳舞，你只是不想跳罢了。”

沉默良久，高大胖小声说：“是的，我不想跳。”

16th Blood　危机四伏的故地重游

执政官的巡检是绕萨恩星一周的，凡是已经被血族开拓出的聚居地，都要停留并做现况报告。

这件事情说起来很简单，但做起来却很耗时间。尽管萨恩星在体积上比地球小一半，但要在雨季结束前完成巡检，行程还是很紧张的。

更何况，并不是所有的聚居地都如帝都一般井井有条、城堡林立，大街上走着气质高雅的绅士淑女。这个星球上也有乡下一般科技并不发达的地方，越是远离帝都，野蛮的散居部落就越多。有些古老的蓝血族，甚至是直接住在地底下的，以猛兽凶禽甚至路过的其他血族为食！生活习性有如未开化的野蛮人。可是从外表上看起来，他们依旧是英俊美丽，高挑健美，微笑起来风度翩翩，身着充满异族风情的衣饰，华丽而神秘……只是剥下那层衣服，里面住着的，是茹毛饮血的猛兽！

并不是所有接受巡检的居民都对这支皇家队伍礼遇有加，有时甚至会遇到小规模的地方叛乱和暗杀。但巡检队的每个成员都是身经百战的武士，就连身为科学家的兰卡，战力值也是公认的不可小觑！先礼后兵，必要时武力镇压。如果出现大规模暴动，巡检队甚至有权越过长老院直接动用边境四分之三的武装部队和装备！

这种每年一次的巡检，是视察，也是武力威慑。

不过对于没用的地球人高大胖来说，这就是旅游。

骑着花花龙散散心，欣赏一下萨恩星诡异的风土民情，跟着兰卡发掘发掘各地的新奇植物，看看有什么能当作食物的就采个种子收起来，回去好大规模培植……

花花龙自从上次的“空中翻滚事件”之后，不知道被谁给收拾了，现在对高大胖是百依百顺，让飞就飞，让停就停，连表示不屑的鼻子喷气次数都减少了……

高大胖以为自己终于像言情剧女主角一样莫名其妙地受百兽爱戴了，于是自信心暴涨，心情十分愉悦！为了表示“咱俩处得很铁”，大胖同志还经常把自己宝贵的剩饭拿去给花花吃。而花花同志只能抽搐着脸，有气不敢发地、表情狰狞地勉强吃上两口……高大胖毫无察觉，依旧慈爱地摸着人家的脑袋——龙的脸本来就很狰狞嘛。

说到剩饭，这次巡检还让高大胖有了一个不得了的发现，那就是，她找到了“大米”！

从前很长一段时间里，高大胖的食谱都是由肉、奇怪的果子、米由克汁构成的。也就是说，没有主食。就算是习惯这种餐饮的西方人，吃久了也会想念面包和意大利面的，更何况是传统的中国人高大胖。就在某人想吃米饭想得两眼冒绿光的时候，在一次偶然的中途休息遭遇伏击时，还真让她意外地找着了！

那是一种像是棉桃一样的叫作维特草的植物，绿色的花萼包裹着内部层层而上，形成一个结实的果实球。剥开外层萼片，最里面就是抱得紧紧的一大团乳白色、亮晶晶的……饭团，无论是滋味还是口感都非常像地球的大米。当初在战场中间捡到这个烧焦的圆球的高大胖几乎喜极而泣……终于，终于有饭吃了！

维特草很大，一颗果实球够高大胖吃上三顿，而且这种植物在北部边境很常见，一路上高大胖和兰卡摘了一百多颗果实球塞在空间袋里，连回程的食物都备足了！

维特草算是此次行程中最伟大的发现，从那之后，仿佛开启了幸运大门一样，他们在北方广袤的大地上甚至还找到了各种口味的，类似地球的蔬菜、水果的食物……总之通过这次公费旅游，高大胖同学的食谱以前所未有的速度丰富了起来！

事事顺心外加饮食日益合理，又处在亲王大人的吸血暂停期，没有额外支出，高大胖同志心情愉快，牙好、胃口也好，再加上啥也不用干，吃了睡、睡了吃，几乎满足了发胖的一切条件。于是我们的高大胖，在来到萨恩星将近一年之后，终于重新圆润起来了……

高大胖是养胖了，巡检队的其他人却几乎个个瘦了一圈。

由于某人的战力值在种族力量和高度的对比之下，基本可以约等于0，所以每到需要武力相向的时候，高大胖就像那小小的苹果核一样，被包围在厚厚的巡检队“果肉”之内。

得到亲王死命令的巡检队队员，战斗方式发生了巨大的改变。从前站在自己身后的是值得依靠的队友，偶尔将一两个敌人放进防护圈也没什么，反正会被后面的人砍死。但是现在，所有的战士都得瞪圆了眼睛在心中默念：里面那是个一碰就死的废物！什么也不能放进去！杀光！一个也不能放过！全部都得杀光！啊，左边有一棵食人草，得帮她砍掉，不然她肯定会被吃掉……啊，上方有四角蜘蛛，灭了灭了，不然她一定会被毒死……

她死掉或者受伤＝亲王不高兴＝扣工资！

这条简洁明了的等式让所有队员都有如打了鸡血般，战斗力直线上升到200%！一路上精神抖擞，神挡杀神佛挡杀佛，所过之处都实行“三光”政策，寸草不生！

什么都不知道的高大胖敬佩地猛拍胖爪子：“哦呀！大家好厉害！”

远目的兰卡：“其实……平时并不是这样的……”

烂人梵卓的考察报告：经试验，护卫队战斗潜力还大有可挖。兹建议下次大规模战役前以年终奖相要挟，结果必有惊喜。

护卫队所有成员：好想辞职……

…………

当队伍来到北方边境最后一个血族聚居地的时候，巡检也已经接近尾声。

这里是边境巡察队的驻地，有官方军队在，也就意味着治安要好得多，巡检也就只需要吃吃饭、跳跳舞、开开会、走走过场就行了。巡检队的众人很明显地松懈了下来，队员们互相嬉笑，商量着着陆后找个酒馆去打发时间放松一下。

然而不知为什么，作为领队的梵卓亲王，脸色却很难看。

而且越接近驻地，脸色就越难看。

飞龙队进城的时候，睡得迷迷糊糊的高大胖被兰卡推醒。

跟坐骑处得好的好处就在于，可以放心地在对方背上睡觉而不用精神紧张地拽着缰绳以防跌落。于是睡得越来越多的高大胖变得越来越圆润……

“唔，嗯……到了？”大胖揉着眼睛打着哈欠，拉紧了裹在身上的毛裘，扣上夜视镜，低头俯瞰脚下掠过的土地……

“嗯，诺斯城，萨恩星的北部关卡，直扼帝都的命门，也是宇宙走私最猖獗的地方。”兰卡指着城堡外围站在阴影里的三三两两的人轻声说，“看到那些披着红色斗篷的人了吗？那是旦蛰族，他们是北方蓝血族里最古老的民族，非常危险。他们了解雨季森林里的每一寸土地和每一种怪兽，他们的个体战斗力在所有蓝血族中算是出类拔萃的，而且非常聪明。最重要的是，他们至今也没有臣服于圣血族。虽然人数少，但破坏性却很强。萨恩星 80% 的犯罪和恐怖事件的主犯都是旦蛰族。”

高大胖点头：“恐怖分子嘛，原来全宇宙都有。”

兰卡伸手敲了大胖脑袋一下：“认真点，告诉你是为了让你多少防范一下。这些家伙从来不跟军队正面冲突，但是暗中作祟更难防。这不是队员战斗力强就能解决的，每个人都要小心才行。”

高大胖抱着脑袋嘟囔：“知道了。可是既然他们这么危险，为什么会明目张胆地出现在驻地附近？我们地球那儿的恐怖分子可都是藏在沙漠或深山之类让人很难找到的地方。”

兰卡愣了愣：“真的呢……奇怪，他们一般是隐藏在森林里的，为什么会出现在聚居地附近？而且数量还不少……难道是出了什么让他们不得不离开居住地的可怕事了吗？”

诺斯城的金属城堡里，护卫队在梵卓亲王降到冰点的眼神下大气不敢出地静静肃立。

冷冰冰的城堡空气里，回荡着布鲁赫大人更冷的解说：

“纳美兹平原上出现了一种未知的外星生物，杀伤力非常大，而且神出鬼没。旦蛰族的居住地很多被毁了，所以他们流窜到了聚居区。很多市民为此感到恐慌，长期这样下去不是办法。我打算直接进入森林清除那种生物，但有旦蛰族在附近逡巡，城堡这边的驻军不能动。我们人手不足，需要你们的协助。”

脸色阴沉的布鲁赫面无表情地说完，将资料碟丢在脸色更阴沉的梵卓亲王面前。

好好的请求协助，被他说得好像土匪打劫。

“啊，咦？”高大胖瞪大了眼睛，直指布鲁赫，“他，他怎么会在这儿？”

兰卡小声耳语：“布鲁赫侯爵现任北方边境巡察队队长，负责北部边境的治安和宇宙缉私。这里本来就是他的地盘。应该说……之前赫赫有名的“梵德”号走私船落网事件，你一点印象也没有吗？你可就是在那艘船上被发现的啊，当时的降落地点也是这附近吧，你都没发现吗？”

“咦？咦？”高大胖这回真的惊诧了，绕了一大圈，居然在一年后又回到这个当初第一次踏上萨恩星土地的地方了！

趴在窗口看了半天外面的景色，高大胖摇了摇头："差太多了……当初是雪季，到处都是白茫茫的，跟现在看起来完全不一样。"

那时的自己在一万年的沉睡后醒来，掉落在未知的星球上，面对端着武器的军队，惊恐又无助，寒冷又饥饿，只知道在雪地上跑啊跑啊，冻得哆嗦，却不敢停下。可惜最后还是被捉到了，被某个男人饿虎扑食一般地撂倒！那一跤摔得真痛啊，眼前一片血红，再睁开眼的时候，却是一片漆黑……躺在对方的斗篷里被红色的眸子盯着，看着血牙伸出来，在绝对的力量对比之下，让人第一次产生了死亡的恐惧感……

高大胖回头看看现在坐在桌旁跟亲王讨论进攻部署的男人，对方冷冰冰的侧脸仿佛不带任何感情。

"如果不想被我吃掉，就不要靠近我。"对方在舞会上说的话还回荡在耳旁，才一年而已，发生了好多事啊！

那人的视线，直直地投过来。

血色瞳孔里的兽性被压抑住，带上了军人的隐忍，却更显得一触即发！

高大胖僵硬了一下，低下头，没有接住对方的眼神。

还是……很怕他。

"兰卡，带她去房间休息。"

梵卓亲王的声音平平地冲破了视线传过来，接着是无声无息的身影，稳稳地笼罩了试图缩起来的高大胖，冰冷的手指轻轻托起深深埋着的小脑袋，俯身，亲吻，嘴唇慢慢辗转，舌尖调戏一般拂过口腔里的每寸嫩肉，血气绵绵不绝地流淌过两人的咽喉……

高大胖仰着头，嘴巴有点酸，脸有点红，于是闭紧了眼睛自欺欺人。

在高大胖养身体，梵卓亲王绝食的这段时期，梵卓不吸血而是通过与大胖接吻吸取血气聊以慰藉，算是两人之间默认的君子协定。但平时梵卓都是等所有人退下了，才单独抱着她亲吻的。这样在众人面前做，还是第一次。

高大胖觉得很不自在。

因为不自在，就觉得时间格外地难熬，于是这个吻似乎也异常的漫长……

终于结束的时候，高大胖几乎头晕眼花、喘不上气，全靠兰卡半拉半扶着才两脚发软地走回了房间。没力气，也不好意思看周围人的脸色。

“真是有趣的反应啊，呵呵呵呵。”兰卡一路笑得阴森，“生物交往中对资源的独占与竞争，正面示威与侧面怀柔，谋略和技巧并重，时机的拿捏恰好，精彩，真精彩！我一定要记到我的观察日记上去……”

高大胖迷惑地转头问身后的两个侍卫：“她到底在说什么？”

侍卫队员：“反恐战略吧。”

…………

尽管只是边境哨岗，这座规模不大的城堡却秉承了血族一贯的奢华感，普通客房也布置得有如维多利亚时代与007科技套间的结合，满屋的古典花纹和精致布料将赶了一天路，灰头土脸的高大胖映衬得毫不起眼……

慢腾腾地洗了个澡，某人捏着腰间多出的一圈肥肉走出浴室，发现兰卡已经出去了，心想她估计是去梵卓大人那里做每日汇报了。

高大胖原地打了个喷嚏，吸溜着鼻涕关上了窗户，从空间包里掏出一件新的毛裘裹上。这件毛裘是乳白色底毛上带着大团的奶黄色绒毛，高大胖对着镜子照了照，觉得自己像只圆圆的仓鼠……

“结果又变回高、大、胖了啊……果然减肥什么的都是浮云。”

郁闷地叹了口气，高大胖同志在房间里厚实的地毯上坐下，百无聊赖地从空间袋里掏出几只维特草果实球，放在棺材盖上摆成一排，然后拿着笔一个个地做记号：

1 号做成手造饭团。

2 号做成炒饭。

3 号蒸成八宝饭。

4 号煎成锅巴。

……

写到 6 号球的时候，房间里的照明设备突然在同一时刻熄灭了！

备用的荧光灯自动开启，整个房间都染上一层幽谧的绿色……

高大胖的瞳孔还没适应这种光线变化，她身后的衣柜就突然发出轻微的咔嗒声，然后被慢慢地从里面打开了……

这个情景在光线昏暗的哥特风的古老城堡里，让人相当地毛骨悚然！高大胖浑身的鸡皮疙瘩瞬间起来了！一时间竟怕得不敢回头看……直到一只冰凉的手带着密道里的阴风碰上她的后颈，才惊恐而失控地大叫起来！

可惜一个字都没来得及出口，就被那只手死死地捂住！

尖锐的刺痛在颈侧一闪即逝！

刺痛处瞬间的麻痹感让高大胖很快明白，自己大概是被注射了什么东西。然而意识到这一点的同时，眼睛和大脑已经模糊了起来，呼吸也变得困难，胸闷和黑暗同时袭来。大胖同学在连对方是谁都没看清的情况下，就没用地被撂倒了……

17th Blood 每个反派的背后都有一段赚人热泪的往事

高大胖是被冻醒的。

萨恩星雨季夜晚的风也依旧冰寒。

劫持者显然觉得她身上那件蓬松的毛绒皮裘很碍事，直接脱了下去。穿着单薄睡衣的高大胖哆嗦着醒过来，首先看到的是大得诡异的月亮，然后，是一张熟悉的漂亮脸庞。

白得仿佛陶瓷的脸庞，在乌黑头发的映衬下死气弥漫，配上小巧的、血红的唇，在这样的月夜里仿佛没有生命的精致娃娃一般，格外诡异。

“醒过来了？”对方挑眉，略显惊讶，“这种药可以让普通血族昏睡两天以上，你居然才十几分钟就醒来了。果然是异种吗？”

“你……爱……咳！”因为麻药是从颈部刺入，高大胖的喉咙还带着麻木感，很不利索。当然，说不下去主要因为她记不清面前的人到底叫什么名字了。

“没错，我是爱佐。”漂亮娃娃微笑，单手抚胸行礼，“欢迎参加我们的死亡宴会。”

啊，对了，是爱佐，两个漂亮娃娃中的一个，另一个应该是叫爱佑吧？在之前的温泉城堡里见过她们一次，记得从那之后，她们被送给布鲁赫将军了，那么现在会出现在将军的城堡里也就不奇怪了。

高大胖默默地用手肘撑着自己坐起来，摸索了一下，发现身下是粗糙的褐色羽毛。这种羽毛，兰卡给她介绍过，是北部森林一种常见的大型鸟的羽毛。龙其实是一种很昂贵的交通工具，萨恩星的平民多半是以走兽或者这种叫作弗莱鸟的大型飞禽作为坐骑。

高大胖揉着被针扎的脖子，悄悄地打量四周，发现自己和爱佐一起坐在大鸟的后部靠近尾巴的地方，而前面的驾驶座附近或蹲或站着几个披着红斗篷的蒙面男人。这种装扮……旦蛰族吗？

大胖郁闷地小声喃喃："果然嘛……只要有坏人，就一定会出场呢。你们居然出动这么大阵仗来绑架我？"女主角被绑架是必经桥段吗？

坐在旁边的爱佐小美人一边调着激光剑，一边轻哼："别臭美了，我们为什么要冒这么大的风险专门去绑架你？你不过是附带的罢了。"回手将激光剑指向来时的方向，远远的黑暗中隐约有一小团燃烧着的火光……

"夺城，才是我们的目的。让那些傲慢的贵族猝不及防地变成空气中的灰烬，才是我要的！"爱佐的眼神阴冷，嘴角的笑容残忍，她现在这副样子，实在跟之前撒娇争宠的那个漂亮娃娃联系不起来。

"干吗一脸惊讶地看我？"爱佐瞥了一眼高大胖，"你以为我只是个愚蠢的半血族宠物，只会供贵族玩赏吗？哼，别忘了，每个半血族都是从蓝血族转化而来的，你难道没想过我本来的身份是什么吗？"

高大胖呆呆地摇摇头。

扯扯身上的披风，爱佐垂下眼帘，轻声道："我本来就是旦蛰族，被圣血族那些无聊又残忍的贵族捉去已经是天大的耻辱！居然还被迫变成这副样子……"扯着斗篷的细白手指捏紧，尖利的牙随着怒气伸长咬破了嘴唇，黑色的血流下来，对方却像一点痛感都没有一般舔去，平静了一会儿，才慢慢道，"我不会原谅他们的……不管是城主，还是布鲁赫，还是任何圣血族，全都该死！"

被对方的怒气吓得瑟缩了一下的高大胖小声道："这……被迫改变身份的确很让人恼火，但其实半血族也不是很糟吧，一万年的寿命比蓝血族的几百年的寿命要长得多，不是吗？"

"一万年？一万年算什么？"爱佐失控地狠狠捶了一下鸟背，猛地站起来！抓着斗篷的手激动得有些颤抖，“蓝血族……我们旦蛰族的生命，是和这个星球一体的，和这个宇宙一体的，是往复循环、永生不息的！永生！你明白吗？区区一万年的施舍算什么？算什么？！”扶着旁边耸起的鸟尾，爱佐咬牙切齿，“凭什么让我的时间停滞……凭什么把我变成这个样子？凭什么？我们旦蛰族的生命一向高贵而美丽，一生一世，永生永世，强大恣意，自由自在……一万年？一万年又怎么样？”回头朝着远处冷笑了一下，“当一万年的玩物，跟死了有什么区别？他们凭什么夺走我的人生？！”

凭什么呢？

高大胖默然。

她才想问这个问题呢。

她只是个普通的高中生，乖乖上学，努力考试，她做错什么了？凭什么地球要毁灭？凭什么她要成为血族的食物？她原本的人生凭什么被夺走？

爱佐起码还有报复和发泄的对象。

她该去找谁？

也许是得不到聆听者的回应很无趣，也许是发泄累了，爱佐在夜风中站了一会儿，重新缓缓坐下，裹紧披风，抱着膝盖，扭头默默地看着飞行中掠过的大片黑色的森林……

良久，轻飘飘的声音从那一侧传来：“我小的时候，一直梦想成为旦蛰族战士。”

高大胖转头看看前面驾驶飞鸟的旦蛰族男人。他们高大、矫健、沉稳，的确够资格成为小孩子仰慕的对象。

“红色的披风，象征着死亡和生命。轰轰烈烈地活着，给敌人送去死亡，像风一样快速，像猛兽一般强壮，被所有族人敬仰……我小的时候觉得那样子超帅，一直以为有一天自己也会披上血红的斗篷成为最伟大的战士。”爱佐小声说着，紧紧抱着自己的膝盖。那个时间已经停滞的身形太小，撑不起身上的斗篷，它们皱巴巴地团在爱佐四周，只有落魄，毫无气势……

高大胖低下头，沉默了一会儿，然后顿悟般惊讶地抬头：“等等，你说成为战士？你是女的吧？”

爱佐停顿了一下，缓缓转过头来，眼神嘲讽：“你也以为我是女的吗？呵……说得也是，凭我现在这样的身体，也没办法理直气壮地说自己是男人吧？”

高大胖被对方的眼神刺得脸红了一下，重新低下头……是吗？阉人吗？被夺走生命，被迫停滞在幼儿时期，连身体也被破坏，尊严被践踏……也难怪他会如此愤怒了。

飞鸟背上，猎猎夜风，寒瑟吹过……

两人尴尬地沉默。

“你在同情我吗？”爱佐轻哼。

高大胖看看他，想了想，老实回答：“我也不知道。”

对方显然没想到她会这么回答：“这是什么答案？”

高大胖撇撇嘴：“没办法，毕竟我没经历过你所经历的事，体谅不了你的愤怒和绝望。可是贵族对你做的事的确很过分，我可以理解你报复的行为。但若说同情……你现在也报复了他们，你还活着，他们说不定已经死了很多人。更何况我现在好歹是被绑架的肉票，我招谁惹谁了？从个人立场上来说，我讨厌你，所以同情不起来。”

爱佐愣愣地看了她一会儿，哈哈地笑起来：“你真有趣，我用这招骗人的时候，对方总是会露出一脸虚伪的同情，尤其是那些养尊处优的贵族小姐，出手都会变大方呢……会老实说‘不知道’的，你还是第一个。”

高大胖冷汗……

也对，按照一般故事情节发展，女主角现在应该露出悲天悯人的表情充分展露母性才对，这样对方说不定被瞬间治愈，搞不好会怀着感恩的心放自己一马之类的……神啊！我的嘴怎么这么笨？

大胖同志垂头丧气了一会儿，主动转移了话题："那爱佑也是这样吗？她也是故意潜伏着当内奸的吗？"

"她？"爱佐不屑地挑眉，"她才不是。那个笨蛋是蓝血族平民出身。能凭借半血族的身份一步登天，她高兴还来不及。那个愚蠢女人的目标就是抓住每个金主，过更舒适的日子。布鲁赫的出现，简直是天赐良机！她恨不能钻进将军的行李空间箱里跟他走！

"在温泉城堡的时候，如果不是她主动往布鲁赫身边凑，害得我们两个都被送给将军，我早就按计划杀了那个把我变成半血族的浑蛋城主了……不过现在也好，虽然计划改变，但如果能攻下北部堡垒的话，收获更大。我也算为我的族人做了贡献。而且没想到，我居然有一天还能回到故乡……"

爱佐扭头继续看着下面的森林，手支着下巴自言自语："说起来，爱佑是真的讨厌你。她屡次挑衅、嘲讽，甚至暗中做手脚什么的，我只是配合她做戏，她可是认真的。"

爱佐回头瞥了一眼高大胖："因为布鲁赫想要的人是你。其实看他选择我们就很容易明白了，黑发、黑眼、娇小的仿佛未发育完全的少女体型，力量单薄，声音稚嫩，会用怯懦的眼神看人……在床上的时候表现得更直白，他有时候会叫错名字，而且经常会忍不住咬我们的脖子。"爱佐意味深长地看了高大胖一眼，"没有人跟半血族上床的时候会想要吸血，更何况是自制力强悍的军人。他会下意识地这么做，大概是因为想对某个跟我们很相似的人做这种事想得快疯了吧？或者应该说，是我们跟某个人相似？"

高大胖浑身僵硬……

"没有人喜欢当别人的替身，爱佑讨厌你很正常。"爱佐抓了把头发，用手里的激光剑削短，“反正对我来说正好，因为嫉妒的女人总是头脑发昏，只要我说打算暗中把你卖给旦蛰族，很容易就哄骗了爱佑跟我合作，把城堡的密道出卖给我的族人了。那个傻瓜还主动给突袭队带路呢，哈哈。”

高大胖想到自己被弄昏的前一刻整个城堡忽然停电，估计那就是偷袭开始的信号吧？

估计爱佑现在也被灭口了吧？

“你是备用的。”

爱佐削掉最后一缕长发，站起来，俯视着高大胖。也许是短发的关系，也许是眼神的关系，此时的他看起来更像是个带点杀气的清秀少年……

“布鲁赫很想要你，梵卓亲王似乎也挺宠你的，所以你还有价值。如果偷袭不成功，你就是交换的筹码。如果偷袭成功的话，就可以把你卖掉。我刚刚就发现了，你有体温，有呼吸，不怕血族的毒药，而且听说血能喝，又能说话，怎么说也是珍稀品种吧？应该可以卖个好价钱。”爱佐蹲下来拍拍高大胖的脸，略带威胁地轻声道，“你乖一点，交易之前我们不会杀你。”

那真是……贴心啊。

高大胖苦笑。

…………

变故毫无征兆地发生在一刹那！

坐在鸟尾上负责观察的旦蛰族战士和前面驾驶飞鸟的士兵同时惊恐地尖叫起来！

虽然他们喊的是不同的内容，但同样充满恐惧！

高大胖离尾巴比较近，清楚地听见观察兵喊的是“追兵来了！”，而前面的人喊的则是她听不懂的一个单词，类似于“胡曼伊特”之类的奇怪发音……

正在犹豫要不要割开手腕，用血的气味引导城堡里的援军来救人的高大胖，听说追兵来了，刚想松口气，就被陡然升高急转的大鸟颠簸得四处乱滚……混乱中，只见飞鸟上刚刚还镇定端坐的所有旦蛰族战士都露出了畏惧惊慌的神色，四处都是混杂着各种口音的尖叫声和咆哮声！

整队应战的命令夹在其中，让身旁的爱佐没空再搭理她，粗暴地把失去平衡、满地乱滚的高大胖拽住，快速地把她的脚腕捆在一根羽毛上，就抽出腰间的激光剑跑到前面去帮忙了！

高大胖的脚被捆得几乎不过血，然而脚腕的胀痛还抵不过耳膜正在承受的刺痛！不知道他们遇上了什么，周围刚刚还是寂静无声的漆黑夜色，转瞬间已经被荧光般的幽蓝和黄绿的植物包围。藤蔓般的细草和海带样的宽叶仿佛凭空出现、拔地而起，在四周镰刀般地挥舞！那些奇怪的植物好像能发出某种类似于次声波的东西，震得人鼓膜发痛、头晕眼花……

旦蛰族驾驶的弗莱鸟不断升高，仿佛想要躲避那些柔韧叶蔓的捕捉一般左躲右闪，拼命往高处飞！过高的海拔已经让高大胖呼吸困难，然而在这样的速度下竟还是没能躲开那些可怕的藤蔓！大鸟被细丝缠住，发出绝望的悲鸣！鸟背上所有旦蛰族战士发疯般砍断缠上来的幽蓝和萤绿的植物！那些柔软的手臂却如同魔物般，在被斩断的瞬间立刻重新接上！更可怕的是，那些宽一些的海带样叶片，它们是真正的、锋利的镰刀！偶尔挥过，瞬间便将所有东西一切两半！

高大胖刚低头慌乱地拽开一只脚腕上的绳索，就听到一声撕心裂肺的惨叫！温热的血液溅在被夜风吹得凉凉的脸蛋上，黏糊糊地缓缓淌下来……

高大胖麻木地抬头，只见巨鸟的头从脖子开始，被整个斜劈成了两半！一个站在驾驶台上的旦蛰族人被从中间劈开，内脏、脑浆飞了满天……

失去头颅的大鸟直直地掉落，被无数触手卷着送向镰刀叶片更密集的地方！

没空再为死去的同伴惨叫，因为活着的人已经不多！

越靠近那奇怪生物的中心，镰刀叶片就越多，高速挥舞间仿佛巨型绞肉机一般，将整个弗莱鸟连同其背上的旦蛰族人恣意地切割成碎块……

高大胖双手死死地抓着鸟羽毛保持平衡，全身僵硬得连叫都叫不出来！她想回头看看援军在哪儿，怎么还不来？转头的一瞬间，眼角的余光就瞥到爱佐的半个身子带着黑色的血和凸出的眼球从自己身旁掉落……

闭紧了眼睛，泪水涌出来，高大胖趴在仅存的鸟尸上抖得停不下来！

镰刀叶片越来越多，不断地从她身旁擦过，而那些细小的触角样的藤蔓早就在她的皮肤上撕拉了无数次，身上到处都是小伤口，到处都是血，自己的、别人的……

“救……救命……”

高大胖哑声喊着，声音抖得只有她自己听得见。

终于知道森林里出现的危险生物是什么了。

终于知道天不怕地不怕的旦蛰族为什么会大批迁徙了。

终于知道那一瞬间驾驶员的喊声为何那样惊恐了……

活生生的绞肉机越来越近，那样的密度无论怎样都不可能躲得过！

会死，真的会死……

慌乱中哭得眼前模糊的高大胖死活解不开另一只脚腕上的绳子！又急又怕，眼泪不受控制地往外涌，双手抖得厉害，只能一边嘶哑地哭叫着“救命”，一边拼命地胡乱撕扯脚腕上的细绳……直到勒得满手是血，她才在泪眼模糊中注意到，爱佐的激光剑竟然就掉在不远处！

高大胖哽咽着拼命伸手去够，却被一声从天而降的大喝阻止！

“笨蛋！别动！！”

这声大吼实在太大声，带着战场上的杀气和怒气，震得高大胖被点了穴一般瞬间一动不动！

18th Blood　男主角这种生物不是万能的

黑色的阴影从天而降！

冰冷强壮的手臂伸过来一把抓住高大胖的胳膊，另一只手里的剑流畅地割开捆住她的绳子，回手抱住吓得动弹不得的高大胖，挺身、蹬地一气呵成地跃回自己的坐骑之上！一道镰刀叶片高速地割过高大胖刚刚伸长手臂的地方！来人被风扬起的银色发丝同时被割断！

高大胖瞪大了眼睛看着惊险的一幕与自己擦肩而过，下意识地抱紧了来人，浑身发抖！“布，布鲁赫……”

布鲁赫没有像电影里神勇无敌的男主角一样温柔地抚摩着女主角的头发，说“没事了，都过去了”。因为根本就不会没事，因为什么都没过去。

所以他什么都没说，只是单手死死地抱紧了怀里的人，继续斯杀……

此处叶片和藤蔓的密度已经避无可避，他们面前那没有生命的敌人仿佛永远也杀不完。毁灭了再生，割断了重新接上！无休无止，越来越密，如同要夺取一切生命的大网，把两人牢牢地笼罩于其中……

布鲁赫的身上也到处是伤。高大胖记得圣血族的身体强韧无比，而且恢复力极强，当年她咬到牙酸都没能留下点痕迹的皮肤，却被这种东西砍瓜切菜一般轻易割裂！这，这到底是个什么东西？！

“援，援军呢？”高大胖抓紧了他胸前的衣服，声音颤抖。

“死光了。”

高大胖不知道该说什么，说什么都很绝望。

布鲁赫脚下的黑龙仰头嘶鸣，惨叫声划破夜空！淡蓝色的血液四处飞溅！黑龙带着强壮骨刺展开时有如湛蓝、碧绿的蝴蝶一般的翅膀，已被密集的镰刀叶片切割成数块散落下去……而尾巴早就断裂，一只龙爪也已经被斩掉……

高大胖泪流满面地死死抱着身旁的男人，她还记得第一次在这个星球见到黑龙从天而降的样子，强大美丽得让人不敢直视！

可是现在，它已经残缺不全，它一定会死。

又是一声嘶鸣响起，这次的叫声短促而扭曲，高大胖瞪大眼睛呆呆地看着黑龙的头整个飞出去！庞大的身躯瞬间失重，站在龙背上的两人跟着尸体快速下跌……

抱着自己的手猛地勒紧！

“抱紧我！”

布鲁赫的声音贴着耳朵吼进来！高大胖闭紧了眼睛，死死埋首在对方怀里，拚命地将自己缩成最小！

我不想死！我不想死！不想死！

用最后一颗炮弹轰开一条血路，布鲁赫单手提剑护牢了怀里的人，从黑龙的尸体上一跃而下！被炮火冲开的空隙很快再生连接，重新成为利刃编织的密网！从刀丛中跌落的两人，只能靠布鲁赫手中的激光剑高速地割开身旁的藤蔓……可是肉体终有极限，再密的剑也不可能将纤维般的细丝全部阻挡，更何况布鲁赫一路杀进来已经耗去了大部分体力，不断地失血让他此时眼前几乎看不见任何东西，全凭本能拼杀……

找到空隙便迅速绕上的触手勒紧了他握剑的手，只是一瞬间的停滞，挥舞而过的镰刀叶片便割骨切肉，飞速砍断了他的整条右臂！

“该死！”

低低地咒骂了一声，失去最后武器的布鲁赫咬牙按住怀里人的小脑袋，“闭紧眼睛。”

高大胖的眼泪不停地落下来，密密地流进男人沾满血的衣服里……她团得那样紧，蜷缩得手脚发麻也一动不敢动！连续不断的哽咽让她的腹腔抽筋般地疼痛……

布鲁赫让她闭眼。其实就算他不说，她也不会睁开，她的每一寸皮肤、每一个关节都在痛，仿佛全身剩下的力气都只能用来流泪……

寂静的夜里，她的耳朵听得到一切！皮肉被割开的声音，骨头断裂的声音，血液溅出来的声音，肢体飞出去砸在其他触手上的声音……

她知道是谁在保护自己，是谁在被绞肉机撕裂。

他的头还在吗？手还在吗？

接下来就轮到我了是吗？

她不敢睁开眼，不敢睁开，只抱牢了手里的胸膛，闭紧了眼睛，感受着死亡的拥抱……

…………

摔落在地上的速度，比高大胖想象的要快。

短暂的昏迷之后，意识很快恢复。

缓缓地睁开被血糊住的眼睫，高大胖好一会儿才在一片红色的视野中确定了，这是活着的世界。自己没有死，没有死。

费力地松开手，踉跄地爬起，高大胖全身的肌肉都因为紧张和用力过度而酸痛不已，更不要提伤痕累累的皮肤。单薄的睡衣早就破烂不堪，被高大胖抖着手三两下扯掉。

深呼吸了好几次，高大胖才鼓足勇气低头看了一眼刚刚一直做自己盾牌的布鲁赫，只看了一眼就移开了视线！

红色的……红色的血肉。

圣血族的血是红色的。

这跟飞溅着蓝色血、黑色血死去的其他人不同，这样的尸骸实在跟人类太相似！让人不寒而栗！

高大胖不敢再看他，也不知道怎么救自己，一时间只能呆呆地坐在原地，不知该怎么办。

扫视一周，她发现这里似乎是那个奇怪生物的底部。几片巨大得可以做万人体育馆顶棚的蓝色叶子之上，就是那些密密麻麻，杀人不眨眼的藤蔓和镰刀叶片，而叶子之下，却仿佛世外桃源一般，安静而无害。

“原来是……植物吗？”高大胖盯着那棵大得离谱的植物深入底下的根茎，干哑的喉咙里发出含糊的句子。

而这句话，却引起了糟糕的连锁反应！

四周低矮的草丛里发出危险的沙沙声，一阵唏嘘之后，数只金棕色皮毛、尖牙利齿、仿佛狼一样的大型野兽朝着声音的方向蹿了出来！它们地狱冥火一般幽蓝的眼睛在巨大植物叶片缝隙里漏下的荧光反射下更加恐怖！高大胖下意识地朝着布鲁赫的尸体挪动了一点……

巫弗兽，狼一样成群结队出现的肉食猛兽。

她在之前的巡检队环球旅行中也曾遭遇过几次。不过那时候身边高手无数，还可以当作逛动物园，现在一对一地碰上，绝对是致命威胁。这种野兽虽然在萨恩星上算不上最凶猛的也算不上最巨大的，但胜在集体行动和动作敏捷，再加上生性狡猾，如果单兵相遇，别说高大胖这样手无缚鸡之力的废物，就是有经验的战士，手边如果没有武器也会是一场恶战！

怎么办？

高大胖尽量屏住呼吸，缩成一团。

兽群见她并没有进一步的动作，便谨慎地退开了些，远远观望着。

高大胖明白，它们早晚会扑上来，而且就算侥幸没被它们吃掉，这座森林里也有无数等着吃她的飞禽走兽。她需要一个强有力的帮手，否则别想活着出去。

怎么办？

高大胖微微回头，又看了一眼布鲁赫的尸体。

四肢和头都被切掉了。

但是身躯还在，心脏没有被破坏。

兰卡说过，圣血族只要心脏还在就可以复生。

那么该怎么做？把他的肢体捡起来接回去吗？

又回头看了那具残缺的尸骸一眼，没有任何变化，没有自动长出新的脑袋来。

大概真的需要接回去吧？

高大胖扫视了一周，布鲁赫的其他肢体掉落得并不远，一身黑衣在众多的红衣服之间还是挺显眼的。目测了一下距离，都在几步之内，离那群开始撕扯尸块进食的巫弗兽有一定距离，慢慢来的话应该不太危险。

想到这儿，高大胖一边试探着朝离自己最近的头慢慢爬过去，一边注意着监视她的那只野兽。

大约意识到她的动作很慢，而且移动的方向不是朝圈外逃跑，那只巫弗兽只是微微仰头发出威吓的咕噜声，并没有进一步的动作。

抱着布鲁赫的头，高大胖喘了一口气，不敢细看手里的东西，就匍匐着往回爬。粗糙的土地蹭得她膝盖很痛，眼泪似乎又要流下来……

为什么，自己不得不做这种事呢？

就这样，数次缓慢的往返之后，除了最早掉落的那只握着剑的手臂，高大胖把其他部分都集齐了。而狼群的包围圈，也越缩越小了……

哆嗦着把各个部分拼在一起，眼看着它们自动重新生长拼接起来，高大胖几乎破涕为笑！然而喜悦没持续几分钟，就出现了新的危机——重生的布鲁赫并没有醒过来。

没有呼吸和心跳，高大胖甚至无法判断他是不是已经复活了。

为什么不醒呢？是因为少了一只手臂吗？

可是当初梵卓砍断诺菲勒的手臂，对方也是照常说话、活动的啊。

她焦急地抬头，看见兽群聚拢得更近了，它们大概瓜分完了残骸，开始打她这个活物的主意了。它们的距离如此靠近，高大胖甚至能看清一只巫弗兽嘴里叼着那只她没找到的手臂……

“醒来啊！”她用力摇摇身下的布鲁赫，对方依旧毫无反应。

“快点醒啊！你的手要被它们吃啦！”高大胖着急地抬头看看那只开始低头撕扯、啃咬断臂的野兽，于是奋力打了布鲁赫一巴掌！声音很清脆，让监视她的那只巫弗兽不安地提起前爪又放下，来回换了两次，而挨打的布鲁赫却还是挺尸状。

怎么回事？

高大胖急得又想哭了，她胡乱地抹了一把脸上的血和泪，动作却忽然停住！

把沾了血的手拿到眼前，死死盯着思索了一会儿，高大胖若有所悟。

是吗……原来如此，大量失血，现在的布鲁赫应该是极度衰弱的状态吧？

要说到超级营养剂……不正是近在眼前吗？

包围圈已经缩小到看得清最近的一只巫弗兽下巴上的残血，没有时间再犹豫了，高大胖抓起布鲁赫指甲伸长的手，直直地在手腕上划了一道很深的口子，血涌出来，却没有像高大胖想象的那样快速喷射。无奈之下高大胖只好把手腕按在对方的嘴唇上，让血直接流进布鲁赫嘴里……

“醒来！快醒过来！”

新鲜的血味让群兽更亢奋！

两只跃跃欲试的年轻巫弗兽首先跳过来，仿佛试探又仿佛挑衅一般低头咬了咬布鲁赫的脚腕，然后又快速退开！探头探脑地看着高大胖的反应……

高大胖能有什么反应，她现在恨不能把自己的手腕整个塞进布鲁赫嘴里赶快把他弄醒！因为搞不好下一次试探，就是咬她的脚腕了……

试探没有得到反抗，意味着进攻可以开始。

群兽微微俯身，后腿蓄力，然后猛地扑了上来！高大胖感到背后被重力一撞，接着是数道火烧般的灼痛！高大胖踉跄着栽倒在布鲁赫身上，本能地嘶声惨叫："好疼——！醒来啊王八蛋！"

然而比高大胖叫得更大声的，是再次扑过去咬布鲁赫脚腕的那只巫弗兽。

它几乎是瞬间被整个踢飞出去！

嚎叫声中夹杂着可怕的骨骼碎裂声！

狠狠地撞在巨树的根茎上！只发出咽气般的"咕噜"一声，便重重地砸在地上！口鼻都流出血来，很快便四肢抽搐着，一动不动了……

这一脚吓傻了所有人（兽）！

整个包围圈瞬间向后退了五六米！

高大胖呆滞地看着那只野兽的尸体，直到手被抓痛了才回过神来……

布鲁赫已经自己坐了起来，用仅剩的那只手臂牢牢地抓着高大胖的手腕，指甲粗鲁地割伤了大胖的皮肤，血牙深深地陷进血肉里，殷红的血顺着喉咙急切地流入……

这样凶猛的力气和对方身上一种不同寻常的感觉让高大胖下意识地有点害怕……

"慢，慢一点，吸慢点……我，我有点疼。"

不对，是很疼！很疼啊！

对方毫无反应，仿佛饥渴的野兽一般抓牢了高大胖的手臂，舔到哪儿就咬哪儿，不管不顾地拼命吸着，仿佛要整个吃进去！高大胖真的被弄疼了，本能地挣扎起来，奋力地推拒对方靠近的头……

好像被她的抗拒弄得不耐烦了，布鲁赫猛地抬头低吼了一声！

高大胖顿时被吓得僵在原地!

那根本不是人类的吼声，而是野兽恫吓猎物的那种喉咙里发出的嘶吼声！刚刚的那一瞬间，高大胖可以确定，布鲁赫根本不知道她是谁！那双血色的眼睛里没有任何理性的神色，完全是兽一样的竖瞳！血牙已经完全伸长了，他现在只是一只饥渴的，全凭本能行动的兽!

“我该不会，弄醒了一只更危险的野兽吧……”高大胖呆滞地喃喃。

…………

“全军覆没？！”

追踪器被狠狠摔在屏幕上！电子屏瞬间爆裂！淡蓝的电流在裂缝里发出悲鸣……

“是的，全军覆没。”

传令兵绷紧身子“啪”地并腿行了个军礼，大声回答，眼睛却不敢跟主座上的亲王大人对视。傻子也感受得到，梵卓亲王现在的杀气有多重。

“那到底是个什么东西？”仿佛是在压抑情绪一般，转过身背对着传令兵，梵卓低低地问。

“不知道。”传令兵已经不敢抬头了，“那东西有信息屏蔽功能，只要进入其范围内的电子仪器全部失效，观测人员无法靠近那东西，而靠近的人都死了。送进去的遥控型武器也全灭了。目前从远处只能推测出是种物理攻击型的生物，似乎也辅助有声波冲击。”

“那么……找到那个了吗？”犹豫了一下，亲王还是问出了这个问题。

“不，不知道。”传令兵的声音越发心虚。

“布鲁赫……死了吗？”

“生存率在10%以下。”

“是吗……”梵卓缓缓坐下，手指轻轻敲着桌面，良久，开始口气平静地下达指令，“城堡附近的旦蛰族残余清理工作由驻军副队长科勒全权接管，三分之二的部队留下，余下的三分之一以及全部巡检队队员三十分钟后在城堡南侧集合，这次我们从地面突入。另外，接应部队到达后，全员听从接应部队最高长官指挥。”

“是！长官！”传令官大声接令，连忙退了出去。

“我的直觉告诉我，她还活着。”梵卓亲王独自坐在座位上，默默地看着远方即将亮起来的天空……

兰卡嫌阳光刺眼，皱了皱眉，关上了城堡的防光护罩：“如果她真的还活着，你最好祈祷布鲁赫将军已经死了。”

梵卓抬眼。

兰卡的手指滑过桌上装着血液的透明玻璃杯，给出冰冷而理性的结论：“放出笼的野兽跟食物困在一起，你指望他什么都不做吗？如果布鲁赫受了伤，情况就更糟。为了补充体力，出于对身体自我保护的本能，他大概会在无意识的状态下把她吸干！而如果他还有一点意识，不想她死，那么为了补充吸血的不足，最好的办法就是交合……亲王大人，您想看到哪种结果？”

“够了，闭嘴……”

19th Blood　在恐怖片里，闭上了眼就最好别睁开

高大胖觉得自己的手腕快被咬断了。

皮、肉、筋和骨头，都在血腥的包裹下，在对方的利齿间若隐若现。再帅的男人现在看起来也只有野兽般的恐怖！

从前在医院里看到别人摔破腿的伤口，高大胖都要跟着全身发抖，现在换成自己陷入这样鲜血淋漓的境地，怎一个“疼”字了得？疼痛总是让人爆发出平常没有的勇气和力气，高大胖开始拼命挣扎自救，拳打脚踢，连抓带挠，又咬又叫……

正在进食的布鲁赫被她弄得不耐烦，翻身想用另一只手按住她却扑了个空，才后知后觉地意识到自己少了一只手臂。不管不顾的吸血动作终于暂停了一下，布鲁赫抬头稍微离开高大胖被咬得血肉模糊的手臂，转头寻找自己的手。

被他赤红的眼睛扫到的巫弗兽纷纷呜咽着惊恐地后退……那只叼着他手臂的可怜野兽，刚一被布鲁赫的眼睛盯上，就吓得耸起了全身的毛，喉咙里不停地发出恐吓的咕噜声，夹紧尾巴弓起背，两只前爪都紧张地抓进了泥土里……

布鲁赫视线的转移，让高大胖意识到此时正是自己逃跑的唯一机会！

于是她立刻伸出左手胡乱地在地上摸索着抓了一个土块，用尽全身力气狠狠地朝那只叼着手臂的巫弗兽砸了过去！

在高大胖哭得眼前模糊，疼得手脚抽筋的状态下，她手里的石头当

然没有准确砸中目标。但那块不小的石块带着泥土和灰尘砸在神经紧张的动物面前，光是动静也足以惊得对方四足离地、掉头就跑！一只同伴的惊慌逃窜，带动了整群被吓到的野兽！十几只巫弗兽立刻一哄而散！四周的灌木和草丛被它们粗糙的毛蹭得沙沙作响……

手臂的逃跑，让布鲁赫的动作停顿了一秒。

思考去不去追的瞬间，他抓着身下人的手微松……而高大胖等的就是这一瞬间！

高大胖猛地抽回被抓住的胳膊，左手随手抓起一把灰土、叶子扬在布鲁赫脸上，连滚带爬地转身就跑！

一左一右两边拼命逃跑的人兽弄得静谧的森林也热闹了起来！

被留在原地的布鲁赫默不作声地缓缓站直了身子……

他先看了看高大胖逃走的方向和被她弄得稀里哗啦的树丛；

然后转身目测了一下兽群逃走的距离和速度；

最后低头看了看沾着大胖鲜血的手心。

将军大人冷笑了一下，抬手，缓缓舔去上面的残血……瞳孔微眯，闪电般消失在原地！

高大胖慌不择路地只顾往远处跑！膝盖被石头硌得生痛，脸蛋被森林里的藤蔓叶子划出细小的伤口，深一脚浅一脚，眼前的景物晃动而混乱，紧张得腿软。她不停地摔跤，可是还是要跑，拼了命地跑……

摸爬滚打了半天，发现后面并没有追兵扑上来，跑得上气不接下气的高大胖心里一放松，脚下就发软，直接歪在了树根底下，靠着树干连连喘气……

休息了几秒钟，某人缺氧的大脑才渐渐清醒——不对，放心得太早了，这样下去不行！

牵扯到食物的时候，吸血鬼的鼻子就像猎犬一样灵敏。对布鲁赫来说，她血液的味道就是最好的指路标！身上带着这么多的伤口，再加上绵绵不绝淌血的手腕，她跑得再远都没用。而只要知道她在哪里，凭着血族强大的速度和力量，对方很快就能追上来！

想到这里，高大胖惊得瞬间站了起来！下意识地重新开始逃窜……她忽然明白为什么自己能有这么多时间逃跑了。因为对布鲁赫来说，那群巫弗兽还要比她难追些，所以他决定先追回自己的手臂，再循着血味回头来找她这个囊中之物。

至于找到之后，自然是咬断她的脖子撕烂了，尽情享用之类的吧……

想到这里，高大胖浑身发抖！

怎么办，要怎么隐藏自己致命的气味？

我不想死！

跑到筋疲力尽的高大胖停下脚步，扶着树喘着粗气低头看了一眼自己的手腕。戴在那里的气味抑制器早就不知道掉到哪里去了，不过就现在全身浴血的状态来看，估计就算还戴着也起不了什么作用。高科技产品不在，现在她所能想到的掩盖味道的东西，除了更强的味道，就是能够隔绝气味的东西。比如真空，比如水。

高大胖深吸了一口气，脸上露出一个有点扭曲的紧张笑容……视线的正前方，森林早晨的薄雾里，不远处一个泛着冷光的水潭在太阳微弱的光线下若隐若现……

…………

“亲王大人，追踪器找到了。”

兰卡犹豫了一下，还是递上了那只断裂的精致手镯：“但是只有手镯型气味抑制器，没有人。”

梵卓转过头，默然地接过那个大胖一直随身戴着的小玩意儿，拿在指间轻轻摩挲……手镯似乎是被什么锐利的东西直接割断的，沾了少许草屑和泥土，上面还带着淡淡的血气和沐浴后的清新香味。这让他想起手镯的主人似乎是在洗完澡之后被捉走的，而通常，沐浴后是她乖乖待在房间里等他来用餐的时间……

兰卡抬头看了眼亲王的表情，低声道：“找到手镯的地方是那东西的覆盖范围的边缘，大概是她刚遇袭的时候掉下来的吧。再往前十几米就是有来无回的禁区了。说实话……好吧，虽然这话不中听，但我现在真的不抱希望她还活着了……”

“没错，不可能有任何进入那东西范围的生物还活着！”

感应门被“唰”地打开！护卫队队长走进临时搭建的指挥塔，动作粗暴地把脸上的黑色金属面具掀上去，咬牙切齿地大声汇报：“亲王大人，那东西不只在空中无法接近，现在看来连地面也不行！在它们前面似乎有墙一样的屏障，先遣部队已经全军覆没！我快要疯了，那到底是个什么东西？五年前的科斯蒂摩尔战役都没这么惨烈！”

小队长狠狠砸了金属墙壁一拳，悲愤道：“最糟的是我们至今对那畜生一无所知！连它是个植物还是动物都不知道，完全处于稀里糊涂被动挨打的地位！现在太阳也升起来了，穿着防护服会让军队的战斗力和灵活性都大幅度下降……亲王大人，这样下去根本不行！”

兰卡皱着眉咬着指甲，狠狠地坐下握拳道：“可恶！就算只有样本也好……只要给我一小片组织样本，我就能在三个小时内研究出干掉这王八蛋的毒剂来！难道就没有一个接触过这东西却还活着的人吗？”

梵卓亲王将那个把玩了半天的手镯收进袍子里，平静道：“有啊，她还活着。”

小队长表现出一脸难以置信的表情，说道：“谁？啊，您是说那个人类吗？不会吧……怎么可能？”

“我很肯定。”亲王坐下来，在策略电子桌上调出这片森林的立体地图，“血的味道，不，新鲜的血的味道，告诉我她还活着。不需要追踪器，只要尝过她的血一次，再稀薄的味道，身体也会自动捕捉，无论是金属、泥土还是水都无法阻隔！空气中的微粒可以告诉我一切，是新鲜的流动的血，还是已经干涸凝固的，是躲藏在空中还是地下，甚至能判断出对方距离自己有多远……”

梵卓修长的手指从绿莹莹的电子地图上代表指挥塔的金色标记开始，笔直地画过半个森林，稳稳地停在一个幽蓝色的半月形湖泊标志旁，轻轻地敲了敲：“她在这里。”

…………

高大胖觉得自己要窒息而死了！

尽管她已经拼命闭紧嘴巴，还是让最后几个气泡漏了出去，发出轻微的咕噜声，摇晃着升上水面……她现在极度后悔刚刚没有找一根中空的草茎，像电影里演的那样，叼在嘴里躲在水底换气。那样看起来傻透了，可是真的很实用。

因为在水里，耳朵受到压迫，高大胖不太听得清周围的声音，她不知道布鲁赫有没有追上来，有没有发现湖底的她。

她觉得自己现在就像恐怖片里的女主角一样，死死地闭着眼睛不敢睁开。因为在故事里，闭眼的人总是一睁开眼睛，就发现那个最恐怖的东西正好站在自己面前！

高大胖怕死了那种镜头。

可是这样下去也不是办法，大胖同学的肺活量一直是普通偏下的，这样在水中浮动，她真的撑不了多久。也许，悄悄地浮上去观察一下周围的情况顺便折一根空心草不会是件坏事，她这样想着。于是她松开了抓着湖底水草的手，试着轻轻地往水面上游过去，眼睛却还是不敢睁开。

刚上升了没几米，高大胖的腰就忽然被一个冰冷的东西紧紧缠住！对方勒得太突然、太猛，高大胖的肋骨差点断裂！肺里最后的空气也被挤压了出去，还带着惊吓呛进了一大口水！

一呛水，高大胖立刻乱了！睁开眼本能地挣扎扭动着，拼命向有空气的地方游！慌乱中却被那东西拖得更深，缠得更紧！

高大胖回头，虹膜上便映出扑面而来的巨蟒捕食的冲击性画面！那张开的血盆大口里甚至能看得到带着毒液和瘌痢的黑色舌头！手下是冰凉黏滑带着鳞片的蛇皮！眼前是近在咫尺的尖牙和爬行动物没有眼睑的金色竖瞳……

我要死在这儿了！高大胖想着，全身僵硬。

已经触到她头发的蛇口却定住了！

仿佛被按了暂停键的画面生生停在眼前！

粗壮的蛇身被一只苍白的手从后面抓住，然后，一个撕扯，那只手的锐利指甲便将蛇腹整个剖开！紫色的蛇血染红了整片湖水……一片混沌氤氲中，高大胖呆滞地看着血族强有力的手指轻松地将那条蟒蛇的骨头拧断捏碎！缠在她腰上的蛇身，破抹布一样脱力松开坠向湖底……取而代之的，是一双刚撕烂了巨蟒的、吸血鬼贵族的手臂。

好吧，我还是得死。高大胖想着自己的处境，越发绝望。

事实上，就算布鲁赫不咬她，高大胖也已经差不多没命了。

闭气的时间远远超过她的能力范围，现在的高大胖已经缺氧缺得头晕眼花，又喝了一肚子的湖水，肺也呛得生疼，连自己游到水面的力气也没有了。

揽着她腰的吸血鬼大人几乎是迫不及待地贴过来，只是出乎高大胖的意料，布鲁赫没有先朝她的脖子下手，而是低头吻住了她的嘴唇。

空气，人类赖以生存的空气绵绵地流了过来，垂死边缘的高大胖本能地主动抱住对方拼命地吸吮！牙齿咬到了对方的嘴唇，舌头擦过对方的牙尖，急切地几乎要把对方吃进去……

一瞬间，她忽然理解了血族对于血气的渴望！

如果饥渴有如垂死，等待有如窒息，换作她也会不顾一切地舔舐那个生命源泉……

搂在她腰间的手猛地收紧，这个动作让急着吸气的高大胖再次呛咳了起来，她中断了接吻开始挣扎……而布鲁赫也不再低头主动寻找她的嘴唇，而是略显急躁地推着她快速向水面游去，刚一探出头便将她整个人粗暴地按在湖边的石头上，埋头凶猛地咬噬！

小小的胳膊被他抓得青紫，手腕的伤口再次裂开，后腰撞在石头上，又承担了两个人的体重，一时间疼得几乎说不出话来！相比之下，被咬开脖子上的血管吸血倒显得没那么痛了……

只是大概今天流失了太多的血，她开始觉得头晕，而且有点冷。布鲁赫垂下的银色发丝湿漉漉地滑过她裸露的肩颈，让她觉得很痒，也更加冷。

小小觉得现在的自己不太正常，可是身上的男人也不太正常，他的瞳孔一直是竖着的，而且红得仿佛带上了诡异的金色！他的体温也高得吓人，整个人如同一块烙铁，两人肌肤相触的地方都滚烫得仿佛要被灼伤！吸血鬼不都是尸体一样冰冷的吗？他现在这样，是不是标志着生命到了崩溃的边缘呢？

很快，高大胖连这些感觉也没有了，她的生命力仿佛已经被对方从脖颈源源不断地吸走了，被牢牢压着的腰肢已经失去了知觉，心脏却不正常地狂跳得几乎要休克！然而不管它多么卖力地跳动，都已经没有足够的血液输送给全身，她的左半边身体已经麻痹，左手不听使唤地瘫软着，只有指尖不时地抽搐一下……

高大胖觉得自己好像躺在云里，被活活地旋转，上下颠倒，头晕目眩。

"住手……"

她低低地喊，虽然明知道喊了也没用。

"……住手，求你……"这样下去我真的会死！

她呜咽，费力地挪动着，用半麻痹的右手绵软无力地推他的肩膀。

推搡的手被对方抓住，身上的男人微微抬起身来看她。

可惜现在高大胖的瞳孔已经涣散得无法聚焦，看不清对方脸上的表情。

短暂的停顿让高大胖得以喘息，意识也稍稍回到身体里。

布鲁赫仿佛听懂了她的哀求，不再咬开她身上的任何血管，转而专注于舔舐她皮肤上零零散散的各种小伤口。他此时就像是某种用舌头梳理皮毛的野生动物一样，慢慢地、认真地、耐心地埋头舔着……

男人紧绷结实的腰肢挤进她的两腿之间，左手绕过腿弯轻托着她的臀部，右手按着她反抗的手臂，舌头从上到下紧贴着她被湖水浸润的皮肤，湿漉漉地游走过她脆弱的锁骨，稚嫩的胸脯，之前被割开的手腕，摔跤蹭破皮的膝盖，被草丛藤蔓划伤的手臂、大腿和小腿，光脚在森林里奔跑时割破的手脚，在岩石上摩擦蹭伤的后腰，还有被他自己咬伤的脖颈……细致而淫靡，就像是最温柔的酷刑……

虽然高大胖明白对方只是在进餐，但这实在太像人类情侣之间的爱抚！最难熬的是舔到脸上的时候，与其说他是在舔舐，不如说是在亲吻……布鲁赫显然爱极了她唇齿间的血气，但凡两人嘴唇相触，他总要侵犯进入她的唇舌中与她交缠，直到欲罢不能……

布鲁赫异常高温的身体反而让因失血过多而感到寒冷的小小觉得温暖舒服，取暖的渴望让对方的紧贴也显得不像平时那样让人难以忍受，两人几乎全裸地拥抱，再加上这样的肢体纠缠、舔舐接吻，简直就像是在做爱了。这种晕晕乎乎的状态，让她在对方的下身顶上来的时候也没什么太大的反应……

然而，不合适的巨大尺寸强行侵入身体最细嫩的部位造成的疼痛，让她整个人在石头上弹跳了一下！瞳孔猛地睁大！尖叫卡在喉咙里痛得出不来！

感觉到她的反抗，布鲁赫停留在她腰间的手猛地发力牢牢地把她按了回去！

高大胖的眼泪几乎是瞬间就不受控制地涌了出来！身体遇到伤害时所有的自我保护反应全部启动！眼泪、战栗、眩晕和轻微的抽搐……在巨大的力量对比下，她完全动弹不得，只能努力地摇头哀求："不要，求你……不要，好疼……"

上一次这个哀求让他停下了吸血。

这一次，她希望这个哀求能再救自己一命。

不过很可惜，对方根本没打算听。

男人俯下身堵住她的嘴，缠住她的舌头拖到自己的嘴里吸吮个过瘾，然后用伸长的血牙轻轻咬破嫩肉。

他低头亲吻她的脸颊和耳垂，搂起她的腰，用力拥抱她小小的身体，舔着她的颈窝，啃咬她用力到耸起来的单薄肩胛骨，没看到她满脸的泪水和快要昏厥的脸色……

“救命……救命……”高大胖不停地轻声呢喃，她现在只有呢喃的力气了，而且夹杂了抽泣和哽咽，根本听不清她在说什么。她自己也已经不知道自己在说什么了，疼痛让她的脑子一片混乱……更糟的是，这种疼痛似乎永远没有结束的时候，甚至随着对方的亢奋，开始愈演愈烈！

她庆幸他们两个现在都泡在水里，因为如果没有水的润滑和阻力，她相信自己早就被他整个撕开，然后一次一次地撞成两半了……

“好疼……疼……放开我……”她挂在他的手臂上呜呜哭，呻吟得已经不是萨恩星的语言。

人类在受到伤害的时候总是会下意识地哭喊出母语，向自己最亲密的人求助。其实高大胖现在最想喊的是“妈妈救我”，可是她知道，根本没用。她想喊兰卡，可是她明白，兰卡不是布鲁赫的对手。于是高大胖可悲地发现，在这个陌生的星球上，她能够求救的人居然只有那个把她当食物的饲主。

可是就算是饲主，他对她也是好的。

最起码他从没对她做过这种事。

他完全有权利，也有力量这样对她。

可是他没有。

就连吸血，他都是尽量让她不痛的。

“梵卓……救我……呜……救我……梵卓……”

高大胖终于大哭起来，喊声也越发地模糊不清了……

可是她身上的男人是听清了的，因为他粗野的动作终于停顿了一下。

布鲁赫缓缓地俯下身来，嘴唇轻轻磨蹭着大胖的脸颊，一点一点地舔去她的泪水，最后在她的耳边很轻地说了句“对不起”。

高大胖难以置信地，费力地睁开眼看他，可是眼前依旧一片模糊，她看不清他的表情……

为什么要说“对不起”？

为什么要跟我说话？

你什么都不说，我还能把这一切都当作是野兽本能的行径。

可是现在，你叫我如何是好？

脱力地倒在石头上，高大胖闭上眼睛，眩晕的感觉袭上来，眼前一片漆黑……

睁开眼睛，眼前依旧是一片漆黑。

到极限了吗？这漫长到可怕的一天。

疼痛从身体的各处涌出来，每一个细胞都叫嚣着要死去。

她最终放弃地合上眼，然后，很快失去了意识……

她想自己大概是昏过去了，也可能是死了。

20th Blood　你煎荷包蛋的时候，问过鸡的意思吗

“小小……小小……”

高大胖听到有人叫她，很久没有人这样叫过她了。

在萨恩星上，大家提到她这个异族的时候都是用“那个人类”或者“那只生物”之类的代词。

如管家西里之流的古板派则是恭敬而疏远地称她为“小姐”。

而兰卡则会带着头疼的表情叫她“笨蛋”。

至于梵卓亲王，他好像……从来没呼唤过她。

“小小，醒过来。”

高大胖慢慢地睁开眼，在外界明亮的光线中适应了好一会儿，瞳孔才慢慢聚焦……首先进入她视线的，是古堡高高的穹顶上天使的雕像和拼成宗教图案的五色玻璃。

高大胖微微动了动身子，手脚和腰肢都酸痛得动弹不得。

她身上盖着柔软的被子，身下是铺着天鹅绒的沙发，流动着七彩光芒的保暖气泡，颤巍巍地包裹着整张病床，保持着舒适的高温。

兰卡站在气泡外面担忧地望着她，直到大胖的眼神清明起来，才放下肩膀松了口气：“太好了，感谢上天，你总算醒过来了，再昏迷下去，你的大脑绝对会受损……”

叉着腰啧啧感叹了一番，兰卡转身吩咐身边的白衣助手：“果然在物理层面上呼唤昏迷者的名字有助于其从生理层面上苏醒，把数据记下

来。唉，伤成这样都能救回来，我果然是天才！哼！明年科研院再敢用什么‘身为民俗学家研究领域跨越太大’之类的愚蠢理由驳回我跨种医疗博士学位的申请，我就用这次的治疗记录让那些顽固的老头子好看！哈哈哈哈……”

久违的高八度女王笑声让大胖同学更加清醒了，她张了张嘴，却没发出什么声音，只有喉咙干裂般地疼痛……

兰卡连忙俯身制止她：“嘘，别说话，你太久没有进食饮水，又一直发烧，喉咙还没恢复，强行发声会造成黏膜破裂出血的。我可没戴隔离面罩，你不要害了我。当初找到你们的森林里，简直就像屠宰场一样，到处都是血，你的血，圣血族的血……先进去的军队一片混乱，要不是亲王紧急命令大规模喷洒溶血剂和除味剂，不用跟那些植物打，我们自己人就先自相残杀、全军覆没了……”

旁边的助手上来扶起全身无力的高大胖，又细心地在她背后塞了几个巨大的羽绒枕头。兰卡也一边念叨着一边钻进气泡里在她床边坐下，递给她一小杯淡蓝色的水，看着她慢慢喝掉。

高大胖慢慢地吞咽，清凉的液体从灼烧的喉咙里滚下去，温暾的润泽让她觉得舒服了很多。大胖神志清晰了起来，身体上的疼痛也就越发清晰了，她皱了皱眉，低低地呜咽了一声……

兰卡看了她一会儿，叹了口气，伸手怜惜地摸了摸她的脑袋：“委屈你了……唉，恢复本能状态的圣血族的力量就是普通血族也未必承受得住，何况是体质差了不止一个等级的人类……不过话说回来，你也够幸运的，连我都放弃相信你还活着了，结果你居然手脚完整地被布鲁赫大人抱着走出森林，而且失血程度也在可控范围内……”

高大胖抬头打断她的感叹：“幸运？遇到这些事……你觉得我算是……幸运？”

高大胖沙哑的声音里带着干涩还有些含混不清，望着兰卡的眼睛虚弱而湿润，仿佛带着受伤而痛出来的水光……

科学家兰卡顿了一下，转过头躲开被害者的视线。

沉默了一会儿，又转回头来。看着自己手里的杯子，兰卡低声道："也许这样说对你有些残酷，但事实上你的确是非常幸运的。遭遇那棵植物的时候你本就该死了，却有人愿意舍身去救你。后来，布鲁赫失控，按理说你应该被吸干才对，但他居然能控制住自己没有吸到最后。你可能无法理解这是件多么难的事。当初，当初我自己深陷险境的时候，可是无意识地吸干了我最好的朋友……如果布鲁赫不是训练有素、意志力坚强的军人……"

兰卡深吸了一口气："当然，对人类的女性来说，遭到性侵害也是很严重的事，在有些文化里甚至可能跟失去生命一样严重。但是这里是萨恩星。对血族来说，这实在不算什么。我曾经研究过人类的文化，所以可以理解你的愤怒和难过。可是对其他血族来说，根本不会觉得你有什么损失。"

高大胖陷在被子里，呆呆地望着天花板没吭声。

尴尬的死寂……

兰卡放下杯子，咬了咬嘴唇，转移了话题："算了，说点开心的事吧。现在在这种乱七八糟的状态下，唯一的好消息就是那种该死的杀人植物已经解决了。原来那个外部是铜墙铁壁的家伙弱点就在内部！布鲁赫大人从里面毁了它的根茎，整棵植物就自动崩溃了！说来还真是多亏你们落到了那东西的里面呢……现在组织切片样本也取回来了，针对这种植物的毒剂很快就能派上用场了！"

兰卡说到自己的专业领域忍不住激动起来，兴奋地站起来嘀嘀咕咕地说了好几种清扫方案，最后愤愤地抱臂总结道："说到底这一切麻烦都是索纳斯星那群卑鄙的虫子造成的！果然被梵卓大人料中，那群没有节操的下流家伙从正面战场一溃退就只知道在背后使出这种阴险的招数！偷偷带进危险植物的种子。雪季的时候种子在地底下沉睡，躲过边检人员的巡查，而到了雨季，种子破土而出，立刻就变成大规模的杀伤性武器！

“我猜他们大概想借着我们后方混乱的时候大举反击，可惜他们肯定没想到，还没等这种植物蔓延开来，我们就找到彻底摧毁它的办法了。而正面战场的诺菲勒将军也没有等休战结束，早早地就开始了大规模进攻战！现在左右臂螺旋星系人人自危，个个忙着打防御战，一年前埋下的阴谋伏笔哪还有人记得用？费了这么大的力气，结果完全功亏一篑，真是让人痛快！哈哈哈哈……”

回头看了一眼没有反应的高大胖，兰卡讪讪地收了笑声，放下叉腰的手臂，沮丧道：“你想说‘关我屁事’是吧？好吧好吧，我承认这些政治考量的确跟你没什么关系。不过，有件事还是跟你有关的。”

高大胖侧过脸来看她。

兰卡深吸了一口气：“你以后，可能会换个主人了。”

高大胖转回脸去，继续盯着天花板。

兰卡重新在她身旁坐下，手指百无聊赖地戳着颤颤的气泡薄膜：“虽然你已经与梵卓亲王订立了契约，按理说布鲁赫侯爵在地位上低于亲王，是没有资格对他的人出手的。但是，血族的法规里有一条以生存为优先原则的紧急避难条例。即当血族受到生命威胁时，可以以生存为目的破坏或者侵入其他血族领地，或者使用其他血族的食物及武器，不受地位限制，也不受道义或法律上的责难。”

兰卡叹了口气：“你们之前的状况完全符合这种特殊情况，而且布鲁赫又是莫诺赛特族的遗孤，更是拥有生存优先的资格，所有血族都会认同他的行为。而通常来说，贵族的血源食物如果被其他人使用，出于洁癖和贵族自尊，一般原主都会干脆让渡给紧急避难的使用者。所以从习俗上来说，布鲁赫大人现在完全可以顺理成章地接收你。”

兰卡看了一眼依旧没什么反应的高大胖，有点无奈地继续道：“当然，你的情况有点特殊。梵卓大人他无论如何也不可能愿意将你让渡。但现在情况这么复杂，有权力做这个决定的，不是亲王，而是长老会。布鲁赫的遗孤身份加上这次独力击破杀伤性植物的军功让他现在很占优势，更何况布鲁赫的Father就是长老会之首的辛摩尔大人……

“还有另外一件事，那个，你是处子吧？虽然这个时代已经没几个人在意这点了，但在血族古老的法律里，初夜权也是重要的考量之一。古代的时候，人们相信身心忠实于取得初夜的领主能保持血液的纯净，而纯净的血液就代表力量和增殖。据我所知，辛摩尔大人一直对繁育后代的实验没有死心，所以我想，于公于私，他应该都会支持布鲁赫的。于是现在的形势对梵卓大人很不利呢……

“布鲁赫大人从森林回来的第一件事就是向长老会提出接收你的申请，而梵卓亲王自然立刻提出异议。现在双方在长老院争执不下，亲王大人还没回来，我觉得还是先让你知道现在的情况比较好。”

高大胖轻声说：“嗯，谢谢。”

兰卡看着她的侧脸，想了一会儿，忍不住问：“你……希望是哪个？我是说，不管长老会，也不管亲王、将军他们的想法，你自己希望是哪个？”

高大胖转过头看看她，然后慢慢道：“兰卡，我饿了，想吃荷包蛋。”

兰卡抚额：“荷包蛋……这算是软性地回避我的问题吗？”

“不是。”高大胖躺回去，软软地陷在枕头里，继续望着天花板，“其实，我的希望有什么关系吗？说到底只不过是食物而已，就像你在煎荷包蛋之前，难道会去问问母鸡的意思吗？”

兰卡惊讶地望着床上虚弱的小人儿，几次张了张嘴，终究还是什么也没说出来……

…………

“小小……”

高大胖又听到有人叫她了。

只是这次的声音如此贴近，带着冰冷的气息擦过皮肤，让人从温暖的梦中不舒服地被迫醒来。

睁开眼，看到的是丝丝缕缕月光般垂下的银色发丝……

梵卓单手撑在她的枕边，俯身看着她。

血色的细长眼睛在如同雕塑般俊美的脸上闪着诡异的冷色。

高大胖隐约地觉得对方身上带了一种平常没有的可怕气势。

或者该说，平常这种可怕总是被掩盖在华丽高贵的气质之下，只是今夜被恣意地放出来了……

高大胖有点不舒服地转开脸，飞速地打量了一遍四周。光线昏暗，门窗紧闭，一个人都没有。这些都意味着现在是白天。

在血族的世界里，夜晚才是灯火通明人声鼎沸的时刻。而白天，密闭的城堡里只有她这个人类和不怕日光的圣血族才会偶尔活动。而现在，这对她来说可不是什么好事，因为城堡“唯二”清醒的两个人里，有一个此时很危险……

对方贴近的压迫姿势让她的身体有点僵硬，高大胖试图开口说点什么：“我……”

“嘘……”冰凉的手指轻触她的嘴唇，阻止了任何要说出口的话。

梵卓亲王微眯着眼注视了她一会儿，搭在她唇瓣上的手指便顺着小小的脸侧滑下，轻轻抚摩着她温暖的脖颈，然后微用力托起她的后颈，把她整个人揽进怀里紧紧抱住，亲吻着她松软的头发……

小小睁大眼睛，僵硬着脖颈，仿佛要窒息一般在对方怀里拼命地喘气！

刚刚男人用指尖碰她的时候，自己的身体就自动地抖个不停，高大胖还以为那是因为对方手太冷的关系，可是现在，连她自己也意识到不正常了！被异性抱着，就算不激动也不应该眼前发黑、呼吸困难，仿佛要死去一般地难受吧？

“不，不要……不要……”嘴唇下意识地颤抖着说出拒绝的话语，内心却是以疯狂的音量呼喊着“放开我！放开我！滚开！不要碰我！”而喉咙里却只能发出蚊蝇一般细弱的声音，手脚都使不上力气，软软地任人摆布，身体本身却抗拒到微微痉挛的程度！

抱着她的亲王自然也发现了高大胖的异常反应，停止动作松开了手，抓着她的肩膀，低头面无表情地盯着她的脸。

高大胖抖得停不下来，在梵卓的目光下，费力地用两手抱紧自己团成一团，低低呜咽："你别碰我……"

抓在她肩上的血族的手突然用力，指甲瞬间刺进皮肤里，骨头咯咯作响得几近碎裂……可是，就算是疼痛也不能让她身体那种抗拒的颤抖停下来。剧痛和紧绷让高大胖觉得自己快要昏过去！

僵持了一会儿，梵卓似乎也终于意识到，现在虚弱的她经不起这种程度的怒气，便渐渐放松了力量。他的手掌顺着她的肩膀滑下，动作温柔地抚摩着她的背，另一只手从她的腿弯伸进去，连被子一起把她整个抱起来，放在自己的膝上，搂在怀里。他的手指撩开她那被抓坏的睡衣衣领，轻轻地褪到肩下，微微低头舔吻她流血的肩膀……

这样亲密地揉捏、抚摩、舔舐，却只让高大胖全身更加紧绷！眼前眩晕得似乎连抗拒的话也说不出来了，只能鸵鸟般死死地闭紧了眼，抱着自己发抖……

"你讨厌我碰你，讨厌到这种程度？"低着头的梵卓冷笑了一声，惩罚性地加重了吸吮的力度，缓缓地顺着肩膀吻上来轻咬着她的下巴，"可是，我一定会碰你……就像我从前说过的那样，只要待在你的身旁就忍不住想要亲吻你，抚摩你，想要贴得更近，想要咬得更深……"

舌尖，顺着下巴湿漉漉地向上，暧昧地舔过下唇、濡湿了上唇，顶开牙关吻住她的嘴，抓住逃跑的滑溜舌头禁锢纠缠，不断地深入……

微微拉开点距离，垂眼看着高大胖紧紧闭着眼的小小脸庞，梵卓冷笑着慢慢低下头，嘴唇轻触身下人不安颤抖的薄薄眼皮，感受着那下面惊慌微动的眼珠，耐心地吻过左边的睫毛，然后细细地舔过她右边的睫毛……

"我一看到你，就想吃掉你。你知道我忍耐了多久……"

她此时一个字也说不出来。

男人危险的压迫感让她紧张得几乎要大哭！

她觉得自己现在就像被摆上桌的一盘美食，被人用刀叉细细地剥开外皮、剔掉骨头，然后划开筋肉、血管，一口一口地吃掉……

布鲁赫让她痛不欲生，可是眼前的男人光是亲吻就让她浑身战栗！

这样下去会死！会窒息而死！

高大胖调动全部意志抵抗着身体的自动僵硬，拼尽了全身的力气挣扎起来，努力的结果却只是转开了脸微微挥动手脚而已……男人轻易就拉住她的手腕固定在身侧，咬着她的脖子把她压进被子里！

高大胖几乎是一瞬间就想起了《动物世界》里公狮子咬着母狮子的脖子交配的镜头！

它们咬着雌性的咽喉是为了防止对方反抗，杀意念头一起，瞬间就可以咬死！

而梵卓甚至根本不用咬死她，只要再吸上几百 cc 的血，她就等于是自我了断了。

可是亲王大人却并没有忙于吸血，只是一遍遍地咬破她的皮肤，制造细小的伤口和零星的出血，然后再轻轻地舔去，让伤口消失。那个样子仿佛在专注于某种残忍的游戏……

直到吻过另一面的颈侧时，梵卓的动作才停了下来。嘴唇离开高大胖温暖的肌肤，取而代之的是没有温度的手指。他反复地摩挲着那处清晰的齿痕，那是圣血族的血牙留下的独有的标记，标志着独占和所有权，带着主人的气味和杀意……那不是他留下的标记。

“兰卡已经告诉你了吗？长老院的事……”梵卓低低地喃喃，华丽的声线在昏暗中显得有些残忍，“……不想听听最后的结果吗？”

高大胖没说话，她忙着趁对方稍微离开的间隙不断地喘气，挽救自己缺氧的大脑和跳动速度过快的心脏。

梵卓垂头看着她，仿佛耐心地等着她的答案。吸血贵族银色的发丝流光般倾泻过两个人紧贴的肢体，随着身下人急促的呼吸微微起伏，却没带上一丝温度，依旧在空气中闪耀着寂寞的冷色……

“呵……说得也是，其实你根本不在乎是谁，不是吗？”

没有等到答案的亲王，那声菲薄的轻笑在空旷的房间里有一点突兀，莫名地带上了些自嘲的味道……

收敛了冰冷的笑容，梵卓面无表情地伸手，一根一根地解开身下人睡衣的丝带，然后仿佛剥开最柔软的礼物一样，轻轻地褪掉包裹着对方身体的织物，虔诚地亲吻着每一寸露出的皮肤，安抚那上面被寒冷和恐惧逼出来的战栗，直到它们又恢复平滑温顺……他温柔地，不容抗拒地拥抱她，贴得这样紧，仿佛要将两个人的身体融在一起！

“抱着你的时候，我的身体也会变得温暖。”他亲吻着她的耳后轻声说，“那样的温度会让我产生一种自己也活着的错觉……”他亲吻她的嘴唇轻声说，“我很喜欢。”

他真的很喜欢。

到处都是亲吻，到处都是摩擦，到处都是手指的挑逗，高大胖觉得自己仿佛陷在爱抚的地狱里，梵卓亲王的耐性简直可以坚持到宇宙的尽头！绵腻高超的前戏，漫长得连两个人的体温都要变成一个温度！直到高大胖已经感觉不出对方的冰冷的时候，梵卓才开始缓缓地进入……

他捧着她的脸，抚摩她濡湿的眼角，用命令的口气对她说：“睁开眼睛，看着我。”

可是她不想睁开，她觉得只要不睁开眼睛，自己的世界就没被破坏，谁也进不来。

可是显然对方习惯了强行进入，下身微微用力地一顶就让她猛地睁大了眼睛，尖叫出声！

梵卓低头温柔地亲吻她的额头，接受她细碎的哀鸣，抚摩着她的头发轻声呢喃：“很好，就这样，看着我，不许想其他任何事。”他的嘴唇深深地吻她的手心，细长凌厉的眼睛紧紧地盯着她收缩的瞳孔，她颈侧别的男人留下的齿痕在他锋利的指甲下带着嫣红的血色破碎消失……他低低地说："记住，我才是你的主人。"

她睁着眼睛流泪，浑身都疼，什么也没听进去。

亲王大人低头咬了咬她的指尖，微微用力拉着她的两只手腕固定在她的头顶，以诱哄的口气俯身轻声在她耳边说："不会很疼的，相信我。"

高大胖不信。

可是不管她信不信，他都不会停。

之前被抑制在体内的所有力气仿佛一瞬间爆发了出来！她放声尖叫，声音凄厉得吓了她自己一跳！

随着这声尖叫，她觉得四肢的力气都回来了！于是立刻毫不犹豫地推拒着身上的人，奋力挺腰扭动、两腿乱蹬地想要甩开入侵的东西……这样的摩擦蹭动自然不是什么好事，她身上的男人低低地闷哼了一声，肌肉瞬间紧绷！松开了抓着她手腕的手……高大胖还没来得及高兴，就发现那双手顺着身体的曲线下滑，然后扶在了自己的腰上。

以这样虚弱的身体，在这么短的时间里连续接受两个血族的侵犯，小小只觉得自己快要爆炸！

她拼命地挣扎除了消耗体力没有任何效用，用力抓挠着对方肩背的双手无法在血族强壮的身体上留下一丝一毫的痕迹，手边能够得到的华丽银发已经被她扯得乱七八糟，可是男人完全不受影响，也毫无停下来的意思，最多在头发被拉扯得碍事时，低头惩罚性地咬咬她的耳垂……

小小觉得自己眼前一阵阵地发黑，胸口闷得喘不上气，只想呕吐，却什么也吐不出来。

她一直以为自己对这一切都接受得很好，就算受到伤害也能保持稳定的情绪，就算被当作物品对待也能乐观地活下去。

她不恨布鲁赫，也不恨梵卓。

她愿意接受这个异星上的生活方式，她坚强得要命！

可事实上，她的身体都比她诚实，它畏惧着异性的碰触，它抗拒着强势的进入，它每个细胞都嘶喊着愤怒……

“放开我！放开我……放开我！”

眼睛里疯狂地涌出泪水，她的瞳孔也被愤怒灼烧得通红！小小费力地撑起脖颈死死盯着身上享受律动的男人，她几乎是瞬间出手狠狠地扇了对方一巴掌！

小小觉得自己这辈子的动作都没这么快、这么狠过。可是对方却连脸都没偏一下，似乎对这点攻击力不屑一顾，甚至连身下的动作都没停，只是抬手握住她打他的右手，侧过头在她甩红了的手心里亲了亲，轻笑着问：“疼吗？”

她看着他，眼泪不断地流下来，呼吸急促到哽咽的程度，肺里阵阵地刺痛……于是他又凑过来亲吻她的眼泪，似乎要她别再哭了。

“疼吗？疼吗？”

她依旧看着他，流着泪回答：“很疼，很疼……”然后躲开他的脸，重重地倒回松软的被子里，用手臂压着眼睛，眼泪在手臂下不停地淌下来……

“我竟然向你求救……那个时候，我竟然喊你的名字……”

梵卓的动作忽地停下来，仿佛瞬间被冻住，连发丝也在空气中静止。

白日空无一人的血族城堡里，只回荡着宇宙中最后一个人类绝望的低低啜泣……

——Chapter Ⅰ · End——

Chapter II Blood is Desire

第二卷 血之欲

I can't want you more…

我是如此渴望得到你……

21st Blood　柔弱的逃亡

高大胖逃走了。

这是一件谁都没想到的事。

得到消息的人第一反应就是：怎么可能？

的确，从理论上来说，边防城堡诺斯城的防御系统可谓铜墙铁壁。萨恩星两大元帅的驻军都在城里，区区一介人类，战斗力几乎为零，又刚受重创，至今躺在床上起不来，怎么可能在这个时候逃跑？

然而事实上，高大胖是白天走的。此时所有驻军都在自己的棺材里睡觉，空荡荡的城堡只有电脑控制的自动防御系统在运作，而且只管进来的不管出去的，这个人类又偏偏下定决心，选了这个所有人都认为她不可能走的时候走。

于是她逃走了。

“……带走了一个空间袋、四十几颗维特草果实、三套控温防护服，两件毛裘、两双靴子、一盒十二支静脉注射液、一把微光匕首、一条蝎龙、一份萨恩星地图，还有……咳，一些流通货币和宝石。”兰卡拿着核查清单低声汇报着。

“流通货币？”正在房间里低着头挨训的边防队副队长科勒诧异地抬头，“她哪来的钱？”

兰卡脸色难看：“我给的。”

“什么？！”

兰卡揉着太阳穴合上调查清单：“那是以前上课时候的事了。当时在教她萨恩星的货币系统，所以就把每个数值的货币都拿了一个样品给她看，我哪想到会这样……”

“每个数值？”科勒几乎是咬牙切齿了，“纸币和金属币都有？”

兰卡头疼地点头……

萨恩星的货币系统，分为日常流通的小数额纸币和价值比较大的贵重金属币——考恩币。因为贵金属的名字太长，民间一般根据颜色将它们分为九彩币：银、金、赤、橙、黄、绿、青、蓝、紫，其中最贵重的银色考恩币价值超过一座城堡！几乎没几个平民见过，而价值最小的紫色考恩币也可以买下一条翼龙！

“这下好极了！有了这些钱，她想逃去哪里都可以！”科勒气呼呼地转头看着窗外，然后又想起了什么似的猛地转过头来，“等等，你说还有宝石？该不会……”

兰卡连忙摆手：“那个可不是我给的！”

一直沉默着坐在高大胖曾经躺过的沙发上陷入沉思的梵卓亲王淡淡开口：“宝石是我给的。”

正要开口大骂的科勒瞬间石化在原地……

“以前……有一天她看电视鉴宝栏目的时候，说里面的红宝石跟我眼睛的颜色很像，很漂亮。我就给她买了几个玩……”亲王大人一副回忆的口吻，带着柔和的笑容轻声说着。

科勒虚弱地摇晃了一下：“红宝石……所有宝石里最贵重的红宝石……”

这个宝石的价格，该怎么说呢？

打个比方，一杯人鱼血已经价值连城，那么一块普通大小的红宝石就可以买好几条人鱼！而以梵卓亲王的性格，买来赏玩的宝石自然不会是普通大小……

“买了几个……几个……”科勒同志还跪在地上消沉……

看不下去的兰卡挥了挥手：“算了，已经被带走了，郁闷也没用了。再说贵重的宝石和民间少见的银考恩币她恰恰未必敢拿出来用，毕竟在这种情况下绝对是惹祸上身的可能性比较大。与其担心那个，不如想想怎么尽快找到她。”

一直垂着头坐在打开的窗户旁的布鲁赫将军终于开口：“我感受不到她的位置……20 米欧里之内都没有味道，她大概离开这个距离了，可能已经在两个城市以外的范围……”言罢，抬头看了沙发上的梵卓亲王一眼。

后者认同地点了一下头：“的确，我也闻不到。”

科勒闷闷地汇报：“最近几个城市的搜索队回馈的结果也一样，看来她已经离开北区了。大人们，现在正是消灭异种植物的紧张时期，不能长期分散人手在这种事上。您看，是不是……”

沉闷的死寂……

良久，布鲁赫低低道：“叫他们撤回来吧。”

“是！”科勒单手行了个礼，领命离去了。

只剩下三个人的房间越发沉闷……

“讨厌到……逃走吗？”仰靠在沙发上的梵卓亲王，闭目轻声喃喃。

窗边的布鲁赫，脸上的表情顿时仿佛被狠狠刺了一下！

猛地握紧了拳，转头死死盯着窗外努力自我平静了一会儿，将军才缓缓站了起来，闷声行了个礼道：“先告退了。”

亲王大人做了个“不送”的姿势：“虽然已经不是我方的权限范围，但我个人会尽量协助你的搜寻工作的，有了消息定会第一时间告知，请放心。”梵卓亲王微笑。

布鲁赫回头冷冷地看了他一眼，什么也没说便离开了。

关门声静止了很久，兰卡才仰头无奈地叹了口气……

“大人，您是不打算告诉布鲁赫大人她手镯里有追踪器的事吗？”

亲王大人淡淡地笑：“什么追踪器？我并不知道这回事。”

兰卡又叹了口气，打开腕式笔记本，调出追踪数据：“可是您要知道，追踪器的芯片采用的是数据库存码的标准芯片，只要布鲁赫大人有心，还是可以动用贵族权限从数据中心调出来的。”

亲王大人侧头瞥了兰卡一眼：“追踪器之前在森林里就已经损坏，那之后的数据全部遗失。”

兰卡无奈地合上电脑：“明白了，我会通知西里侵入主电脑库破坏记录。”

“你在想，这个人真是坏透了……对吗？”梵卓出神地盯着小茶几上一个装着淡蓝色液体的水杯。

兰卡耸耸肩：“对于您，我习惯了。”

“说得也是，”亲王大人低声自言自语，“大概只有她会说我是个‘好人’吧？不过……以后她大概再也不会说了……”

兰卡的脚步顿住，迟疑了一下，缓缓回过身来，望着失落的亲王大人轻声道：“大人，人类的感情是可以挽回的，只是，要付出破坏时十倍、百倍的努力……”

“如果根本就没有感情呢？”

“那就从头再来。”

…………

赛勒城是远近闻名的自由都市。

没有历史，没有风景，没有资源，也没有特产。

唯有扼住南北交通关卡的地理位置，让这座沙砾中建立起的死城，成了萨恩星热闹的贸易大都会！

这里没有住宅区，每一条街道都是商业街，每一家住户都是生意人。

就是匆匆过客，也会在这里以物易物地卖点什么，或者买点什么。

北方的矿产和兵刃，南方的血源和水果，西方的翼龙和宝石，东方的奴隶和乐器，风情各异的面孔和货物在有规矩或没规矩的交易台上纵横交错。有为权贵们准备的高级拍卖所，也有庶民们熟悉的小摊位，更有不受法律管辖的地下黑市……

伪装的身份，改造的容貌，防身的武器，横穿沙漠的食物，都可以在这里买到。自由都市，是逃犯和危险分子的天堂。然而从古至今，却没有一个国家能彻底抹杀这种靠打擦边球生存的城市，相反，它们总是比表面看上去还要繁荣……

高大胖裹紧了头巾，扣好茶色的风镜，跳下花花龙。

她没有进城，虽然这里的城管并不会仔细核查每个风尘仆仆的南北过客，但她不想冒险。

各种摊贩店铺已经蔓延到了城门外，她只想在这里买些横穿沙漠的必需品。

高大胖牵着龙慢慢走着，觉得很疲惫。

身体还没好，可是为了充分利用有太阳的时间，整个白天她一点都没休息，一直拼命地赶路，努力争取有多远就跑多远！

如今夜晚已经降临，高大胖打赌，城堡里的醒来的血族们应该已经发现她逃走了，追兵肯定被大举派出，现在还在空中乱飞显然不是明智的选择。

之前跟着梵卓亲王视察时曾经来过这座城市。那段时间，每经过一个城镇，兰卡都会详细地介绍该地的风土民情，高大胖总是悄悄地把每个有用的消息都记下来。没人喜欢当一辈子的食物，她一直在想逃走的事，也知道自己总有一天要离开。只是，她从来没想过这一天会来得这么早，这么惨痛……

“咕嗷……”花花龙突然叫了一声，抬了抬巨大的脑袋，带动了高大胖手中的缰绳，让她从沉思中回过神来。

迎面走来两位全副武装的士兵样血族男人，看眼神明显是冲着她这边来的。

高大胖有点紧张地拉了拉围巾，攥紧了缰绳……

“嘿！那边的小鬼，站住！”

正打算悄悄掉转方向的高大胖无奈地停下脚步，眼睁睁地看着二人走到面前。

“是要参加埃克斯匹欧展会吧？”身材魁梧的士兵大声说，眼睛并没停在高大胖身上，而是一脸艳羡表情地上下打量着花花龙，“这宝贝儿肯定能卖上好价钱！”

另一位比较瘦高的士兵虽然也忍不住爱惜地伸手拍拍龙的脖子，摸摸花花的鬃毛，但总算还记得正事，回手递给高大胖一个电子板：“登记一下，龙的展区在西边。领了号码牌以后会有人带你过去。”

高大胖愣了愣，没接登记板：“……你们说……卖它？”

魁梧士兵回过头来诧异挑眉：“难道你不是来卖龙的？品相这么好的蝎龙只有贵族才会用，小鬼，别跟我说你就是贵族啊，哈哈哈哈……”

瘦高士兵却起了疑心，正色对着高大胖喝道：“这条龙是你的吗？该不会是从什么地方偷的吧？摘掉你的风镜，身份证明拿出来！”

高大胖一时哽住，紧张得不知道该说什么，下意识地拉着龙想后退……

魁梧士兵拍了他的搭档一下，嘻嘻笑道：“别听他吓唬你。就算是偷的也不关我们的事，这座城市里什么都可以买卖，只要不是使用假币，怎样都行。得了，快去登记吧，一看你就知道肯定是从什么贵族家偷跑出来的，一点经验都没有。”上下打量了一番高大胖的体型，男人接着嗤笑，“半血族对吧？不用遮了，我在这个关卡不知道见过多少个逃跑的半血族宠物了！不过像你这么高调地骑着这么华丽的龙的还是第一个。”

高大胖满头冷汗……

其实不是她高调，而是其他的龙都在军队的营地里，只有花花是她私人使用的坐骑，停在城堡窗外，一个口哨就能叫过来。为了利用白天的时间尽快赶路也只能骑它了，不过现在看来，这引人注目的豪华龙是绝对不能留在身边了！

接过登记板，扫了一下上面有关品种、血统、年龄、驾龄、长宽高之类的表格，大胖同学迟疑了一下，小声嗫嚅："对不起，我不清楚它的资料……"

两个士兵面面相觑……

瘦高士兵冷笑："呵，你都不知道它是什么品种就偷出来了？那你眼光倒是不错，这家伙可是个纯血种，年龄又小，日后别说转手再卖了，就是留着配种也能大赚一笔！"

魁梧士兵扬手拿回登记板，好心帮她填完，还顺手在大胖同学的屁股上拍了一把，就把她赶去领号码牌了……

"小心点吧小鬼，"瘦高士兵经过她旁边时嘲讽道，"别没卖掉龙反而被人捉走卖了。"

高大胖揉着屁股郁闷地牵着龙走开，心想对方八成以为所有半血族宠物都是万里挑一的美人才肯吃她豆腐的，要是真的看到她围巾和风镜底下那张大饼脸，估计那一爪子就说不上是谁吃谁豆腐了……

"咕噜……"花花龙低下毛茸茸的脑袋侧头蹭了她一下，这是饿了要吃饭的表示。

高大胖拍拍它的大脑袋，心想它大概还不知道自己要被卖掉了，否则就不是要吃饭，而是要吃我了……

果然如那两个士兵所说，这宝贝儿相当引人注目！高大胖牵着花花刚走进西边翼龙贩售区，就有好几个貌似中间商的家伙围了上来，叽叽咕咕、喋喋不休，无非是说些"这里水深人杂，没经验的卖家容易吃大亏，不如平价卖给他们，然后还有加价提成拿，坐享其成还不容易被骗”之类的……

高大胖默不作声，只摇手拒绝，埋头往里面走。

这世上没有天上掉馅饼的事，哪有那么多省力又赚钱的便宜事，如果真的有，也只是你还没看出来它背后的骗局罢了。高大胖的确不太懂这些，所以她更坚信最原始、最简单的面对面交易。

翼龙其实不是那么常见的交通工具，强壮、耐力好的龙大部分被军队垄断，剩下漂亮的纯血种则是专供贵族玩赏。就算在帝都，也只有不到一半的人口拥有私人翼龙。普通的市场很难买到的东西，这里却遍地都是！而且天南海北的，品种十分齐全……果然不愧是自由都市！

不过翼龙好歹是生物，这么多巨型猛禽聚集在一起，饶是场地广大，情况还是很混乱的。一会儿这边的挣开缰绳踩伤人撞翻货摊，一会儿那边的试飞降落引起围观喧闹，到处都是拍打翅膀激起的尘土，到处都是动物特有的腥臭味……

何况翼龙本就是好战的品种，凑在一块儿难免打起来，于是嘶鸣和斗殴声也是不绝于耳……就连自恃高贵的花花同志，在跟着高大胖经过一条伸着脖子挑衅的同类身边时，也忍不住龇着牙低吼着上去咬了人家一口！

至于高大胖自己，则完全没注意身后二龙掐架的动静。

她被场地另一侧一条美丽的黑翼龙吸引了目光。

那条龙扬起的脖颈优美而高傲，黑色嶙峋的骨刺十分骇人，翅膀展开的瞬间，会露出由深到浅的碧绿水蓝色花纹……就好像，长着蝴蝶翅膀的黑色怪兽。

高大胖默默地站在那条翼龙三步开外，静静地看着它，沉浸在自己的思绪中好一会儿，才转过身，牵着已经打赢了正兴奋喷气的花花走开……

其实除了不知道花花的资料以外，还有一个比较严重的问题。高大胖不知道花花到底值多少钱。所以等到一个看上去比较和善且明显也是旅人的大叔过来问价的时候，大胖同学很狡猾地没有吭声，而是伸出了四个手指。

“四个青币？！”大叔一脸愤愤地惊呼，“开什么玩笑？太贵了吧！上等的翼龙也就一个蓝币，就算这条是比较罕见的蝎龙，又是纯血种，而且年龄也小，长得也……”大叔越说声音越小，越说越恋恋不舍地伸手抚摩漂亮的花花，直到花花同志不爽地甩了甩耳朵才回过神来，“咳咳，就算是这样，四个青币也太夸张了，两个青币的话我还能考虑一下……”

高大胖瞅他一眼。

嗯，原来花花值三个青币左右。

卖东西最忌讳的就是一有人讲价就让步，端着不放才能显出你的东西好来。最重要的是，如果被看出来自己不差钱，只是急着出手，反而会惹人怀疑。于是高大胖转开头不看他，用行动表示了“咱明码标价，讲价勿扰”。

大叔搓搓手，围着花花转了两圈，把价格又提到了三个青币。

高大胖终于正眼看他，以及他身后牵着的自己的坐骑，一条比较常见的不起眼的灰翼龙。

“你不是已经有坐骑了？还要买这么贵的龙做什么用？”高大胖问。

大叔好脾气地笑笑：“我是商人，总要在手里攒些拿得出去的好东西去上面打通关节。”

明白了，送礼行贿。

高大胖点点头：“好吧，三个青币就三个吧，但我还要你的龙。”

“可以可以！”大叔眉开眼笑，围着花花转来转去，大笔开销搞定，这些细小的条件根本就不在话下了。

高大胖懊恼，可恶，估计还是卖便宜了！

花花被转手的时候有一点疑惑，低头看看牵着自己缰绳的大叔，就要凶相毕露，高大胖连忙告诉大叔喂它点好吃的拉拢感情。

大叔忙着从自己的旧坐骑上卸干粮，高大胖趁机抱抱花花的大爪子告别："别担心，他们很快就会找到你，把你带回亲王城堡的。嗯，该担心的是我才对……"大胖同学苦笑一下，拍拍花花凑过来的大脑袋，然后转身上了新的坐骑，摆摆手跟它告别。

"咕嗷……"花花同志大概认识到自己被抛弃的事实了，赌气地扭过头喷了口气，用屁股对着高大胖。

大胖同志哭笑不得，只收好了青币，装作不经意的样子向大叔打听："非克城在哪个方向？"

"西南方，一直飞，太阳升起前就能到了。"大叔做成了生意很高兴，热情地给大胖指点了方向，然后爬上新坐骑兴奋地离开了。

"西南方吗？"高大胖轻笑一下。从怀里拿出刚刚从花花身上摘下的控制器，安在新龙颈后。人类跟血族的力量有差别，没办法靠拉缰绳就控制巨龙的前进方向。所以兰卡拜托西里给她做了这个驾驶的辅助器，也被高大胖连龙一起偷走了。

"那就往东方去吧！"

高大胖呼喝了一声，灰翼龙挣动了一下，便振翅腾空而起，扭转身体，在一片茫茫夜色中朝着东方平稳地飞了过去……

22nd Blood　血族式黑吃黑

这是高大胖第一次见到蓝色的沙漠。

大片大片哑光的细沙像波浪一样蔓延到天边，在银白的月光下仿佛凡高笔下的油画一般，色泽鲜明到不真实的程度……

这片土地即便是当初全球巡察的时候也没有来过，因为这里是无人区。

在一个不是下雨就是下雪的星球上居然会有沙漠，着实罕见。

而事实上，高大胖完全没觉得空气里有任何干燥感，只有凛冽的冰寒之气从下而上地涌上来，让已经穿了控温防护服的她也忍不住在翼龙背上阵阵发抖……本来就未康复的身体格外畏寒，在一天一夜的奔波之后更是虚弱得头晕眼花，高大胖扶着龙骨慢慢地坐下来，还没等长出一口气，眼前一直高昂的龙头就被突如其来的激光一击射穿！

刺目的光泽在夜色中突兀地闪过，高大胖的坐骑灰翼龙连吭都没来得及吭一声就瞬间毙命！沉重的龙尸迅速下坠！高大胖尖叫了一声死死抓紧缰绳，几乎是半身悬空飘荡着跟着龙尸一路坠到了底……

沙子是松软而冰冷的结晶体。

松软让高空坠落得到了缓冲，尽管如此，高大胖还是在撞击下昏了过去。

冰冷则加快了人的清醒速度，片刻，高大胖就被唤回了意识。

她呻吟着睁开眼，首先看到的是数张陌生的面孔。

打扮很流民的男人们肩上扛着枪，腰上别着弹夹和能源块，靴子边上插着激光刀，身旁停着以飞行时无声无息而闻名的夜龙。

贪婪的眼神，强壮的身体，五颜六色的头发，奇奇怪怪的口音，再加上武装到牙齿……高大胖虚弱地闭目……是强盗集团吗？早该想到的，在赛勒城那种无法无天的大型交易场所，附近肯定蹲伏着很多这种等着在买卖后洗劫旅人的强盗集团。

这世界就是这样，有人靠卖东西赚钱，有人靠抢东西赚钱。

商队有自己的武装力量，独行侠一般都是身怀绝技，像自己这样既没本事、又一个人乱跑的大概不仅是只肥羊，还是只脑袋被驴踢了的肥羊……高大胖睁开眼睛，乖乖听从劫匪的命令，从口袋里掏出卖花花赚的三个青币，老实上交。

对方却毫不知足，一把扯下她背上的空间包，扔给后面的同伴检查。连她本人也不放过，三两下就扯下高大胖的头巾和眼镜，抓着头发拉起来仔细端详了一遍相貌和身材。

好在，高大胖的长相还是很安全的。对方很快就识货地发出不屑的一声轻哼，将她丢回了地上……倒是后面负责检查行李的其他劫匪兴奋得直叫！

“大家快看！这小鬼居然有这么多值钱东西！”

“老大！有宝石！这次我们发了！”

“啊，银币……这个是银考恩币吗？我还是第一次看到！”

“宝石是什么颜色的？”

“别推我……太暗了看不清，紫色……不，红色！红色的！”抓着高大胖的空间袋猛翻的男人，单手举起一块通透的红宝石，正仰头对着月亮查看成色……睁大的瞳孔还没来得及缩回，就在瞬间被劈成了两半！

那人捏着宝石的半只手保持着僵死的姿态在空中划了一条弧线，带着溅起的蓝色血液，掉落在高大胖面前……

缺了半个脑袋和一条手臂的尸体静止了一下，才摇晃着倒下……

这个发展显然出乎了所有人的预料！

除了原地呆滞的高大胖，劫匪队伍在短暂的惊乱之后，便全员刀剑出鞘！枪械上膛！严阵以待！

可是自动缩小成防御队形的众人，迎来的却是一阵诡异的死寂……

只有风吹过沙地的沙沙声刺激着所有人紧绷的鼓膜……

“到……到底是什么东西？”一个人小声地问。

没有得到回答。

“希望不是我想到的那个……”那个之前被称为老大的男人调整了一下机枪的位置，低声嘟囔。

“你是说……”听到他低喃的所有人都惊恐地睁大了眼睛，下意识地后退，“不会吧，那一族不是很少在三月日出……”

口中未完的话语，大概永远也没机会说完了。

比刀剑更快的身影，比子弹更快的速度！

仿佛影子，借着夜色，在穿梭中迅速地收割生命……

人类的眼球跟不上对方的速度，高大胖只觉得四周的劫匪转眼之间就残肢断臂飞舞了满天！蓝色的血液下雨一般淅沥落下，被蓝色的沙漠默默地吸干……四面全副武装的男人像多米诺骨牌一样纷纷倒地，甚至没人来得及呼喊、惨叫……

前后不过几秒钟，十几个成员组成的劫匪队伍就在一片沉寂中全灭！

高大胖好一会儿才缓过神来，一边诧异为什么自己没死，一边半爬着伸手去够自己的空间袋……伸出的手指却被狠狠扎入沙子的弯刀利索地截住！

高大胖吓得猛地缩回手！惊恐地顺着弯刀往上看……

此人有着戴着黑色手套的修长手臂，紧绷的漂亮的肩膀，优美的脖颈。他那依旧藏在黑色蒙面中的脸，只有露在外面的一双眼睛，深邃冰冷、毫无感情……银色的短发在沙漠的风中有些不羁地飞扬，发丝下的瞳孔是圣血族独有的血红……

高大胖抱着胳膊僵在原地。

来人拔出插在地上的刀，看了她一眼，将刀收回腰间，低头捡起高大胖的空间袋，从断手里扒拉出那块红宝石一起收走，然后直起身子，理也没理她就转身离开了……

原来这是……黑吃黑？！

高大胖满头冷汗地坐在一堆尸体中间，整理了半天情绪，才慢慢爬起来。

分文没有，食物、饮水也被夺走，坐骑被杀死，地图也没了，偏又困在沙漠中央，现在该如何是好？

原地发愣的高大胖接着就发现一个更严重的问题……那个黑衣蒙面煞神居然又回来了！

为什么会专门转回来？

灭……灭口吗？

这个念头吓了高大胖一跳！她爬起来掉头就跑！可惜没迈出去两步就被轻松撂倒，脸朝下地摔了个嘴啃泥……从沙子里抬起脸，就看到对方抱臂站着，一句话不说地抬脚踢了踢她戴着气味抑制器的手腕。

高大胖愣了一下，才明白对方是要她把手镯交出来。

这么说来，的确，兰卡给她做的这个气味抑制器因为是伪装成首饰的，所以外形相当奢华，无论是不知名贵金属的镯身，还是上面镶嵌的宝石，都可谓价值连城！难怪这家伙专门跑回来再抢一次。可是手镯一直是藏在袖子下面的，他是怎么看到的啊？更重要的是，这手镯可是气味抑制器啊！对方是血族吧？高大胖实在没有摘下手镯也不被对方发现自己很好吃的自信……

稍微犹豫了一秒钟，蒙面杀手同志就已经开始面无表情地抽刀了……

高大胖吓得连连后退："我给你！我给你就是了！你冷静点不要冲动……"

罢了，反正身上没有伤口。平时的味道并不是特别重，现在是在沙尘味很强烈的沙漠地带，周围又有大把的蓝血族残血起混淆作用，说不定不会被注意到呢……自我安慰的高大胖深吸了一口气，快速脱下手镯，却没有交给对方，而是远远扔了出去！

在高中安全知识课里，老师讲过，遇到劫匪时要老实地交出钱包，而且要尽量把钱包往远处扔，因为劫匪的目的是钱包，所以要创造对方捡钱包时视线离开自己的时间，这样才有机会逃跑。

高大胖扔完手镯转身就跑！她也没空看对方是不是真的去捡了，只冲到离自己最近的一条翼龙旁，手脚并用、磕磕绊绊地爬了上去，然后拼命拽着缰绳大喝："起飞起飞快起飞！"

以高大胖的力气自然拽不动缰绳，但好在盗贼集团为了提高撤退效率，所有坐骑早就被训练出了"上人就飞"的好习惯。所以感到身上爬上了人的夜龙还是很敬业地振翅起飞了。夜龙翅膀高速地拍打，激起了大片的沙子！一时间空气里尘土飞扬，让人即使掩面也呼吸困难，眼前更是什么也看不清，直到升到半空，高大胖才吐着满嘴沙子勉强睁开眼睛，忍不住回头往地面看去……

刚刚成为血战之地的沙漠上烟尘依旧弥漫。

零星可见大大小小的尸体散落其间。

而烟雾之中，那个蒙面杀手一动未动，静静地站在原地，微仰头看着夜龙飞走的方向。

高大胖恍惚间觉得，自己的目光在烟尘移动露出空隙的一刹那竟与对方的狠狠对上！顿时脊背全凉……猛地转回头，用力甩了甩脑袋，高大胖同学连忙在心里自我安慰道：那是不可能的不可能的，这种夜色里再加上沙土弥漫怎么可能还看得到对方的眼睛，是幻觉，一定是幻觉……

…………

"梵卓大人，看看这个，您绝对不会相信的，追踪器显示，我们逃跑的小鸟儿现在居然在砂海！”兰卡兴奋地转身，“果然如地球语所说‘初生牛犊不怕虎’，砂海中心是阿萨迈族出没之地，连我都不敢贸然深入腹地考察，她居然独自一人就闯进去了！”

亲王大人批阅文件的手顿住，表情难得的不悦：“砂海？她怎么会去那里？马上把她弄出来。”

兰卡摇摇头：“恐怕来不及了，砂海有磁旋风干扰通信，没办法定位她的准确位置。”

放下手里的文件，梵卓闭目靠在背椅上想了一会儿：“能推测出她的目的地吗？”

“可以，”兰卡十指快动，很快就分析出精确的动向概率，“人类生存需要稳定的食物来源和水源，再加上避开帝都和诺斯城的先决条件，而且打算横穿沙漠的话……目的地大概只有东南方的未十城了。”

合上电脑，兰卡美人有点苦恼地手撑着下巴点点腮帮：“不过我之前以为她起码会采用更安全、更快速的飞行器或者粒子传输船之类的，没想到居然用飞龙这么原始的方法……”

“她不敢吧。”梵卓淡淡道，“萨恩星所有非生物交通工具的使用记录，帝国高层贵族都可以查到，以她的性格，宁愿选择有未知危险但无从查起的翼龙，也不会选择立刻能被我查出动向的交通工具。”

兰卡怜悯地望过来：“您还真是彻底地被讨厌了呢……”

“……”亲王大人沉默了一会儿，回手接通了梵卓城堡的通信器，“喂，西里吗？兰卡说她想你想得睡不着，你过来一趟吧。”

“我没有！”兰卡抓狂，“是我不好！您没有被讨厌！我马上去把她找出来就是了！”

亲王大人：“喂，西里吗？我大概听错了，你不用过来了。”

城堡里勤勤恳恳的西里：“……”

…………

被洗劫得一无所有的高大胖同学在天上飞。

她飞得已经快绝望了。

虽然因为条件反射，夜龙可以起飞，却没办法降落。高大胖试了各种音调的降落口令，拽缰绳拽得手都红了，对方也没有任何反应，依旧孜孜不倦地飞着。

本来高大胖还指望这条龙能因为肚子饿就自动往赛勒城飞，谁想到没人驾驭，这傻龙根本就是瞎飞！忽上忽下，忽左忽右，还不时在空中盘旋一阵……绕到后来，高大胖已经彻底搞不清自己在哪儿了。四周唯一没变的参照物，只有身下那仿佛无边无际的蓝沙漠……

口干舌燥，忽冷忽热，手脚绵软，高大胖知道自己撑不了多久了。

果然还是……太莽撞了吗？

也许当初应该在赛勒城停留一晚上，等天亮了再上路的。

不，算了吧。走夜路会被打劫，难道住旅馆就不会出事了吗？再说后有追兵，任何停留都是危险的，说不定更惨呢。

于是……不管走哪条路都会倒霉吗？莫非真的是地球灭了我却在没死的时候就把这辈子的好运都用光了？思维混沌、胡思乱想的高大胖觉得清晰的意识渐渐离自己远去，所剩不多的生命也丝丝缕缕地被这片冰冷的沙漠吸走……

不知在夜龙的第几个侧转时，已经瘫软在龙背上的高大胖同学终于滑了下来，重重地坠落在冰蓝的沙子上，彻底地昏了过去……

23rd Blood　奸商与科学怪人

商人杰哈德走南闯北很多年。他带领的商队从来只赚不赔。狡猾的性格和敏锐的嗅觉总是让他能从别人注意不到的旁枝末节上牟利，哪怕正当生意有什么意外，也能从不正当的方面得到补偿。

比如这次带队经过赛勒城，本是没什么赚头的歇脚，也因为一个卖龙的奇怪女孩而成了一笔有赚头的买卖。

那女孩虽然风尘仆仆又尽量打扮得不起眼，手里牵的却是纯血种的蝎龙！而且仔细看的话就会发现，她藏在斗篷下的衣服是军队里才会使用的变温防护服，戴的风镜是市面限量版，身上的味道是贵族才用得起的波弗姆星高级乳香，就连使用的语言都是萨恩星帝都标准官话。再配上娇小的身形、黑色头发……很明显，这是一个经过严格调教的半血族宠物！而且，她的主人绝对不是普通的贵族，连买给宠物的坐骑都是稀有的蝎龙，并且能够使用军用服装，萨恩星能同时做到这两点的人可不多……

杰哈德于是主动上前搭讪，装出认真的样子询问蝎龙的价格。

女孩很警惕。

但还太嫩，还太嫩。

三个青币买一条龙，其实是个好价钱——如果那三个青币都是真的的话。

杰哈德放在她手里的三枚考恩币，只有一枚是货真价实的青币，还有两枚，不过是不值钱的高仿币。这点小手段在真正的贸易中自然是骗不过任何经验丰富的老狐狸的。但对付一个明显很无知的小女孩，足够了。

事实上，那个紧紧裹着头巾的女孩子连看都没仔细看那三枚青币，随手收进口袋里，匆匆地问了非克城的方向就打算离开了。

杰哈德站在新的坐骑上微笑，如果是真心来卖龙换钱，普通人不会不注意一下入手的大额货币的真假。如此反应只有三个可能：

第一，这是一个对金钱没概念的家伙；

第二，她只是急着出手，并不在乎到底能卖多少钱；

第三，以上两种皆是。

在什么情况下，一个人需要不计价格地赶快摆脱某样贵重的东西呢？只有当这个东西在身边会带来麻烦的时候。

杰哈德现在几乎已经百分之百确定对方“逃跑宠物”的身份了。

“去打探一下帝都贵族有谁最近走失了宝贝宠物。”圣血族给予提供线索者的酬金，一向是很大方的。

“领队，既然明知道那小鬼可能是逃跑的宠物，干吗不干脆直接抓住她？”

杰哈德摇摇头，这就是买卖和犯罪的区别了：“我们是商人，不卖人口，只卖消息。”

再说，毕竟一切都基于推测，如果对方偏偏不是逃跑宠物的话，擅自把这种全身上下都是高价品的家伙关起来，可是会惹祸上身的。

“不过，就算她不是什么有价值的人物，一枚青币买到一条纯血种蝎龙，我们还是赚翻了。”

稳赚不赔的生意需要的是脑筋，还需要注意一切风吹草动，并适时做出趋利避害的最佳反应。杰哈德抚摩着花花龙漂亮的鬃毛，吩咐商队成员整队启程，前往诺斯城。

商队离开赛勒城的时候，城里传出惊人的消息，这附近有名的劫匪团伙“桡波十人众”在砂海里被人杀掉了！所有匪徒身首异处，所有财物被洗劫一空！消息传开，整个赛勒城人心惶惶。死的是劫匪，而且是拥有武装力量的厉害劫匪。这下不只商人们惊慌起来，就连靠打劫吃饭的家伙们也开始人人自危……

人们盛传动手的是砂海里隐居的圣血族杀手阿萨迈一族，但杰哈德却并不这么认为。

虽然以打劫为生，但阿萨迈族就像所有血统高贵的血族一样，有着莫名的高傲和自尊，很少出手，而且一旦动手就一定是有值得他们出动的大买卖。杰哈德实在不觉得劫匪桡波他们有什么值得阿萨迈族出手的昂贵东西。除非……是他们做了什么激怒对方的事。

当然，不管真相是什么，商人的直觉都告诉杰哈德，最近不要靠近砂海比较好。于是整个商队临时调整行程，开始向北方边境进发。

“去北部。据说前一阵子纳美兹平原上出现了奇怪的生物，杀伤力堪比军事屏障，各地的商队进出北区都受到了影响。北方市场的货物供应已经被破坏了，现在去那里绝对有大把的商机等着我们！更何况……”杰哈德微笑，“我们也该拜访一下那里的最高长官，听说布鲁赫大人可是来自帝都的贵族，”杰哈德拍拍花花龙的脊背，“我想那位长官大人一定会知道些什么，或者愿意出钱知道点什么，不是吗？”

…………

在萨恩星这个全民美型的血族星球，除了自己，高大胖已经很久没见过不好看的脸了。

所以当她睁开眼的时候，毫无心理准备地被面前凑得极近的一张皱纹纵横、仿佛干枯树皮的老脸吓了一大跳！

“啊……”惊恐的尖叫经过干涩的喉咙过滤，只剩下嘶哑的呵呵声。高大胖慌张地瞪大眼睛试图后退，手臂却被对方抓得牢牢的，细细的抽血管插在苍白的手臂上，色泽对比妖艳而恐怖……高大胖伸手去扯抽血管，却被那干瘪老头扬手挥开，打得手背生疼……

“你……谁……？”坐起来才发现，自己竟然躺在一个类似实验室手术台的金属平台上，高大胖更惊恐了！紧紧盯着面前这个身材高大干瘦、面容枯槁，一双金黄色的眼睛阴戾地掩藏在皱纹里的老头，高大胖的呼吸也下意识地急促！

对方没有回答高大胖的问题，只是盯着她，缓缓伸出手来抓住她的脖子，瘦出骨形的冰冷大手配上发黄尖利的指甲，看起来就像某种中世纪的巫师魔爪……

“你……会呼吸。”老头沙哑地说着，声音干涩，毫无起伏，仿佛在做着机械的实验报告，“有体温、有心跳、人形骨骼，会使用血族语言。血液是红色的，却不是圣血族。黑发黑眼，却不是半血族。你究竟是什么东西？”

高大胖惊讶地看着面前的老头，虽然对方干瘪得就像抽掉了水分的枯柴，半点美型的成分也没有，但这种高大的身形，尖锐的指甲，以及说话时不时露出的血牙，都证明了对方的确是血族。可是既然如此……

“你……为什么能……这么镇定地抽我的血？”高大胖低头看了一眼手臂上的细管，然后疑惑地抬头端详对方的牙齿，“你应该……是血族吧？”

梵卓、布鲁赫他们这些尝过她血的血族就不用说了，当初她在长老会研究院被提取血样的时候可是引起了实验室暴乱，差点被研究员吃了的……面前这个人，就算没什么发狂的行为，起码也不该这么镇定吧？

啊，难不成？高大胖忽然想到一个美妙的可能性，难不成我的血液已经失去那种吸引力了？

正镇定抽血的干瘪老头显然没明白高大胖这个问题的隐藏含义，只冷冷道：“我是蓝血族。从砂海把你捡回来就是因为对你的血感兴趣。怎么，你是什么高贵到我不能抽血的生物吗？”老头不屑地冷哼了一声，拔出针管，兀自整理着取样瓶，“放心，我只是想要点样本，当时身边又没带工具，才把你带回来。等会儿我会把你丢回原地去的。”

“别啊！”高大胖满头冷汗地一把抓住打算动身的老头子，心想，再被丢回那种沙漠里肯定活不了了，“我不是那个意思，请你别把我丢回去……咳，我刚刚只是觉得奇怪，一般血族闻到我的血液的味道就会发狂，别说这样抽取了，所以……”

“味道吗？”被高大胖抓住衣角的老头冷淡地低喃，“我感觉不到任何味道。我是快死的人了，对这个世界早就没有任何感知了。嗅觉、味觉，甚至触觉也在慢慢消失……不会为你的血液发狂很正常。不过你的话倒是提醒了我，看来有必要仔细研究一下你的血样。”

快死的人？高大胖愣在原地。

的确，兰卡曾经说过，蓝血族是有寿命的，平均是五百年左右。

但是，一般的蓝血族在感知到自己的生命即将结束时，就会到政府登记注册，然后择日自行在阳光下结束生命，留下的生命核会有政府人员收走存档，等待三月年到来时，统一举行复活仪式。

“我……我第一次知道，原来蓝血族快死的时候会逐渐丧失感官知觉。”高大胖挠挠头。

“我们不会。只有抗拒死亡的人才会这样。”老头把血样装进分析仪，“如果预知了自己的死期，却不想承认，顽固地拒绝结束，继续勉强活着，死神就会开启他的惩罚程序。”

埋头调整着机器的各项数据，老头随手指了一下墙上已经落满灰尘的电子日历，屏幕上的画面还停留在三个月以前：“三个月以前，我的结束日就到了，但我还有实验没有完成，所以擅自延长了自己的生命。不过，虽然我还活着，可以思考、可以行动，但我的知觉正在渐渐消失，肢体也慢慢变得僵硬……死神已经把我当作死人对待了。我没有味觉，也无法进食，即使勉强吃进去，也会全部吐出来。即使是白天也无法休眠，身体所有的消耗都来自身体本身，就像是……要耗干这个躯壳，快点去死一样……啊，可恶！”

一阵稀里哗啦，小巧的血样瓶在老头僵直的手指下笨拙地翻倒，想要去接住的手却碰到了仪器的支架，一时间小小的实验室里倒塌声和器皿破碎声不绝于耳……

“可恶！这该死的僵硬！”搞砸了实验的老头仿佛愤恨自己的没用一般，猛地挥动胳膊把金属台上所有的东西都扫到了地上！谩骂和砸碎声再度响起……

高大胖惊讶地看着面前这个情绪不稳定到极点的可怜老人，抱紧自己的膝盖缩成最小的一团，生怕进入他的暴怒范围被无辜波及……

“该死的……多给我一点时间能怎么样？可恶……”低声嘟囔着，老头随手抓起一个新的抽血管，踩着一地狼藉走过来，粗暴地拽过高大胖试图重新取样，却屡次插不上针管，组装了数次都因为不灵活的手指而失败的老头终于丧失耐性，抓着针管就要往地上砸！

“等一下！”高大胖突然出声。

老头停下动作，阴郁地看着高大胖。

“那个……我来吧。”高大胖指了指针管。

老头有点诧异地挑了挑眉。

“只是抽一点血是吗？”抬手在老头的注视下拿过那个被踩躏得有点皱的细管和针。

“是这样弄吗？”尝试着把两样东西拼接在一起，高大胖拍拍自己的胳膊，找准血管，缓缓将针头推了进去……

鲜红的血液很快填满了小巧的取样瓶，高大胖抽出针管，长吁一口气：“呼……够了吧？”

一小块凉凉的带着消毒液的棉片按在她手臂的针孔上，递过那块消毒棉的老头接过取样瓶，背对着高大胖，低声嘟囔：“自己按着，你的身体居然连这么小的伤口都没办法自动愈合，真是差劲。”

高大胖按住棉片，低头悄悄地笑……

“喂，我叫高小小，是个人类。你呢？”

“欧德，是个死人。”

仪器那儿又是一片失败的哗啦声……

"死人先生，"高大胖手撑着下巴坐在金属台上看着欧德笨拙的动作，"教我怎么操作你的分析仪吧。我可以当你的手。"

"你疯了？"欧德头也没回，火大地一脚踹开某个碍事的瓶子，"一般人被当成实验品，应该想办法拼命逃跑吧？"

"我已经在逃跑了。"高大胖仰天叹了口气，"可惜事实证明，一个人在外面乱跑只会死得更快。"侧头看看古怪老头，高大胖轻声说："我不想被你再丢回沙漠里去，更何况，我也想知道我的血到底是怎么回事。"

欧德回过头来，盯了灰头土脸的高大胖一会儿。

最后转回头，拍了拍身旁的分析仪："那就赶快过来把这个该死的血样瓶给我装到机械台上去。"

高大胖歪头笑起来："没问题，不过，我要先吃饭。"

…………

正如实验室里无数的瓶瓶罐罐和各种奇怪溶液所显示的那样，欧德是个化学家。

萨恩星发达的科技力量主要集中在帝都的长老院研究所，但其研究课题主要用于军事。所以民间便自行衍生出了专供工厂使用的自主科研力量。不过化学家欧德这两种都不是。虽然身为化学家，欧德对于怎么"做出能让宇宙金属瞬间融化的溶液"之类的事一点兴趣也没有，他的研究方向是跟活体生物相关的化学研究，用地球的分类来看，欧德属于药剂师。

但是，大家别忘了，血族是一种自愈能力顽强到连医生都不需要的种族。

所以作为一个冷门的药剂师，欧德的研究成果基本上毫无用武之地。事实上这位冷门药剂师能够盈利的产品只有两样：

其一，是增加血族伴侣间情趣的熏香、药剂、饮料……俗称春药。

其二，也是欧德之所以会出现在砂海的原因，他卖一种特殊的血液药给沙漠里的贵族。

“砂海的结晶体比起沙砾更趋近于冰晶，但是比冰要寒冷得多。长期居住在砂海，对喜阴寒的血族来说是很有好处的。而且砂海的辐射让血族的肌肉更强健，寿命更长，休眠更好。

“不过，万事有利有弊，过度的低温容易造成血族肢体僵硬，体现在行动上就是动作迟缓。在这么恶劣的环境下，动作慢就等于自寻死路。所以砂海居民需要特殊的血液药来促进血液流动，提升血温，保持肢体的敏捷性。这就是我存在的意义了……时间到了，把机器关掉。”欧德坐在轮椅里抬了抬手，正在削果皮的高大胖连忙跑过去关掉按键。漂亮的成品药剂便顺着导管缓缓地流进了萃取炉，等待下一道工序的继续……

自从达成了“互助协议”，这一周来，高大胖一直住在欧德的沙漠小屋里。

小屋的一半埋在地下，一半露在砂海之上，面积虽然不大，却无比结实、豪华。这里并不是欧德的家，只是沙漠民族为了药物交易专门给他们的药剂师建的“度假别墅”兼“实验室”。欧德每年都会为了随时掌握砂海的温度变化以及寻找新的药材来小屋住上一两个月。这次因为濒死，所以待的时间格外长，因为欧德试图找出可以永久性解决血温问题的药物，这样在他死了以后的很长一段时间里，他的顾客都不会因为买不到药而有生命危险了。

不过很可惜，实验失败了。

无奈之下打算趁死前尽量多做些药储存起来的欧德，却在某天捡到了有着奇怪血液的高大胖。科学家的本能让他把她捉回来抽样研究，至于后面的事，就完全超出他的掌控范围了。

高大胖的出现，让本打算给顾客留张字条就回家去死的欧德找到了新的研究方向！

一种从没见过的血液，而且据说对血族有致命吸引力。

这对化学家也是很有吸引力的。

这种血液到底有什么成分？哪些成分起着吸引作用？还有，就像她本人要求的那样，怎样才能做出可以抑制这些诱惑分子的去味剂来？

这些崭新的研究课题让化学家欧德兴致勃勃！

至于高大胖，她更关心小屋冰箱里储藏的食物能吃多久。

没有主食，她已经吃了很多天榨汁用的水果。多亏有欧德的指点，高大胖在小屋外面设下陷阱，捉到了不少沙漠蜥蜴。可是肉质和味道嘛，自然比不上在梵卓城堡里的伙食。

在一个到处是酒精灯和加热射线的实验室，把食物弄熟并不是难事。而且有职业药剂师的指点，高大胖甚至配出了好几样科学调味料。酸甜苦辣咸，再加点胡椒和孜然，逃亡分子高大胖的餐饮生活还算美好……

欧德的身体越来越差，就像是被抽干了水分的木乃伊，整个人渐渐地只剩一具骨架。

一方面来说，这样的欧德对高大胖的威胁越来越小；可就另一方面而言，欧德太快走向死亡对高大胖来说也是危险的。她甚至担心过如果欧德还没制造出可以掩盖她血味的药剂就死去的话，该怎么办？因为那就意味着，高大胖这辈子都不能离开这片人迹罕至的沙漠，而且要永远靠吃蜥蜴活着了。幸好，萨恩星科学家的效率总是比人类想象的高。

在欧德双腿失去知觉坐上轮椅三天之后，去味剂成功出炉了。

“这只是理论上的。”欧德递给高大胖一个小小的香盒，“戴上吧，这里面的香味只是在理论上刚好对抗你血液里的气味元素，从理论上来说，应该是正负相抵为零。但我现在没有嗅觉和味觉，无法判断是否真的好使。不过我想……大概很快就会知道是否成功了……”

“什么？”兴奋地戴上香盒的高大胖并没听清欧德的最后一句话。

“没什么，推我去地下室吧。”欧德疲倦地摆了摆手，他干枯的手骨上包裹着树皮一样的皮肤，“冰箱里的水果已经吃完了是吗？呵……谁知道会怎样呢？说不定你比我先死在这儿呢。”

"老头儿你真的很讨人厌。"

然而事实却正如欧德所说，在他为高大胖研制出去味剂的那个晚上，明亮、巨大到诡异的月亮下，访客来到。

代替腿脚不便的欧德去开门的高大胖，在被黑色斗篷和月光般的银色长发笼罩的一瞬间，心脏几乎瞬间停跳……

24th Blood　最优雅的强盗首领

门外立着的男人，有着银色的发，红色的眼，黑色的披风。

就像噩梦中的噩梦。

背叛！告密！捕捉！逃跑！惩罚！一瞬间，仿佛被夜风带起的无数根银色发丝，千丝万缕的惊慌念头瞬间闪过高大胖的脑海！如同被闪电劈开的天空，铺天盖地的黑色中布满了失措的苍白裂隙……直到对方那凉滑的发丝真的擦过脸颊，现实的触感才唤回了高大胖的神志。

惊慌地观察之后才发现，眼前的人，并不是她认识的任何一个贵族。

银发血眸，虽然这些都是圣血族的标记，但无论是对方高大的身材还是柔和的眼角眉梢，或是周身散发出来的平和之气，都与高大胖从前遇到的贵族们完全不同。

不过都是银发而已，自己竟然会被吓成这样……仿佛才想起怎么呼吸，高大胖捂着心脏狂跳的胸口后退了一步，闭着眼深深地吸气……

“抱歉，我吓到你了吗？”温和的男中音从头顶传来，对方微微弯腰，询问正努力调整情绪的高大胖。

“没……不是……”高大胖抬头，诧异地发现对方虽然是在跟自己说话，视线却根本没有聚焦，只是停留在自己所在的方向而已，“咦？你，你的……”

“是的，我的眼睛看不见。所以如果你跌倒了，可能要自己站起来了。”

来人微笑，搭在肩背上的银发随着弯腰的动作轻轻地滑下来……高大胖第一次知道，原来血红色的眼睛也可以流露出这么柔和的表情，果然血族只有瞎了才能掩藏起眼里的戾气吗……

“一？是你吗？”

苍老的声音从通往地下室的楼梯口传来。欧德的悬浮式轮椅带着高大胖熟悉的声音缓缓地爬上楼……

“是的，欧德。我来取药。”银发男人直起腰，微侧过头“望”向欧德的方向。

高大胖才醒悟到自己竟然一直仰着脖子直盯着人家的眼睛看个没完，这对残疾人实在太失礼了，于是连忙收回视线跑到欧德身后，帮他把轮椅推到了客厅。

“几百年不见了，”欧德盯着在堆满各种器皿的客厅里准确地找到沙发并坐下的银发男人感叹，“你一点变化都没有，还跟当年我第一次在砂海遇见你的时候一样。圣血族果然是特别的……说来真是命运的巧合，在我生命最后的阶段居然会再次遇到你。听说你已经很久不离开砂海的住处了，这次怎么会亲自前来？七呢？以前不都是他来取药的吗？”

一？七？

高大胖汗颜，这都是什么怪名字？也太省事了……

“那孩子最近似乎在找什么东西。每天在外面跑，其他的事就都推给我了。”被称为“一”的男人轻笑道。

“哦？找东西？”不经意地瞥了一眼身后的高大胖，欧德阴森道，“是找吃的？”

高大胖哆嗦了一下……

“他没说。”男人的表情有点无奈，“我们只知道他似乎是在找一个旅人，好像跟味道还是香料什么的有关……那天他带回来不少昂贵的红宝石，所以我想他大概是看中了某种稀罕的香料，但当时没弄到手，所以一直不甘心地在找吧。”

高大胖越听越哆嗦……

他，他所说的那个“七”……该不会……难不成……

“小小，你去把药拿过来。”欧德突然开口吩咐，抬手丢给她一个小巧的回路钥匙，“在密室里，全都拿过来吧。”

“啊……是。”高大胖拿着钥匙退出去，挠挠脑袋，她总觉得刚刚死老头是故意转移话题的。

“小小？”银发男人微笑地“望着”高大胖离开的方向，“很少见你身边有陪伴的人，是你新的伴侣？”

“怎么可能？”欧德冷哼，“只是暂时负责照顾我的仆人而已。你应该也感觉到了，我已经快死了，手脚不便，只能找人帮忙……算了，不说这个了。这次的药我特意多做了一些，下个三月年据推测起码要在三百到四百年后，即使再次复活，也需要一段日子才能拿回原来的资产和书籍，所以这段时间没办法给你们做药了，这些药你们节省点用。”

沉默了一会儿，一大人轻声道：“欧德，你没考虑过将自己的手艺教给别人吗？”

“哈！”欧德自嘲地干笑，“别傻了，在萨恩星上，药剂师是最没前途的职业，收入微薄，没有社会地位，哪有人会愿意专门来学这个？”

银发男人也笑起来：“你是在抱怨我们给你的工资太低吗？”

欧德摆摆手：“不，你们的出价已经非常大方了。只是如果我当年没有幸运地在砂海遇到你，现在大概早就潦倒至死了。面对困窘的生活，大部分人都会退缩，毕竟谁能料到自己坚持下去就会拿到沙漠圣血族的报酬呢……对了，说到报酬，这次的药就不要付钱了。反正我也快死了，钱再多也没什么用。所以，这次的报酬就用食物代替吧。”

“食物？可是你现在……”略微思考了一下，男人醒悟地点点头，“原来如此，是给你的‘小仆人’准备的吗？”

“哼！”欧德撇撇嘴，“你不知道她多能吃。”

一大人轻笑：“可你还不是尽心尽力地给她找吃的？”

欧德哽住："只是……顺手。"

俊美的银发男人温和地注视着面前的老人，慢慢道："欧德，有人陪伴的感觉很好吧？血族虽然强大又长寿，可也是孤独的。在这个宇宙里，我们是唯一没有配偶的种族……真可悲不是吗？无论是成功还是失败，总要有个人共同分享才好……希望你下次复活的时候，我能早点找到你。"

"然后把我关在你们砂海的老巢里，每天给你们做药吗？"欧德冷哼。

后者无情地笑起来："这个主意不错。"

"你只有这种时候看起来才像个浑蛋的强盗头子……"欧德嘟囔着，转头接过高大胖吭哧着抱来的一大袋药，扬手丢给银发男人，"行了，回去吧。下辈子再见。"

单手接住药，随手塞进斗篷里，男人姿态优雅地站起身，轻声问："决定了结束日吗？"

"嗯，明天回城里。就在这一两周之内吧。"

"是吗……"已经走到门口的男人回过头来，"帝都的圣血族要来'拜访'砂海。这次来的是我欠过人情的亲王，所以无法推脱。如果明天我无法来送行，还请见谅。"

"帝都的贵族要来？哼，最近这荒无人烟的沙漠还真热闹。"欧德摆摆手，"行了，不用送行。复活以后我会来找你们的，不然我去哪儿混饭吃？"

银发男人在月色下轻笑了一下，瞬间消失了踪影……

被留下的两人静静地看着对方消失的门口良久，各怀心事地叹了口气……

…………

"算了，耗着也没意思。重新开始也好。"欧德疲倦地躺在轮椅上招招手，"来帮我填死亡申请表吧。你说我哪天去死比较好呢？"

高大胖无奈地打开电脑："有时候我觉得你们的社会系统真的很无

语……对了，刚刚的银发男人是谁？为什么名字好像编号一样？”

“阿萨迈族现任领导者。”欧德漫不经心地翻着日历挑选顺眼的死亡日子，“那一族的名字都是那样的，只有选出的继承人才能继承‘阿萨迈’这个神圣的名字，剩下的所有人都只是用编号而已……你觉得4号死怎么样？”

“听起来好悲惨……”高大胖调出天气预报，“我看看，11号是晴天，不如就那天吧？想想看，在阳光普照、鸟语花香的绿色草坪上慢慢地化成灰，多美。”

“啊……鸟语花香，我讨厌鸟类，它们吵死了。我讨厌鲜花，它们让我想打喷嚏！我讨厌草地，它们……”

“欧德，你这样真像个讨人厌的怪老头。”高大胖伸手抽走日历，“我以为所有贵族都是很重视他们那长得让人记不住的名字，一族只有一个名字，难道其他没继承名字的人不会觉得不满吗？”

“他们是杀手，跟普通贵族不一样。名字对他们来说没有意义，没有比较好。”被夺走日历的欧德气哼哼地蜷缩在轮椅里，“……我本来就是怪老头。”

敲下最后一个键，高大胖把申请表打印了一份递给欧德：“就这么定了，11号，好日子对吧？”

欧德郁闷地接过表格：“可恶，你怎么敢擅自替我做决定？我为什么要在这个讨厌的状态下多活两个星期啊？”

“连数字11都打不出来的时候，我想你只能接受任何可以在电脑上敲出11的人的决定。”高大胖转身看他，“况且，我也需要你的帮助。我对你的城市和社会上的习俗一无所知，没有住处，又没有谋生的手段，你不能在这个时候丢下我。只有两个星期而已，求求你多活几天，就当是帮我。”

欧德抬眼看她一会儿，冷淡地哼了一声：“关我什么事？”

“咦？”高大胖噎了一下。

欧德继续口气平平地陈述："我为什么要带你熟悉社会？为什么要带你进城？为什么要把我的房子给你住？之前留下你是因为需要有人协助我做实验。现在我只要躺在椅子上等死就可以，不需要帮忙，自然也用不着你。我为什么还要收留你？"

"怎么这样……"高大胖很意外，连反驳的声音都是难以置信的。

"我有什么地方说错了吗？"欧德冷笑，"还是我没有权利选择不照顾你？"

高大胖无言以对，果然怪老头都是喜怒不定的。

可是其他的事都放在一边，欧德的话倒是让她第一次开始思考一个问题：是从什么时候起，自己开始理所当然地认为别人只能对自己好呢？

是因为自己一直都有人可以依靠吗？

在地球的时候，有父母可以依赖；来到萨恩星，就一直处于梵卓的羽翼下；即使出来逃亡，也被欧德捡回了家。但是父母无条件地让她依靠，是因为血缘的牵绊；梵卓庇护她是因为血液的吸引；而欧德只是因为她有用处才收留她。

可是当这些都不存在的时候，当对方只是个陌生人，也不会为她的血液发狂的时候，其实高大胖这个存在，帮不上任何忙，可以说一无是处。人家凭什么一定得让她依赖，得对她好呢？

既然是因为她有用才收留她，那么对方当然也可以因为她没用了而丢掉她。

既然对方是因为想要吸血才对她好，那么对方当然也可以因为想要吸血而对她不好。

为什么自己受到照顾时觉得理所当然，受到伤害就觉得对方十恶不赦了呢？

每个人都有自己的人生，会为了自己的目的伤害你，当你没有价值的时候就会扔掉你。

如果这是很自然的事，那么别人对你好就是对了吗？对你坏就是错了吗？

高大胖不知道答案了，拽过被子蒙住头，痛苦地在沙发上蜷成一团，搂着膝盖抱紧自己。来到异星球的整整一年之后，在砂海的最后一个晚上，高大胖第一次失眠了。

…………

第二天清早，高大胖收拾了自己的全部行李，在沙发上呆呆地坐了一会儿。

仿佛下定了决心一般，高大胖打开冰箱拿出最后一瓶水，仰头咕咚咕咚地喝光，抹了抹嘴，然后去找欧德谈判。

“我想跟你打个赌。”高大胖气沉丹田，努力把这句话说得很深沉。

“我都快死了，赌什么赌？”可惜对方似乎没什么兴致。

高大胖深吸一口气，斟酌着说出反复思考了一个晚上的台词：“昨天跟那个血族的见面已经证明，你研制的去味剂是有效的。可是，那只是在普通情况下。其实我得告诉你，当我身上有伤口，真的流出血的时候，任何去味剂都压制不住！而地球的女性人类每个月都会有一种叫作月经的东西。直白的解释，就是连续五到七天的少量流血。”

欧德挑眉：“真是有趣的种族……但那又怎么样？”

“我想跟你打的赌，就是赌你能不能做出解决这个问题的去味剂。”

“很有挑战性，不过……”

“而且，”打断欧德的话，高大胖甩出最后的诱惑，“有件事我要说在前头，其实这个问题连帝都的长老会研究院所有科研人员加在一起也没有解决！之前那个日用去味剂，科研组也是用了两三个月的时间才做出来。可是你，当时只用了七八天。所以我打算赌一次，也许……你能创造出长老院都无法解决的奇迹。难道你自己就不想知道吗？不想试一次吗？”

一生不为世人尊重的化学家欧德，终于从轮椅上转过头来，盯着高大胖的脸庞半晌，缓缓问："赌什么？"

高大胖瞬间放松肩膀，表情终于柔和起来："就赌你的房产。"

"什么？"欧德瞪大不太大的眼睛！

"你不打算收留我，房产也打算交公。之前我本以为反正那房子和资产你也不用，当然会做好事让我暂住。后来我才明白，没有无缘无故的好事，你也没理由这么照顾我。所以，既然你不给，那我就自己争取。"

高大胖站起身，抽出昨晚填写的资产上交清单，三两下撕碎，扬起手扔在老人面前："跟我赌吧欧德，我知道你也想试试！"

欧德盯着地上的碎纸片沉默了一会儿，掉转轮椅驶回了地下室，只远远地扔下一句话："去把行李收拾好……还有，把地板给我扫干净！"

高大胖站在原地，止不住地微笑……

那一天晚上，一大人派来的黑衣蒙面护送队迎接到的是一老一少两位乘客。

领队简短利落地表达了一大人的拜别之情以及不能来送行的歉意，并送上之前约好的报酬——一条装在水晶箱里的人鱼。

高大胖看到欧德的脸黑了一下。

两人爬上翼龙的时候，高大胖终于想起来问："欧德，你家在哪里啊？"

老人正因为自己刚刚爬不上龙被人抱上来而自尊心受损，心情恶劣，只裹紧了披风哼唧了一句："未十城。"

25th Blood　预言什么的，最讨厌了

高大胖从飞龙上跳下来的一瞬间，就被这座叫作未十城的小镇深深地迷住了。

蓝色的沙地上是连绵成片、高低错落的雪白房屋，随性又优雅的门窗造型，开在屋外的细碎小花和深蓝色的屋顶，映衬着远处碧蓝的海水……这里是一片梦中才存在的蓝和白的世界，风吹过的时候，小城的寂静美得让人想哭……

欧德自己的房子，远没有砂海里阿萨迈族给的那座度假别墅豪华，更确切地说，几乎近似于简陋。可是在高大胖看来，这个古老的，有着雪白墙壁、蓝色门框，可以从推开的窗口看到海的小屋，清爽可爱得更符合她的审美。

放下行李，高大胖兴致勃勃地跑来跑去，把整个屋子转了一遍，然后一边把欧德推进实验室，一边兴冲冲地比画着："上面居然还有一层阁楼，那个倾斜的屋顶和天窗美呆了！那么好的房间居然被你用来堆杂物！我要把它收拾出来改造成卧室，或者书房也不错，在午后的阳光下看书一定很舒服！对，还应该弄成落地窗帘，要有白色的飘纱！对了对了，墙壁你觉得漆成什么颜色好？我觉得用蓝色跟这里整体的风格比较和谐，可是粉色的卧室也是我的梦想……真难决定……"

被高大胖吵得脑袋嗡嗡响的欧德，用手扶着额头咬牙切齿："你给我等会儿……什么墙壁的颜色什么的……这里什么时候变成你的房子了？这是我家！我家！"

“有什么关系？我们不是已经打赌了吗？”高大胖耸耸肩，满不在乎地把行李一样样地拆包归位，“反正你要去死，我要住进来，当然早点计划怎么改造比较好。”

“你已经百分之百确定我会输了吗？”欧德的脸色黑如锅底。

高大胖龇牙笑：“如果不是的话，就证明给我看吧。”

老人哽住了一下，低声嘟囔：“总觉得这个赌好像不管输赢，你都很占便宜……”

“反正不管输赢你都没有损失，就当打发最后的等死时间有何不可？”高大胖不以为意地清点着行李列表，“我记得那位盲眼的贵族大人送了你一条人鱼，不知道是咸水鱼还是淡水鱼，可以像鲫鱼那样烧吗？”

欧德狠狠地鄙视高大胖，说：“所以说我最讨厌人类了，真是野蛮！人鱼那么优雅的生物，居然想着怎么吃？”

“你们还不是喝人家的血？”高大胖鄙视回去。

“那根本不是一回事，”老人继续蜷在轮椅里嘟囔着，“献血是高贵的行为，血族一向是征得对方同意后才会取血的。哪像你们，看上什么都是一刀砍死，剁吧剁吧煮了吃……”

走到楼下拆开水晶箱的包装，大胖同学趴在水箱外壁上，好奇地瞪圆了眼睛仔细端详里面的人鱼。

水箱里的水是深色宝石一样的墨蓝色，浓重得简直不像是液体，而高大胖费了半天劲才把拟态得几乎与水融为一体的人鱼分辨出来！

“咦？居然……这么小……”大胖同学的眼睛瞪得更大……

出乎她的意料，这个一杯血价值一座温泉的昂贵的珍稀动物，居然只有她一只手臂那么长，浓密的发丝掩盖了上半身，线条优美的鱼尾随着水波轻轻划动着，尾鳍好像某种质地轻柔的丝帕，在水中幽幽地摇曳……

“真的是人鱼呢……”高大胖轻声感叹。水箱里的生物虽然看不见脸，但外形上就像是小时候童话故事书里画的小美人鱼，漂亮得让人想叫它公主！

“蓝色的沙漠 白色的月亮，
离去的人们 死去的希望，
不知道是谁 知道不是谁，
不见的方向 是谁的方向。”

正伸着脖子围着水箱转来转去想看清人鱼面孔的高大胖，被突如其来的嘹亮歌声吓得连退三步跌坐在地！“咦？谁？什……”

面前的水晶箱里，一直蜷在角落里的人鱼，突然摆了一下尾，揉身转头直直地游到了高大胖眼前！原本几乎与海水同色的人鱼在透明箱壁的那一侧褪色般渐渐脱去拟态，苍绿的肤色和蜂蜜色的头发清晰地显现出来，映衬着金色的鱼鳞和紫色的瞳孔，又妖艳，又美丽……

小人鱼姿态闲适地漂浮在水箱里，仿佛躺在云朵里一样，动作柔柔的，纤细的发丝缠绕着肌肤，那种轻盈的感觉就好像某种水中的精灵……

高大胖直盯着它，慢慢地爬起来，磕巴着问：“刚，刚刚是你在唱歌吗？”

人鱼紫金色的眼珠就像鱼类那样骨碌转动了一下，滑过她的方向，然后合上半个眼睑，咧开嘴，露出了一个无比惊悚的笑容！刚刚还美如妖精的人鱼，口腔裂开的时候竟一直分到耳根之下！而且活活裂成了四瓣！里面露出血红和暗紫色的舌头，以及尖利得仿佛食人鱼的三排牙齿！

裂嘴女的恐怖传说，高大胖同学今天不幸体验了现场版！再次连退三大步，高大胖直接贴在了墙上，浑身汗毛倒竖！嘴唇哆嗦着一句话也说不出来……

“人鱼可是很凶猛的动物，虽然它们有着天籁一样的歌声。”

随着清晰的机械声，欧德的悬浮轮椅从楼上缓缓驶下来。懒洋洋地看了一眼惊魂未定的高大胖，欧德不屑地哼了一声：“希望你以后喂它的时候不要被咬掉手指。”

“它，它是肉食动物？！”高大胖惊讶地张大嘴，贴着墙壁快速往远处挪了挪……

欧德鄙视地瞥过来：“身为杂食动物的你有什么资格这么震惊？”

“起码我不会咬住你的手指从你的骨头上剔肉吃。”高大胖紧紧盯着水箱里的诡异生物，“有三排尖牙还吃肉……这家伙哪里优雅啊？”

“它们的歌喉。”驱动轮椅贴近水晶箱，欧德抬起枯瘦的手隔着透明箱壁轻抚了一下人鱼的轮廓，“还有它们游动的样子。甚至它们本身，都是造物主的奇迹。”

小人鱼仿佛听得懂欧德的赞美一样，绕着水箱游了一圈，在水中做了个摇摆舞一样的动作，然后游回欧德手边，亲昵地蹭了蹭箱壁……

“从生物学上来说，人鱼是最接近血族的生物。它们甚至能模仿血族的语言，虽然只是一些不连贯的单词，但在某种程度上也算是可以说话了。”欧德转头看高大胖，“知道吗，人鱼的歌都是预言。不过一般它们只用人鱼的语言歌唱，豢养它们的主人为了能听懂预言内容，通常都会教它们自己的语言，所以刚刚它才会用血族语歌唱。”

“咦？刚刚那个是预言？”高大胖愣怔，“可是它唱的根本没有逻辑啊……”“条理清晰、言简意赅的那是科学报告。人鱼的歌就是那样，通常是几句诗歌一样押韵的短句，至于含义，要听的人自己去体会。”欧德耸耸肩，“还记得它刚刚唱了什么吗？”

高大胖摇摇头：“我被吓了一跳，没听仔细。好像有提到什么‘死’啊，‘谁’啊，‘方向’啊之类的字眼……难道它对着谁唱就是在预言谁吗？”

“一般来说是这样。”欧德打了个哈欠，“一般人很难有机会听到有关自己的预言，你有幸听到了居然还没听清。现在只能祈祷它什么时候心情好再给你唱一遍了……”

高大胖沉默了一会儿，摇了摇头：“还是不要了，我宁愿它不要唱。如果已经知道未来，活着未免太没意思了。”

已经准备回实验室的欧德回头看了她一眼：“你错了。未来是可以改变的。做好准备，趋利避害，这才是预言存在的意义。”

“是吗……可是，有谁敢肯定这些预言都是准确的呢？含糊的诗句，随便听的人怎么理解……那如果预言错了呢？如果听的人理解错了呢？你说做好准备，可是谁知道怎样的准备才是对的？如果能否正确准备只是个五五分的概率，那么知道或者不知道未来又有什么区别？”

高大胖抬头看看老人，轻声说：“以前……在地球毁灭之前，很早就有各种预言，说什么时候末日会到来。可是这些预言大部分都是假的。于是渐渐地，人们不再相信预言了。可是那个夹杂在其中的真正的预言，有一天却突然应验了！欧德，你的星球没有毁灭过，所以你永远不会理解那种感觉……真的体验了预言的人们，不会感激那个预言的存在，绝对不会。无论它是真是假，都让人痛恨！”

老人看着她，什么也没说。

“明天我去集市上卖掉它。”高大胖疲惫地说着，转身离开了房间。

…………

高大胖并没有卖掉人鱼。

第一个原因就是，在这个最高执政官才只有男爵封号的小镇上，根本没有豪华到可以买卖珍稀人鱼的菜市场。

第二，是因为当天晚上，高大胖就在电视上看到了捉拿自己的悬赏令。

“看来你要改变造型了。”欧德事不关己、不咸不淡地说。

高大胖无力地关掉电视：“你们这儿有整容的地方吗？啊，算了，不用回答了，真是个傻问题，在一个全民美型的星球上，我去哪里找整容院……”

“这个嘛……如果你所说的整容院是可以改变发色、肤色、瞳孔颜色的地方，那我可以告诉你，这个星球上的确有。就算容貌完美如我们，年轻人也是喜欢变换发色之类的来保持新鲜感的。”欧德指指身后架子上一整排的无质保溶液，“确切地说，我就是个地下整形师。”

“……你到底还有什么不会的？”高大胖脱力抚额。

“这有什么难的？改变颜色，说白了就是染色，这点事在化学世界里太基础了。”欧德带着一种知识老人独有的骄傲口气，姿态淡定地指导高大胖调着新的溶液，“不过有一点要说清楚。这种改变形象的色剂有时效性，而且是直接注射到血族的核里的。”

高大胖郁闷道：“我哪来的核给你注射？”

“那就只能用原始的办法了。”欧德指指另一个架子，“有给动物染毛的染色剂，可以染头发。还有改变瞳孔颜色的眼药水，需要每个三月日滴一次。”

“动物用……这些东西我用了不会过敏吧？眼药水？滴进去以后我的眼球不会融掉吧？”高大胖站在高大的架子下不放心地问。

欧德面无表情：“谁知道？！”

高大胖几乎泪奔：“这种事要知道啊！我可没有血族的自愈能力！”

欧德不耐烦地指了指最底层的一排瓶瓶罐罐：“那些是敏感肌肤适用型。”

高大胖阴郁地蹲在地上扒拉着各种试剂：“牙都咬不破的血族‘敏感肌肤’跟人类的皮有什么可比性吗……说起来，欧德，为什么你不拿我去换悬赏金呢？”那数额还是挺高的，不，应该说高得吓人……

“我们的赌约还没完，而且对我一个快死的人来说，赏金有什么意义？”欧德撇撇嘴，“比起去告密，帮你掩饰还更有意思点。最重要的是，联络器和邮箱都在房子的另一边，我懒得移动过去。”

“欧德，我真的不明白你的思考回路……”

“很正常，天才总是寂寞的。”

“……”

于是，无法与天才进行同一高度对话的高大胖，咬牙选择了蓝血族最常见的亚麻色头发和瞳孔染色剂。抱着必死的决心折腾了一番，结果除了染眉毛和睫毛的时候有点痒痒的以外，其他倒是没太大反应。

对着镜子挤眉弄眼地自我端详了一阵，高大胖索性拿起激光匕首把发型也削成了利索的短发。看看镜子里中性的发型，再低头看看自己没什么料的胸部，高大胖略一思索，灵机一动，干脆把自己弄成了少年的形象。

其实寻人的时候，人们很容易被性别所限制。这时如果以另一种性别出现，哪怕相貌相似，一般都不容易被联想到一起去。

而事实也证明，这么做的效果的确不错。

焕然一新的高大胖从楼上走下来站在欧德面前的时候，老人愣了好一会儿，才转过头嘟囔了一句：“哼，五官模糊也有好处，换个发型就变了个人。”

高大胖：“……”

…………

末十城的生活很平静。

高大胖每天在欧德的指导下进行着赌约的实验，顺便也学了些简单的溶剂制作。比如，春药A，再如，春药B。

堆积杂物的阁楼被整理了出来，落地窗也装上了白色的纱帘，墙壁则折中了末十城的海蓝和高大胖的理想粉红，最后被粉刷成了柔和的淡紫色。

小镇里的居民不多，血族与高大胖的作息时间也不合。

每天独自坐在窗口看着太阳升起，享受着暖暖的阳光和一个人的大海，是高大胖现在最幸福的事。海风吹动纱帘的时候，趴在窗台上，呼吸着花草的香气，让人觉得满天满地都是自由的味道……

觉得拘束的，大概只有去集市采购的时候。

虽然萨恩星的超市已经到了全电子操作的程度，人与人的接触并不多，但高大胖还是害怕被出入口擦肩而过的其他血族发现自己的手是热的，心脏是跳动的，或者居然在呼吸……每次去人多的地方都像是在搏命！高大胖总是从头到脚裹得严严实实，手套、眼镜全副武装，闪转腾挪，速战速决……

而除了买东西费力，付钱的时候也很窘迫。高大胖的食物全是这个星球上作为造酒辅料或者调料或者观赏花草之类的东西。比如维特草，这种植物在北方遍地都是，在东方却很罕见，本地人除了偶有拿它装饰房间以外根本不会购买，所以市场上货源少，而且价格高。再加上其他如米由克汁之类的，林林总总核算下来，高大胖每周光食物开销就是一大笔钱。

再说气候。

对变温动物的血族来说，天气冷热都不是问题，他们连空调都没有。可是对恒温动物高大胖来说，这里尽管是比较温暖的沿海地带，夜晚的寒冷还是难以忍受的。欧德的房子里虽然有一个装饰用的古典壁炉，可是里面烧的柴火却很难买到，价格自然也很贵。而每天都烧柴的话，那也是一笔相当惊人的开销！

更糟的是，高大胖现在身无分文，钱都是从欧德那里借来的。然而作为收入不高的药剂师，欧德本身其实也没有多少积蓄。拮据的生活让高大胖越来越想赶快卖掉那只非常惊悚但非常值钱的人鱼了。

然而就在高大胖打听好了人鱼贩售路子，准备付诸行动的那天早晨，却发生了另一件事。

当时高大胖正抱着一大袋超市关门前放出的减价食物往家走，就在小镇那被阳光一寸寸照亮的，空无一人的街道上，她捡到了一个万万不该捡的男人……

26th Blood　路上的东西别乱捡

所有的电影经验都告诉我们，如果不想死得太快，女主角没事最好别在街上乱晃，天黑就赶紧回家洗洗睡，路上的东西、人类、动植物、妖怪，能不捡就不捡。

从各种美国大片、言情小说、八点档连续剧以及少女漫画中成长起来的地球女高中生高大胖同学深谙此理。此时的她也真的很想假装啥也没看见地绕过去。问题是，对方好死不死偏偏倒在欧德家门前，不仅堵住了大门，而且正在自燃……

高大胖知道吸血鬼在日光下会燃烧并化为灰烬，但这种现场版的活人起火场面，她还是第一次看见。

男人露在衣服外的手、脖子、头发之类的首先起火，蹿起的火苗是冰冷的暗蓝色！惨叫声和烧焦皮肤的声音让人不寒而栗！对方金色的头发快速地从下往上化成焦炭！苍白的皮肤变为黑灰！空气中充斥着生物燃烧时特有的恐怖臭味和黑色的灰烬……大概是他坐骑的蓝色翼龙倒在道路的另一边，口吐白沫，眼睛里流出紫色的脓来……

作为一个普通的 18 岁高中生，高大胖心理素质再强悍也没有勇气踩着自燃的活人拿钥匙开门回家，放下超市塑料袋，然后洗洗睡觉……

这种情况怎么办？总不能打 110 报警吧？

别说萨恩星的普通小城根本没有可以在白日出动的官方部队，就算真有，她要怎么解释自己会在白天出现在事发现场而且毫发无损这种事？

最重要的是，难道现在要看着这个人在自己面前烧成灰吗？

原地愣了三秒钟之后，大胖同学几乎是本能地一把拽下自己身上掩人耳目的深色大斗篷，劈头盖脸地蒙住正在地上拼命蠕动着想要躲进阴影里的男人！斗篷的大小有限，只能遮住男人的上半身，而随着太阳渐渐升起光线渐强，竟然连对方衣服底下都开始蹿起小火苗来！火焰透过衣服烧出来，将融化的皮肤和编织物的纤维烧焦在一起！发出阵阵煳味和青烟……

高大胖被这种恐怖的景象吓得两眼发直！两手直哆嗦，怎么也打不开大门！血族在阳光下就仿佛被剥夺了全部力气和生命一般，对方帮着推门的手一点力气也使不出来不算，连站也站不稳，全身的重量都压在高大胖身上……

只到人家胸口的大胖同学被两米多的高大吸血鬼压得半跪在地上，好不容易弄开了大门，筋疲力尽的一人一鬼外加一大堆超市食品，一股脑儿地叽里咕噜滚进了房子……

陌生男人倒在地上浑身抽搐，外面的阳光还透过门口照在他的靴子上，高大胖连忙爬起来"砰"地关上大门！一边迅速开启房子里所有门窗的遮光膜，一边跑来跑去大声呼唤着欧德出来帮忙！可老人不知是睡着了还是死掉了，一直没有任何回应。高大胖无奈，只能自己连拖带拽地扛起失去意识的男人，往地下室缓慢移动……

高大胖还记得兰卡告诉过她，水和泥土是血族的生命之源，被阳光灼伤时，将身体埋在泥土里是最有效的治疗方式。欧德不在，高大胖不懂怎么救吸血鬼的命，只好采取这种土办法。

欧德的地下室是房子里唯一有裸土的地方，可高大胖实在没有力气扛着吸血鬼爬楼梯，于是她很不厚道地直接把人家推了下去……倒霉的陌生男人顺着坚硬的石材楼梯，一路凄惨地猛烈磕碰着滚到了底……高大胖同志站在楼梯顶上，探头探脑地看了看死尸般趴在地下室的倒霉鬼，便不负责任地转身直奔欧德的实验室！

实验室大门紧锁，大胖推了两下没推开，趴在门上听听，里面似乎有机器运作的声音，大概猜到那怪老头八成又进入了“闲人勿扰”的闭关研究期。根据以往的经验，这种时候就算高大胖在外面喊破了喉咙或者干脆用火箭炮轰门，他也不会出来。

大胖同志无奈地叹了口气，只得自己转身去工具室拿了家用核动力挖土铲和负离子水壶，匆匆地赶回地下室。

陌生男人露在外面的伤口还是很严重，但躲开了阳光，似乎让他觉得好了很多，全身贴在凉爽的土地上急促地呼气……一般来说吸血鬼是不呼吸的，但身体状况很差或者严重疲累的时候也会大口呼吸以调整体内缺氧的状况。

由此看来，这家伙伤得不轻呢。

有现代工具的帮助，高大胖很快在男人旁边挖了个很大的坑，然后吭哧着费了半天劲把对方推进坑里，接着铲起土把男人一点一点地埋起来……

大胖同学拿出小学植树节义务劳动的伟大雷锋精神，很耐心地把吸血鬼土堆堆得高高的，踩结实，然后跑去接了一大壶水，认认真真地往倒霉鬼土堆上细致地浇了一遍又一遍……

陌生男人在高大胖的水壶下发出细微的呜咽声……

“你又在干什么？我说了不许在我的房子里种花吧！我最讨厌那些会散发香味和粉尘的花哨植物……”

浇水的高大胖被身后传来的熟悉的轮椅声打断动作，欧德嘟囔抱怨着从楼梯上缓缓地下来，“打扫房间，粉刷墙壁……现在又开始种花！很快你是不是连呼噜猫都要养起来了？”

高大胖拎着水壶叹气：“呃，拜托你看清楚，我不是在种花，这是个血族。”

欧德：“也不许种血族。”

高大胖："……"

老人驱动轮椅凑近被埋进土里的金发男人，仔细端详了一会儿，若有所思地直起腰来，转身吩咐高大胖："你去把我的工具箱拿来，然后去实验室看着机器，等我叫你时再下来。我要给这家伙做个检查。"

高大胖乖乖点头照做。医药方面欧德才是专业人士，专业人士发话，她是不敢插嘴的。

欧德在地下室待了很久，久到高大胖怀疑那捡回来的男人其实已经死了，而老头子其实只是忙着在下面毁尸灭迹……

直到接近黄昏时，欧德才把高大胖叫了下去。

走下楼梯的一瞬间，高大胖简直不敢相信自己的眼睛！

之前那个烧得全身焦黑，根本不会让人想到去看他的长相的男人，此时竟然已经能自己站起来了！高大的身材，笔挺的身形，之前那烧得焦煳成一团的金色长发此刻不仅已经恢复原样，甚至还闪着丝缎一般幽幽的光泽，线条优雅地随意搭在肩头，映衬得碧蓝色的眼睛和冷峻的面容精致得仿佛假人！

一瞬间，萨菲罗斯、莱茵哈特、伊阿宋之类不靠谱的名字纷纷闪过脑海……高大胖忽然有一种"街上捡回来的肮脏小猫洗干净了，却发现是只狮子而且高贵、漂亮得让人不敢直视"的莫名错觉！

也许是因为身高的压迫感，也许是因为恢复力气的血族再次让她意识到自己是弱小的那一方，紧盯着昏暗地下室里某只帅得闪闪发光的吸血鬼，高大胖下意识地往后退了一步……

下一秒，她就被扑倒了！

对方速度很惊人，动作很凶猛，但力气却拿捏得很柔和，所以高大胖没有被突如其来的拥抱撞疼，只是被男人像小孩一样黏住毛绒熊抱着不撒手的反应吓了一跳！对方跪在地上整个挂在她身上，两膝夹住她试图后退的脚，两手箍住她试图推开他的手臂，埋头在她的颈窝里撒娇般亲吻……

高大胖浑身僵硬，石像一般地站在原地，嘴唇哆嗦着问旁观的欧德：“这，这是怎么回事？”

“啊，我把他救活了。”欧德一脸“怎么样我很牛吧”的表情。

“我不是问这个……”高大胖咬牙。

“哦，对了，有一件有趣的事。”欧德敲敲脑袋，一副刚想起来的样子，“这家伙似乎什么也不记得了。”

高大胖呆滞：“什么意思？你别跟我说他失忆了！”

欧德摇摇干瘦的手指：“不，比那更严重。大概是从濒死状态活过来的关系，他现在似乎倒退回了我们蓝血族刚复生的状态。”

高大胖：“那即是……”

欧德：“就是说，虽然身材很高，但他现在其实是什么也不懂的婴儿状态。”

高大胖失意跪地，身体前屈：“……”

对方很高兴地张开手臂迎接，与她抱个满怀。

欧德无视拧作一团的两人，兀自收拾着自己的工具箱，慢条斯理地分析：“一般来说，婴儿状态的蓝血族因为是由政府组织统一重生的，所以会有政府指派的下属机构统一对其进行国民基础教育直至80岁成年。可是这个家伙的状况很特殊，我们不可能把他送到少儿学院里去接受基础教育。所以只能自己养他……”

高大胖抓狂：“为什么不可能？把他交给政府啦！我们都救了他一命了，仁至义尽了！”

欧德冷哼：“就是因为我们救了他一命，所以才更不能让别人知道。看看他身上的衣饰，每一样都是奢侈品。坐骑是蓝色的翼龙，说明他的职业是商人，而且多半是势力很大的世家商贾。

“你难道不觉得奇怪吗？这样一个富家子弟为什么会在白天倒在路上差点被晒死？根据你的描述，他的龙明显是中毒死亡。而在刚刚的检查里，我也从他的体内找到了残留的毒素，那是一种让血族意识不清、手脚麻痹的毒药。商人经常需要赶路，如果由于中毒，中途掉落昏迷，太阳一出来人就化成灰，死得干净利落，一点痕迹都不会留！”

高大胖哆嗦了一下：“你的意思是……谋杀？”

“很有可能。”欧德耸耸肩，“争权夺利，铲除商业竞争对手，甚至内部排挤，都可能出现这样的牺牲者。当然了，别人想杀他的理由到底是什么对我们来说无所谓。不过有一点你要记得，你救了别人的仇人，就等于是与人为敌。如果这家伙意识清醒还好办，问题是现在他完全回到了幼儿状态，如果随便放这种样子的他出去乱跑或者乱说话，后果可想而知……所以，现在你只有两个选择：一是把他藏起来，教导他，直到他明白事理，不会给你带来杀身之祸后把他赶走。”

嫌麻烦的高大胖头痛地发问：“选择二呢？”

欧德面无表情：“杀掉他。假装什么都没发生过。”

“我怎么可能做得出第二种？”高大胖几乎飙泪，“怎么做好事也这么倒霉……”

欧德冷哼：“没人告诉过你，路上的东西别乱捡吗？”

高大胖无力叹气：“身临其境就没那么简单了，估计重来一次我也还会救他。唉，现在说这个也没用了……说起来，为什么他这么黏我？”高大胖皱着眉扭动了一下，试图摆脱身上瓜分她体温的男人，对方怕她逃跑一般立刻搂得更紧……

“嗯，这个嘛……”欧德支着下巴盯着高大胖二人，略微思考，“大概是所谓的雏鸟效应吧。你救了他的命，所以在他的潜意识里很信任、很依赖你，认为你会保护他，所以出于本能就会黏在你身边。”

“是这样吗？”高大胖同学疑惑地接受了伟大科学家的科学性解释，完全没有考虑为什么一样是救命恩人，这家伙却不去扑欧德……

既然敲定了方案一，剩下要做的就是瞒天过海。

欧德的小屋能藏得下一个活人，再藏一个死人自然也没什么难度。

问题是吸血鬼就算化成灰也会留下一摊衣服，如果想伪装没被人介入过的死亡现场，高大胖遇到的第一个难题就是怎么把陌生男人的衣服扒下来扔到街上去。

“你会自己脱衣服吧？”高大胖扭头询问抱着自己坐在地上闭目养神的男人。

对方听到她的声音，微微睁开眼，对上高大胖直盯着他的眼神，男人轻轻地笑了笑，然后低头亲了她的脸颊一下，合上眼，继续养神……

高大胖浑身哆嗦……太诡异了……太诡异了……她该拿这么大的“婴儿”怎么办？

扭过头，高大胖抱着一线希望看向欧德：“都是男的，你来给他脱比较好吧？”

坐着轮椅开始爬楼梯的欧德鄙视地回眸：“我的手指要是有那么灵活，我就不用去等死了。哼，天马上就黑了，都什么时候了你还在乎这个？女人真麻烦……罢了，你要是不好意思，我可以回避一下。”

“问题不在那儿……”你回不回避有什么用，看裸男的还是我啊！

高大胖无力地回头，挪动着转过身，面对面地朝着金发男人，搓着手赔笑劝诱：“那个……你看，嘿嘿，你热不热啊？要不要把衣服脱了凉快一下？”为什么好像变态怪叔叔……

见对方没有反对的意思，高大胖同志颤巍巍地伸出了罪恶的小爪子，试探着解开了男人领口的第一颗金属扣……感觉到高大胖的小动作，男人再次睁开了眼，默默地盯着大胖的脸庞……高大胖紧张地停下了动作，迎着对方纯净温和的目光，不知为何产生了某种在做亏心事的感觉。

男人却微微向前倾身，低头轻轻地啄了啄大胖因为紧张而紧紧抿着的嘴唇，然后自己抬手解开了第二颗扣子……低头摸了摸自己解开的那颗，又摸了摸高大胖解开的那颗，仿佛是确认了自己模仿得很正确一样，高兴地抬起头朝“母鸟”高大胖露出“讨要夸奖”的纯真眼神来……

立场不坚定的高大胖同志被对方清澈的眸子晃得两眼昏花！早就忘了疑惑被亲吻的事，兴奋地连连夸奖：“对对！就是这样解扣子。做得很好，学得很快！再来再来，继续脱！”

被夸奖的“小朋友”在大胖同学鼓励的眼神下埋头又解开了几颗扣子，眼瞅着就要脱掉外套了，却慢慢停下了动作，仿佛已经玩腻了解扣子游戏一样，他转而对高大胖胸口的丝带专注地观察起来。对方抬手碰了碰大胖同学小外套上的蝴蝶结，然后手指轻轻一勾，扯开了第一个活结……

高大胖满脸尴尬地一把按住男人的手！双手抓着送回他自己的扣子上去：“学习要有专心的精神，切忌三心二意。我们今天第一堂课是‘解扣子’，拆蝴蝶结是下一堂课啊……来，乖，我们继续解扣子。”

对方似乎不满意这个安排，动作十分麻利地迅速解开了外套连同里面的修身长衫，然后抬头看着高大胖，眼神里传达着“看，我已经学会了，咱们开始进行第二堂课吧”的可怕目光……

高大胖一边快速收集着男人脱下来的衣服，一边无耻地哼唧：“我知道你学会了。但学习这个东西呢，需要大量而充足的练习。所以，今天的课后作业是脱裤子……”

Band-aid No.1　番外·贺年章

小孩小孩你别馋，
过了腊八就是年。
腊八粥，喝几天，
哩哩啦啦二十三。

二十三，糖瓜粘，
二十四，扫房子，
二十五，糊窗户，
二十六，炖大肉，
二十七，宰公鸡，
二十八，把面发，
二十九，蒸馒头，
三十晚上熬一宿。

初一拜年放爆竹，
初二女儿回家转，
初三老鼠娶媳妇，
初四烙饼炒鸡蛋，
初五开门迎财神，
初六关门送穷鬼，

初七面条来绑腿，

初八谷子撒满家，

正月十五看灯花。

梵卓亲王：“上面那一大段到底是什么意思？”

大胖：“哦，那是……”

兰卡：“那是地球民俗，讲的是中国每年一次的新年节日。概括了从前一年的最后一个月份，也就是‘腊月’，到新一年的第一个月份，也就是‘正月’，人们所要做的所有节庆活动，含有祈福迎新的意思。”

大胖：“为什么我要听你这外个星吸血鬼来给我这个地球人普及什么叫春节啊？”

兰卡：“因为据说地球的小孩多半对本国文化一无所知。从社会学上来讲，这是一种可悲的文化流失。”

大胖眼神飘忽：“其实……我还是知道一点的。”

兰卡不屑地耸肩：“子曰‘知之为知之，不知为不知’，无知就是无知，如果你不服气，就把上面的传统习俗解释一下啊。”

·腊月初八·腊八粥

大胖：“腊八腊八，冻掉下巴。所以家家户户都要熬腊八粥，黏糊糊的粥，喝了就可以黏住下巴。”

布鲁赫：“这不可能。如果那种食物的黏度足以黏住肢体组织，从理论上来说是无法吞咽的。”

兰卡翻资料：“这种叫‘腊八粥’的食品是用八种不同的谷物熬制而成，也许在高温加热期间，由于分子的相互作用，粥内产生了我们所无法想象的化学反应。”

梵卓：“就算如此，也只解释了腊八粥的黏性问题，并没有解决布鲁赫提出的悖论。”

兰卡：“说得也是，也许人类的唾液会跟腊八粥产生另一种润滑反应？”

管家西里：“那要怎么保证断裂的肢体上一定没有沾到唾液呢？从生理构造上来说，下巴离口腔很近吧？”

“肌肉强度……”

“神经连接……”

“做试验……”

听不下去的大胖：“这只是个比方好吗？没有人会真的用粥去黏下巴的……”

兰卡：“那你们用什么黏？”

大胖：“我们用……咳，我们不黏！”

西里：“那冻掉的下巴要怎么办？”

大胖：“那只是个比方！没有下巴会掉下来好吗？！”

布鲁赫：“既然不会发生，为何要流传成口诀？这样虚伪的舆论误导是地球人的普遍作风吗？伪科学是传统民俗？你们到底是怎样的种族啊？”

大胖：“我真是受够外星人了……”

·腊月二十三·糖瓜粘

大胖：“腊月二十三，灶王爷升天。因为这一天灶王爷要回天上跟玉皇大帝述职，家家户户怕他把自家的丑事说出来，所以要在灶台上放金色的扁扁瓜形状的糖，黏住灶王爷的牙，让他不能打小报告。”

梵卓：“灶王爷是谁？”

大胖：“掌管厨房的神仙。”

兰卡：“哦，他就是掌管那个杀生碎尸场所的神？”

众鬼："是死神啊……原来是死神。"

大胖："……"

布鲁赫："等等，用暴力阻止长官如实汇报是犯罪行为吧？为什么会成为习俗？你们的社会究竟混乱成什么样？"

大胖："给糖吃不算暴力……"

布鲁赫："不要转移焦点，手段只是表象，阻碍调查就是犯罪！"

兰卡耸肩："得了，我亲爱的将军大人，铁面无私只是您在军队里的作风。汇报不实，谎话连篇，报喜不报忧，是全宇宙的通病。政府机构内部还算好的了，面向民众的新闻媒体才更夸张。"

大胖点头："没错。我们那儿的《新闻联播》总是前面十分钟报道中央领导都很忙，中间十分钟报道全国人民都很幸福，最后十分钟报道其他国家都在水深火热中……"

·腊月二十四·扫房子

大胖："送走了灶王爷以后，家里就不剩什么神仙了，所以可以随便闹，所以家家户户一般开始大扫除，把屋子收拾干净准备过年。"

管家西里："为什么有神仙在的时候不能打扫卫生？反对长官越权干涉！呼吁管家独立自主！"

大胖："那只是一种说法，我觉得真实原因应该是：打扫得太早了，等到过年时又会弄脏，打扫得太晚了，临近过年事情多又可能没时间，所以提前一个星期左右，从结果和效率上来说都是最合适的。"

管家西里："原来如此！啧啧！地球家庭主妇的全局规划观实在值得全宇宙学习！"

大胖："好说。"

·腊月二十六·炖大肉

大胖：“这是杀年猪，准备年菜的日子。”

众鬼：“就这样？太简洁了，说得详细点。”

大胖：“好吧……一般来说杀猪的时候先要从猪侧腹或者脖颈处捅进去放血，这个时候猪往往会惨叫，而且叫得非常凄惨嘹亮，所以中国有个比方就是‘杀猪般的惨叫’。放血之后呢就是肢解：猪头剁下来淋上猪血、系上红绳，先摆在案子上祭祖，完事之后可以把耳朵割下来切成丝、舌头砍断片成片，当然猪头肉本身也是不错的下酒菜。至于那具没了头的尸体，也全都可以吃：四肢可以砍下来炖成黄豆猪手煲，或者酱猪蹄；尾巴切吧切吧卤一下也很筋道；蹄髈、小排、五花肉、大排，怎么烧都好吃；肚子剖开，里面的内脏都是美味，爆炒腰花和红烧肥肠是我的最爱，啊，就是肾脏和大肠部分；剔掉肉的骨头也不要浪费，炖成大骨汤很补很美味；放出来的猪血可以做成血豆腐或者灌血肠，涮火锅或者做毛血旺都是好材料；猪肚上的大块脂肪可以刮下来，放在锅里慢火熬成猪油……”

兰卡扶墙抽搐：“谁……是谁要求完全版的？拖出去晒太阳！”

·腊月二十七·宰公鸡

大胖：“这一天呢，大家要抓住最肥的一只鸡，然后手起刀落，从脖子……”

众鬼：“跳过！”

·腊月二十九·蒸馒头

大胖：“有关小麦芽在高温蒸汽中的慢性死亡……”

众鬼：“跳过！！”

·腊月三十·除夕夜

大胖："三十儿晚上活动最多啦，一年的最后一天嘛，要吃团圆饭，要放爆竹、烟花，要换新衣服，要守岁，要贴春联……"

兰卡："这个我知道！春联！嗯哼哼哼，汉字的智慧结晶，语言能力在此立辨高下！"

大胖："兰卡，你是想暗示我们你会写春联吗？"

兰卡转身麻利地掏出红色羊皮卷："不是暗示，已经写好了，我就是想显摆！"

"……"开始觉得萨恩星人有时候直白得真可爱的大胖，接过卷轴展开一看，只见：

上联：甩尾翻江定海蛟

下联：振翅遮空啸天龙

横批：都吃了

·大年初一·拜年

大胖："初一要走亲戚、逛邻里，互相拜年道喜，小孩子们会给家里的长辈磕头说吉祥话，然后长辈会发红包。红包里一般放上一些钱，称为'压岁钱'。其实这个习俗里重要的是代表福气的红包，里面的钱倒是次要的。不过现在大家明显更重视红包里面的数额，至于外面的皮是什么颜色，已经没人在乎了……"

乔凡尼亲王："可以理解，比起没有现实流通价值的虚拟福气，当然是可以带来实惠的货币更受欢迎，地球人还是很务实的。"

大胖："没错。可正是因为这种关注点的转变，包红包已经成了亲戚们最头疼的事。该给谁包，该包多少，给谁是还礼，给谁是示好，给谁是碍于面子意思意思……这些人际关系层次的考量虽然复杂，但毕竟还属于脑力劳动。真正的‘战争’是在给红包的一刹那！一边说一定要给，一边说一定不要。说要给的心里万分舍不得，真不想给；说不要的攥住就不撒手，其实真的想要，场面上却又一定要推辞给所有人看。于是双方你追我赶，厮打推搡，从屋里战斗到屋外，有时爹娘姑嫂齐上阵，体力不好的能不能撑过年初一都得另说呢……”

众鬼：“地球真可怕……”

·大年初二·回娘家

大胖：“嫁出去的姑娘在新年第二天要带上丈夫、孩子回自己的娘家给父母拜年，礼物不可以带得太多，而且一定要在中午之前就回到婆家。”

梵卓：“娘家是什么？婆家又是什么？”

大胖：“娘家就是妻子的父母家，婆家就是丈夫的父母家。别问我妻子和丈夫是什么，我给你解释过什么叫夫妻了。”

梵卓点头：“嗯，合法的床伴嘛。”

大胖扭头：“忍住，忍住，其实理论上他说得很对，很对……”

兰卡跟旁边的人悄悄地说：“要是我族有这个制度的话，梵卓大人大年初二的上半夜得劈成纳米大小的块才够用呢……”

管家西里：“嘘，你知道的太多了……”

·大年初三·老鼠娶亲

大胖：“传说这一天是老鼠娶新娘的日子，所以人类应该早早熄灯就寝，不要惊扰了鼠族的婚礼。”

梵卓：“如果惊扰了会怎样？”

大胖：“听说晚上不睡觉并看到老鼠新娘的人，第二天天亮的时候就会变成一堆白骨，骨头上全是细小的啃咬的齿痕……”

众鬼惊退：“真，真的？”

大胖：“不，我胡诌的。其实这个习俗大概只是因为年三十儿以来，人们天天打牌熬夜，大家都玩累了，差不多想早点睡觉而已。”

众鬼：“……”

·大年初四·迎灶神

大胖：“之前去天庭开会的灶王爷回来了，家家户户为了欢迎他，就烙春饼，炒六道菜，做卷饼吃。”

乔凡尼：“等等，为什么人类自己吃卷饼是在迎接神仙？灶王爷得到什么好处了？”

大胖：“呃……他可以看着大家吃？”

众鬼：“……”

乔凡尼：“切！真是没油水的烂职业。”

客串飘过的灶王爷：“好过分……人家玉帝说了明年给我加薪的！”

客串剔牙的玉帝：“你说啥？风太大我听不清……”

·大年初七·面绑腿

大胖：“初七是‘人日子’，又称‘七煞日’，不宜出门。这一天家家户户都会吃面条，意思是拴住小孩子的腿，让他们不要被小鬼带走，活得长长久久。”

梵卓：“哼，活得长长久久很好吗？吃了面条就会活得久吗？”

大胖：“当然不一定，吃面条噎死的都有，不过有愿望总是好的。”

梵卓：“人类的愿望真无聊。”

兰卡：“可是据说愿望这种东西对能力不足的人类来说，可以起到心理安抚的作用。在安定的心理状态下，人类更容易获得成功，或者满足于现有的成功。”

布鲁赫：“与其许不切实际的愿，还不如在新年伊始树立一个切实可达到的目标。成功的人生应该来源于对时间的有效利用！”

大胖远目：“妈妈，我居然在宇宙的彼端听到了卡耐基的成功讲座……”

众鬼：“迎地球新春，创宇宙和谐！”

·大年初八·撒谷子

大胖：“传说初八是谷子的生日，所以这一天要在家里撒些谷子祈祷来年获得丰收。不过事实上，现在农民少了，初八对我们来说只不过意味着年假结束，大家回去接着上班、上学熬日子而已。同时也意味着春运紧张，火车票难买，拥挤路况……”

兰卡小声道：“她似乎对这一天充满了怨念呢……”

西里疑惑道：“春运是什么？”

兰卡：“嘘，别问，传说那是个小市民的怨念高度凝聚的词汇……”

·正月十五·元宵节

大胖：“男男女女逛庙会，看花灯，猜灯谜，吃元宵，眉来眼去，勾搭成奸的日子。”

西里：“她似乎对这一天充满了更深的怨念呢……”

兰卡：“嘘，别说，听说没有男人缘的地球少女都是很幽怨的。”

……………………我是大胖同志十八年来没人追的悲催分割线……………………

·后记

梵卓亲王："给我讲讲过年要吃的东西吧。"

大胖扁嘴："你们不是不爱听？"

梵卓露出迷人微笑："但你讲这些事的时候表情最开心，你很怀念吧？想讲就讲吧。"

大胖感动不已："嗯，那我们就从饺子说起吧！"

梵卓："饺子是什么？"

大胖："磨碎的麦子和上水做成外面的皮，里面是肉搅碎了做成的馅儿。"

梵卓："哦，植物的尸泥包裹着动物的尸泥。"

大胖："……没错。"

…………我是请别怀疑，本文真的是言情的分割线…………

忽略牵着小手讨论着美食，冒着粉红泡泡渐渐走远的二人，让我们回到大厅的另一边。

此时的布鲁赫同志好不容易下定了决心，转身想去找大胖同学聊天，可是……

兰卡漫不经心地修着锋利的指甲："早就被梵卓大人拉走了。"

布鲁赫压抑着不爽说道："什么时候……"

兰卡："就在你凝视着窗外摆着酷脸，内心自我矛盾着'啊，我到底要不要放下身段去跟她说话？可是男人太主动很丢脸，可是可恶啊味道真好闻，好想再凑近一点，可是靠太近我肯定忍不住下嘴咬她，好歹现在她跟梵卓亲王有契约在先，破坏规则违反我的人生原则，可是这样……啊啊，不管了先拉到没人的地方再说……'的时候。"

布鲁赫："……"

“什么？我真的说中了？”兰卡抚额，“拜托，抢吃的跟抢女人一样，就要嘴甜、手快、脸皮厚！跟亲王比，你差远啦……”

于是，习惯性出手慢的布鲁赫将军，独自落寞地爬上大黑龙，慢慢飞到天边成了一朵忧郁的，小乌云……

咳，将军，明年还请加油！

——番外之贺年章·End——

27th Blood　该隐和亚伯

刚入夜，正是涨潮的时候。

海水冲上海滩，漫过了小镇通往磁悬车站台的路……

高大胖脱下鞋子拎在手里，光着脚、蹚着水独自走过凉凉的鹅卵石小路。

现在才夜里七点多，太阳刚落山，相当于地球早上四五点，早起的鬼不多，站台上空无一人。高大胖站在赭石铺就的站台上跺了跺脚、甩了甩水，留下几个湿漉漉的小脚印。

站着等车的时候，高大胖检查了一下纸袋里的两罐淡粉色人鱼血和四瓶颜色各异的小药罐。这是她此次去翠德城交易的主要货物，容不得半点损坏。

那个差点被晒成灰的金发男人终究是救了下来，而欧德也终究死去了。现在她一个人要养两张嘴，没有其他本领，就只能靠卖点东西糊口，想不抛头露面也不成了。

原本打算卖了整条的人鱼换钱，因为家里来了个吸血鬼，就成了他的主食。虽然省了一笔饮食开销，可也断了高大胖的财路。

好在，欧德离开前留下的一封信把高大胖引荐给了翠德城的一家奇货店。那是个魔法屋一样杂乱的小店，从奇形怪状的动物骨骼到五颜六色的神秘药剂，什么都卖。这种店的进货渠道自然也是五花八门，欧德大概就是给他们定点供应货品的“野生”药剂师之一。

有了这个稳妥的下家，高大胖总算不用去集市上摆个地摊兜售了，每个月只需带上两瓶新鲜人鱼血和几瓶春药或者染色剂上门，银货两讫就好。至于是不是低于市场价，是不是被对方占了便宜，也计较不了那么多了。

欧德终究也没研制出能掩盖住明血气味的抑制剂，只在离开前交给她一个鸡肋般的成果——暂时抑制药丸。一粒药吃下去以后，20个小时内，高大胖的血液都会彻底没有味道，即使流血也不怕。

而之所以说这东西是鸡肋，是因为这药对人体来说副作用很大，最多不能连着吃超过十粒。更糟糕的是，药效过后，每颗药有一个小时的反作用时间，效果还会叠加。在药效反作用期间，高大胖血液的浓度和味道都会成倍增长，即使没流血也一样能被血族闻到。

也就是说，如果来月事的时候，高大胖连着吃了七颗，那么经期虽然安全了，药效一过，她却会有七个小时的高危险期。

这就等于根本没解决问题，只是把问题浓缩了。欧德有着科学家的自尊，自然不好意思硬说那个赌是自己赢了。虽然口头上没认输，但行动上将房产、地契和一封信留下，已经算是默认了。

唯一出乎高大胖意料的是，欧德没有选择在家死，而是去未十城政府专管部门走完了生命的最后一步。他大概是受了差点晒成灰的金发男人事件的启发，知道她看不了这个。

高大胖时常觉得，怪老头的体贴总是体现在出乎意料的方面，出现在出乎意料的时刻。

她在院子里给欧德立了一个小小的十字架，每天放点鲜花在上面。

虽然理论上来说，欧德作为蓝血族，生命可以反复，并不是死透了。

但三四百年的间隔，对于人类高大胖来说，这个人已经算是彻底在她生命中消失了。

更何况，就算再次复活，新的欧德毕竟也不同于这一世的他。新的欧德会拥有重新建立的记忆，重新学习的知识，重新接触的环境，重新选择的职业。即使可以从政府领回上代的产业，事实上一般蓝血族复活后选择跟前一世一样职业的还不到三成。就是欧德的上一代，听说也本是花匠之类的，积攒了一屋子的园艺器具和书籍，都被这一代的欧德扔的扔、卖的卖，丝毫不影响药剂师欧德的人生。

蓝血族的生命状态其实算是另一种形式的繁衍。对他们来说，每一次人生都是崭新的。所以对高大胖来说，欧德这个人也就逝去了。

欧德的去世让一直嫌照顾人很麻烦的高大胖首次庆幸当初救了个男人回来，因为起码现在她的身边还能有一个人陪着她。

她给他起名叫亚伯。

"我听说最早的吸血鬼是受到上帝惩罚的该隐。可是你笨到被人谋杀，实在不像狡猾的该隐，倒是比较像被该隐干掉的弟弟亚伯。我记得亚伯好像也是金发碧眼的，不知道有没有记错……"

金发男人微微地笑，除了听到"该隐"这个名字的时候眸光微闪，表情一直没有变化。高大胖让他叫亚伯，那就叫亚伯。明明容貌冷峻，但他乖乖点头的时候，甚至有几分温顺的感觉。

亚伯对她表现出来的强烈的需要和全心全意的依赖，让高大胖几乎没什么时间觉得孤独或者伤感，就开始手忙脚乱地投入了新生活。

他什么都不记得，什么都得她从头教起。

他不太开口说话，高大胖教他字母和单词，他也只跟着念一遍、写一遍。高大胖气恼他不用功，回头再考，人家却已经全记住了……

这件事让高大胖很受打击，因为她终于深刻地认识到，血族不仅在身体上、精神上，就连在智商上也是远远胜过地球人的。身为低等智慧生物的现实，让高大胖充满了大熊猫一般的危机感。她忽然意识到，其实就算人类没灭绝，在这个充满高等生物的星球上，大概也一样会濒危……

唯一让高大胖比较安慰的，就是亚伯在生活自理的学习上非常笨拙。可是这种笨拙虽然让她在心理上平衡了，在实践中却是万分受累。

因为类似穿衣服、脱衣服、梳头、洗澡、吃饭之类每天都要做的小事，这家伙总是学得奇慢无比，做不到举一反三也就罢了，不时还会间歇性地忘记步骤，然后用纯洁无辜的眼神期待地望着无力扶墙的大胖同志……

平民高大胖对此的解释是：这家伙大概在撞坏脑袋之前是娇生惯养，衣来伸手、饭来张口的大少爷。本来就不会，所以无法像学语言一样发动起大脑深处的记忆，自然接受得慢。

这么一想，高大胖又觉得血族其实是挺笨的。毕竟，学得快的都是从前就会的东西，新学的速度要比地球人慢好几倍。就连欧德也说，他们的基础教育要 80 年才毕业。啧啧，可见，血族要是跟地球人是同班同学，估计早就被老师划分为拖班级后腿的差生一类了——如果优等生都还活着的话……

亚伯照顾自己不行，按倒别人倒是挺麻利。高大胖觉得他对亲亲抱抱、舔舔啃啃之类的事无师自通且相当娴熟，于是充满危机感地指着自己的短发和扁平胸，严肃地告知对方“我是个男的，男人之间这么亲昵不好，别人会觉得奇怪”。

亚伯平静道：“这里没有别人。”

高大胖语塞，只好说自己不喜欢被男人碰。

亚伯倒是没反驳，低头沉默了半晌，收回了爪子，算是默认。

结果从那以后，亚伯对招呼高大胖帮忙洗澡、脱衣服、一起睡之类的事热情了很多。但凡高大胖露出点为难不乐意的表情，他便会以极其天真的表情轻声反问：“既然都是男的，有什么不好意思的？”

大胖同学无言以对。

亚伯大少爷对于一起睡觉这件事格外执着，连血族的作息时间都生生地扳了过来！坚持跟人类高大胖一起白天行动，晚上睡觉。

起初高大胖不同意，怕打乱了血族的正常休眠影响亚伯的健康。

亚伯则认为如果想要跟着高大胖学习的话，自然要按照高大胖的作息，不然两人能交流的时间太少。更何况既然高大胖说他来历不凡，要尽量掩人耳目，那么夜晚别人都行动的时候他老实在家睡觉还安全些。

大胖同学觉得他说得有理，也就默许了。

两人对“默许”的范畴理解很不同，亚伯当晚便明目张胆地爬上了高大胖的小床意图“一起睡”。遭到床主人的反抗后，不情愿地睡回了欧德的旧棺材。

结果第二天高大胖醒来，发现亚伯趴在自己的床边睡着了，高大的身材，束手束脚蜷缩的姿势很委屈……

高大胖心想，他之前大概吃穿用度一向高档，潜意识里睡不惯别人躺过的棺材。于是咬咬牙心一横，专门在网上给他订了个新的！虽然那棺材木材一般，但胜在样子华丽，又是最新的滑盖款，想来少爷应该满意了。哪想第二天醒来，人家还是趴在床边……

高大胖开始怀疑他其实睡觉就是这个姿势……

这种类似虐待“儿童”的睡床脚情况持续了好一阵子，见亚伯对这张自己用沙发改造的小床如此执着，高大胖实在无奈，干脆把床让给他，自己抱着被褥去睡滑盖棺材。

对方见她这样，愣了很久，脸上的表情很受伤……

高大胖竟有一瞬间的不忍。但毕竟之前的阴影还在，到底还是抗拒男人的拥抱，于是只好假装没看见那张受伤害的脸，拉上棺盖拽被蒙头逃避地睡。

结果早上醒来，发现人家这次没委委屈屈地趴在旁边，而是干脆钻进来了！不仅搂着自己睡得香甜，还很理直气壮地辩解这本来就是他的棺材，她这是跑进他的床里来，没道理赶他出去。

高大胖两眼无神地盯着他半天，最后叹了口气，索性沙发床、棺材都不要了，弄了两块厚毛皮来铺在地上，直接铺上被褥枕头，两人都睡地铺!

亚伯大少爷除了对两块毛皮的间距表示不满以外，其他没有异议。

…………

车厢里一阵音乐响起，便是到站了。

高大胖在软软的座位上坐得很舒服，竟有点不愿意起来了。

萨恩星血族的生活水平总体来说是很高档的。就是这种平民化的公交车、地铁里，也有身段婀娜的服务员推着摆了精致水果和免费供应的新口味艾尼玛饮料的悬浮推车走来走去，完全是飞机头等舱的待遇。

最开始，高大胖还很不好意思地随身携带一只小水壶，觍着脸把免费品尝的饮料一杯接一杯地倒在壶里带回家去给亚伯喝，想着省点是点。乘务员小姐经过她三次，她就连要三次，引得周围乘客鄙视地侧目……直到后来，她发现人家亚伯大少爷大概被家里那只沙漠贵族送的极品人鱼养刁了胃口，根本不爱喝这些大众化的饮料，才作罢。

乘客陆陆续续地下车，高大胖也压低了帽檐跟着走。

车站在翠德城中心，要走很长一段路才到那个位置偏僻的奇货店。

虽然车站附近有大量的走兽可以租用，但高大胖觉得自己现在唯一可以浪费的就是时间，一向舍不得花那些额外的钱。

当了一阵子平民之后，高大胖才知道从前的生活有多奢侈。

这里地处偏远，别说圣血族了，就是普通的贵族都不常见。看看跟她一起下车的其他乘客，租了一只昂贵些的邓肯兽都会被旁人艳羡地另眼相看，更不要说有钱骑飞龙的人了。想想当初连自己的侍卫长都是骑着纯种翼龙淡定地飞的，高大胖顿时有种坐惯了限量版法拉利，现在却要仰视别克量产的倒错感。不过话说回来，她现在是连凤凰牌老自行车也买不起的穷人。

按理说人鱼血的市价也不低，就算是批量收购，高大胖还是可以小发一笔的。奈何那奇货店的老板非常喜欢拖账，每次都说这东西贵重，他店里也没这么多现钱，要货出了才跟她结账，平时只给些定金。

高大胖虽然不乐意，但到底只是高中生一个，不擅长这些算计，也没有别的门路，店主又每次都按正规程序列立字据、合同，签字盖章，高大胖也就姑且信了。

因为约定了最晚也要半年清一次账，今天就是底线了。高大胖自己算算，累计下来有好几个青币了。一边觉得钱多得让她心慌，一边也担心那狡猾的店主又找什么理由拖欠。以她的处境是不可能报警或者主动去招惹政府出面的，万一吃了闷亏也得憋着。所以心里虽然亢奋，却也忐忑。

好在，那个半血族的店老板倒也没为难她，只似笑非笑地看了她两眼，就从后面拿了一小袋考恩币放在她手上，外加厚厚一摞纸币。

高大胖打开袋子看看，里面除了两枚青币，还有四枚蓝币。心里虽然没有准数，倒也知道这些比她预计的少。她抬头看看老板，人家丢出来一句"要缴税"，她也就认了。

高大胖把纸币也塞进口袋，将鼓鼓囊囊的钱包仔细地藏进衣服里面，拜别了店老板就赶快出了门。

现在天色已近半夜，正是最热闹的时候，到处都是赶着上班或结伴游玩的血族。此时车来车往，反倒比较安全。

所以高大胖完全没想到自己会在这个时候被打劫。

走过街口，眼看就要到车站的时候，高大胖突然被几个斜靠在路边的血族少年叫住。

这些人个个长相俊美，奇装异服，一脸嚣张。手上故意威胁地转着蓝光匕首，眼神也不正经，看样子就知道是附近的小流氓。果然不论是宇宙哪个角落都有这样的生物存在。高大胖没本事跟这种人硬碰硬，只想赶快逃走，听到叫她停下的声音，非但不停，反而加快脚步瞅准一个缝隙就要冲出街口。

她那点速度跟血族毫无可比性，那群少年中的一个，瞬间就移动到她面前，张开手臂拦了她的去路！高大胖扭头就往另一侧走，又被另一个家伙拦住。虽说这群小流氓都是未成年，身量也没长足，但到底比高大胖壮出了一大圈，手臂一伸，就如同职业篮球选手对上稚嫩中学生。高大胖是一点“带球过人”的可能性也没有……

少年们嘻嘻调笑着，左一个右一个地拦住有点慌乱的大胖，好像围追堵截小动物一般玩得兴起……

最先开口叫她的那个头领样的蓝头发少年倒是很快没了耐性，扬手把匕首朝她扔了过去！刀刃利索地穿过高大胖的衣角，牢牢地把她钉在了地上！大胖同学被匕首的力道带得跌坐在地，摔得屁股生疼，瞄了眼贴着自己皮肤穿过衣服的凶器，心里一阵后怕……要是在这种闹市流了血，她就不用想活着回去了！于是不敢再动。

那小混混头领大约很满意她的听话，走过来拔出匕首，踢了她一脚，让她把钱包交出来。这一脚踢在小腿上，虽然知道对方只是恐吓并没有真的用力，但血族跟人类的力量本来就差距很大，他觉得自己没怎么使劲儿，高大胖却觉得骨头都快裂了，眼泪瞬间就到了眼眶里！

看她要哭出来的样子，这群浑蛋又是一通鄙视奚落，还有人恶劣地抬脚要来踩她的手……高大胖咬着嘴唇躲开，忍着眼泪从纸袋里拽出事先准备好的钱包，颤抖着递过去。

那头领接过钱包，单手翻看了一下，冷哼一声，抬眼阴森地盯着她，扬手就是一巴掌！很响亮的“啪”的一声！高大胖顿时被打得倒在一边，脸上瞬间起了凄惨的红印，耳朵里也嗡嗡的，连对方的谩骂也没听清，只觉得鼻腔里有股热流在奔腾！高大胖恐惧地捂住鼻子，生怕里面流出鼻血来……

那首领蹲下来拎起高大胖的衣领，匕首在指间翻了个花样，就垂直朝下“唰”地划开她的衣服！皮肤上一阵冰寒，高大胖瞳孔猛缩，汗毛根根倒竖！就在她几乎以为自己今天就要死在这儿了的时候，藏在衣服里的钱袋却抢先掉了出来，吸引了众人的注意力。

旁边的流氓同伙捡起袋子打开一看就开始大呼小叫，那首领单手拎着她，盯着她的眼睛拧着眉僵持了半天，才松了手，也转头去查看赃物。

一群人得了大把横财开心不已，只粗暴地翻遍了高大胖的纸袋，确定没有任何遗漏之后就丢下她离开了。那蓝发首领临走前，把高大胖作为伪装的钱夹又丢回到她脸上。

高大胖虽然觉得屈辱，但没这点钱，估计自己连回家的车票都买不起了。

这群小流氓大概在当地作恶多端，周围的人见怪不怪，刚刚高大胖被堵住，路人都当作没看见地绕开。而高大胖自己也怕有人报了警，警察赶过来再扣下她审查之类的。虽然小腿痛得要死，也只能扶着墙拼命地挣扎起来，赶快一瘸一拐地坐上车离开是非之地。

两手捂着被划破的衣服独自坐在返程的车厢里，高大胖身上、脸上都疼得厉害，半年的辛苦钱都打了水漂，连衣服都被撕坏了，自己也弄得一身土，蓬头垢面，倒霉至极，而且有冤无处申，连报警都不敢，一肚子憋屈只能咬牙咽下去……

想到现在钱包里的那点钱，连明天的晚饭都买不起，以后该怎么办才好，一时间委屈得眼泪也扑簌簌地不停往下掉……就这么一瘸一拐地哭着回到了家。

刚进门，就被等得一脸不耐烦的亚伯焦急地迎出来抱住。

一旦有个怀抱给她依靠，本来一个人还可以硬挺着的那点委屈，顿时化作了肆无忌惮的号啕大哭！高大胖两手揪着亚伯的衣服趴在他胸口连鼻涕带眼泪地好一阵发泄……

不明所以的亚伯轻声哄着她，搂着她的腰把她压进怀里，低头亲吻她的眼泪。高大胖忙着难过，也就忘了之前立下的“男”男授受不亲的戒令，只顾哽咽着哭诉今天的凄惨经历，末了幽怨地诅咒了一遍那群小流氓买方便面没有调料包……

亚伯自然不明白方便面和调料包是什么东西，只明白高大胖大概很愤怒。一侧眼看见她被抽肿的脸蛋，脸色顿时就阴沉了下来！再卷起裤腿看见她被踢得青紫的小腿，眼睛里最后的半点暖色也无影无踪，只剩一片冰冷骇人……

高大胖只顾自己伤心，没注意他的神色，折腾了一会儿哭得累了，到底也只能耍耍嘴上脾气，行动上还得老老实实地洗洗睡，明天再想办法弄点别的东西换钱。

亚伯却是静静地等到她睡熟了，便独自出了门。

第二天一早高大胖照常醒来，刚揉着眼睛坐起来，就发现被子上放着去而复返的钱袋！

震惊地打开一看，里面金灿灿、银亮亮的钱币钞票闪得人眼花缭乱……

“这，这是……难道……”

高大胖头痛欲裂，转身推醒了旁边的亚伯，咬牙切齿：“你昨天晚上是不是跑出去了？这个是怎么弄回来的？难道你跟人打架了？”

“嗯……”亚伯回答的声音迷迷糊糊，似是没睡够，细长的眼睛懒洋洋地半眯着，卷着被子蹭到了高大胖身边，搂着她的腰，脑袋调整到一个舒适的位子，便满不在乎地继续睡了……

高大胖两手托着钱袋眼前发黑，一瞬间忽然意识到亚伯大概从来不是什么温良恭俭让的好人……

想来也对，就是《圣经》里，杀了弟弟的该隐也不过是个种粮种菜的农夫，被杀的亚伯可是习惯于屠宰牲畜的牧民；该隐献给上帝的是五谷，亚伯献上的可是血肉；该隐最后成了背着印记的罪人一生流浪，亚伯可是脱离苦难直入伊甸乐园……谁说亚伯是笨蛋？到底谁输谁赢，谁算计了谁，大概谁也说不明白。

高大胖叹口气掂了掂手里的钱袋，无语地发现，好像比起之前还重了点……

28th Blood 睡前故事的含义

在翠德城遭打劫的事，让高大胖重视起自己的安全问题来。

以前只想着身为“逃跑食物”，要注意别被帝都贵族发现，现在她意识到，就算自己是普通市民，日常安保也是个大问题。

本来她也想过把亚伯带着当保镖，但看了他夺回来的钱袋上那隐约的血迹之后，高大胖开始觉得，带着一只本性残暴的生物四处晃，也许并不比孤身一人出门安全到哪儿去。

反正前半年赚的钱也够花上一阵子，高大胖打电话跟奇货店老板商量以后店里缺货的时候再派人来拿，她就不再每个月送过去了。这个要求挺傲慢的，高大胖本来准备了一堆理由来说服对方，谁想到那一向不吃亏的老板居然十分痛快地就答应了。

高大胖握着通信器愣了半天，一脸纳闷地挂掉电话。身后的亚伯黏了上来，双臂交叉，揽着高大胖的肩膀搂进怀里，下巴放在她的肩窝里轻声问：“那老板答应了吗？不答应的话我去跟他商量。”

“商量”二字从牙缝里挤出来，冒着寒气……

高大胖开始认真地觉得，这家伙的本性真的不怎么好。对小流氓以暴制暴就罢了，怎么对生意人也是一副凶恶相？他是不是以为这个世界上暴力即是真理？如果那样的话，真是她教育的失败了。

仔细想想，她因为忙着让亚伯自立，先教的都是些自理能力和读书写字的本事，倒是忘了人格培养。最初还知道讲讲睡前故事，试图培养其真善美的心灵，后来因为对方总问怪问题，而且往往讲着讲着就睡到一张床上去而作罢了。现在看来，这些都是小事，倒是挽回某人的良知才是迫在眉睫的大问题。

于是从那以后，高大胖就开始给亚伯讲陶冶情操的睡前故事。

第一天，她讲了个田螺姑娘的传说。

从前有个小伙子，他很善良，很勤劳。

有一年大旱，村里的池塘干涸了，其中有个大田螺……咳，就是类似古格海螺的一种生物……总之呢，这个大田螺被晒得壳都裂了，小伙子看了心生怜悯，就带回家放在水缸中，把它救活了。

结果从那以后，小伙子每天回家的时候都会发现木桶里放着烧好的洗澡水；桌上摆着做好的饭……呃，榨好的鲜血和果汁；屋里放着铺好的……那个，棺材。小伙子觉得很奇怪，有一天假装出门，半途折回，结果看见一个美丽的姑娘从田螺里钻出来干活，而螺壳里竟然能源源不断地冒出粮食，呃，冒出血来……描述完这个恐怖的景象，高大胖自己先抖了一下……

原来，田螺姑娘觉得小伙子是个好人，爱慕他，所以来报恩。后来小伙子和田螺姑娘结婚了，从此幸福地生活在一起。

故事讲完了，高大胖问亚伯有什么感想。

亚伯沉吟了一会儿，终于开口问："小伙子跟田螺结婚没问题吗？"

"……当然。"为什么重点在这里？

"可是螺类跟小伙子应该是不同种族吧？异种通婚，没关系吗？"亚伯淡淡地挑眉看向高大胖。

"没关系，因为他们相爱。"高大胖干巴巴地回应，心中默默哀悼着自己讲故事的能力。

"哦？这样……"亚伯懒洋洋的眼睛里终于流露出点兴奋来，"那么他们是怎么做到相爱的？"

高大胖的眼睛闪出星星来！难得对方终于上道了，她立刻一口气、叽里咕噜地倒出官方故事的主旨升华来："因为小伙子善良、勤劳，所以田螺姑娘才会看上他。所以说一定要培养自身美好的品质，因为人在做天在看，恶有恶报，善有善报，知道吗？"

"噢，"亚伯貌似没在听，只反问了一句，"那么那个小伙子为什么会爱上田螺？"

高大胖愣了一下，为什么呢？这个问题她根本没想过。

可是凭空冒出来一个愿意伺候自己吃饭睡觉，又能带来财富的大美人，没人会不喜欢吧？"这个……大概因为田螺姑娘很美……又富有……嗯，对小伙子也很好……"

于是亚伯同志的表情似乎很放心，很志在必得。

高大胖同志很莫名其妙……

第二天晚上，高大胖再接再厉，讲了个小白兔和大灰狼的故事。

从前有一只大兔子……就是瑞博土鼠的一种，它有只小兔子宝宝。每天大兔子出门采蘑菇的时候，就会把门锁上，然后告诉小兔子，除非听到它唱歌，否则不许开门。

有一天，一只……嗯，巫弗兽，躲在树后面听到了大兔子的歌，悄悄记住了，第二天趁着大兔子出门，就跑去骗小兔子开门。可是小兔子听出它的声音不对，起了疑心，就拉开一条门缝叫巫弗兽把尾巴伸进来给它看看。巫弗兽的尾巴又大又粗，根本不像大兔子的，马上就被认出来了。小兔子立刻狠狠关上门把巫弗兽的尾巴压断了！最后巫弗兽惨叫着逃走了……

高大胖深吸一口气，为了防止故事再被引到旁门左道上去，直接把故事主旨一股脑儿地说了出来："所以这个故事告诉我们，偷奸耍滑想要作恶骗人的家伙，必定会露出马脚，遭到报应！"

亚伯的表情很不以为然："如果那只巫弗兽演技够好，假扮得够逼真，比如……真的弄个兔子尾巴来给小兔子看，那么也不是不可能成功。”

高大胖很生气：“这种犯罪侥幸心理最要不得！而且就算它成功了，引狼入室的小兔子肯定会想到其他办法反抗它。最后巫弗兽说不定更加讨不到便宜。”

见她这么说，亚伯的神色严肃起来，看了高大胖半天，慢慢道：“可是小兔子也未免太狠心，如果那只巫弗兽只是想进来看看它，跟它说说话，或者摸摸它，亲近一下，并没有想吃掉它，小兔子就没必要这么防范，把门关得这么严吧？”

高大胖摇摇头：“不可能，那可是兔子，它最爱吃的。看着看着就会想吃了。”

亚伯盯了她一会儿，收了视线低头自语：“……说得也是。”

高大胖没听清。

就这样，一个月过去了，讲得才思枯竭的高大胖没看出来亚伯同志在故事里受到任何熏陶，倒是提怪问题的本事与日俱增！而且明显只对涉及情爱的故事感兴趣。

高大胖理解为这是青少年学习过程中很正常的好奇心，但她不想当那个灌输早恋思想的人。更何况，教会血族什么叫爱情也未必是好事。

一来二去，大胖也就放弃了“陶冶情操——不良少年改正计划”，只丢给亚伯几本萨恩星的思想品德经典教材，让他自己去感悟。

月末的时候，奇货店的小伙计来家里收货。

高大胖正为被亚伯弄漏的炒锅焦头烂额，那开朗的小伙子居然三下五除二就给帮忙补好了！高大胖看着对方的眼神立刻崇拜了很多！

要知道这些厨具在萨恩星上很罕见，她当初可是花了大价钱拜托奇货店的老板从外星进口的。这个小伙计看上去年纪轻轻，居然连星际进口器械都会修！

小伙子被高大胖崇敬的45度仰视目光捧得很是飘飘然，整了整头上的鸭舌帽嘿嘿笑道："这没什么，我主修的专业就是器械维修。这点售后服务都搞不定，哪能在奇货店打工？"然后很有长辈气派地伸手擦掉高大胖脸蛋上被锅底蹭脏的小污渍，"以后有什么困难尽管找我，小鬼……"没说完的话戛然而止，小伙子猛地缩回手，看着自己的指尖，有点愣怔，有点疑惑……

高大胖也有点惊恐，对方出手太快，她没来得及后退，万一被摸出来体温不对，她该找什么借口？

两人对峙僵立。楼上却突然传来重重的轰隆一声，吓得高大胖一哆嗦！心里暗骂着亚伯那个笨蛋！被别人发现他藏在这个家里可怎么办？

小伙计倒是先回过神来，掩饰性地咳嗽了一声，笑问："家里养了宠物？听起来体形好像挺大的。"

高大胖连连点头："是啊是啊，很大一只，不太听话。"

小伙计似乎不急着离开了，转来转去地没话找话："我对宠物、花卉方面也略有研究，不如帮你看看？"

哪能给你看！

高大胖慌忙摇头，一时找不到其他借口，干脆直接把对方拖到储存食物的后院，指着一院子的"宠物花卉"真诚道："那拜托你帮我看看这些吧。"

看着这个奇怪的庭院里各种诡异的动植物，小伙计很是目瞪口呆……僵立了一会儿才缓过神来，一边慢慢查看一边低声嘟囔："这……这维特草应该是盆栽植物，我还是第一次看到有人这样一排一排地种的！这样子互相遮盖、得不到充足的阳光，会长不高。而且下面的果实球应该都摘掉，这样才能保证顶端的一个果实球长得美观。"

高大胖望着高粱地一样的一丛丛维特草，暗想，美不美观都是次要的，长得够大够多才是重点。

转到动物区，小伙子感叹："人家的宠物都是一两只散养的，你这里一排一排地放在笼子里，倒像是艾尼玛养殖基地或者屠宰场了。"

高大胖和善地微笑："呵呵呵……"

"这种小型龙不该圈养，应该多放它们在外面跑跑，最好早晚戴上项圈出去遛一遛，不然容易得肥胖症。现在宠物吃得太好，得肥胖症的也变多了呢。"小伙计抱臂看着栅栏里圆滚滚的、挪动都困难的"宠物龙"认真地建议。

瘦了我就白养了。

"啊，没事，胖点好，我喜欢它们胖胖的。"高大胖说，觉得自己的口气越来越像故事里的巫婆……

"还有这种赤翚鸟，"小伙计指指在一排排鸡笼里扑棱的五彩羽毛飞禽，"既然你公鸟母鸟都养，就应该趁早给它们绝育。不然这种鸟很能下蛋，以后你会养不过来的。"

没事，吃得过来就行。

"你说得对，呵呵呵……"高大胖笑，觉得自己的笑容也越来越像巫婆……

好不容易熬到离开的时候，对方又赖在门口，摘下帽子认真盯着高大胖道："我听店主说，照顾你的欧德先生已经去世了。你还没成年就继承了药剂师的事业，一个人很辛苦吧？以后有什么麻烦可以来找我。那个，我叫瑞派。"说着抽出自己的ID卡在欧德房子门口的识别器上划了一下，新的资料立刻自动登入房子安保系统的主电脑，蓝汪汪的花体名字在客厅中央的投影屏上跳了出来！

瑞派单手抚胸优雅地行了个礼，微微笑道："请问你的名字是……"

高大胖愣了一下，也有样学样地行了个礼，想了想，答道："我叫非克。"

对方临走时似乎还想拥抱一下。虽说这在血族礼仪中很正常，但高大胖还是谨慎地躲开了。

目送瑞派的身影消失在路的尽头，高大胖呆呆地关上门，心情有点低落。

瑞派的名字还在客厅中央的投影屏上浮动着。

高大胖还记得他抽出 ID 卡时自然的样子。

这里的每个人都有自己的身份呢……

低头在自己身上摸了摸，高大胖找到欧德交给她的房子钥匙，也在识别器上划了一下，客厅投影屏上跳出的，是欧德的名字。

一种不可名状的空虚感忽然穿透了她的身体，让她忍不住伸手扶住身边的墙壁。

你叫什么名字？

你叫什么名字？

知道她名字的人类都死了。

知道她名字的血族她不会再见了。

她不敢告诉亚伯她的真名，因为她怕他离开以后会说漏嘴。

她不用告诉奇货店的人她的真名，因为她只是一个契约乙方的药剂师。

对于问她姓名的人，她只能给出一个假名。

就连每天开门的识别卡上，也是别人的名字。

也许这辈子，她再也没有使用真名的时候了……这个事实让她有点手脚冰凉。

“我是小小……”她扶着墙轻声自语，“我是小小……我的名字叫小小，我有名字的。”

亚伯从楼上无声无息地走下来，吸血鬼走路总是没有声音的。

他从她身后抱住她。

她立刻闭紧了嘴，只在心里默念了几遍自己的名字。

她决定以后每天都重复几遍，免得以后忘了。

29th Blood　人类与血族的同居生活

瑞派第二次来取货的时候，送给高大胖两只小动物做礼物。

这种小动物呢，是一种会自己跑出去收集鲜血然后回来吐在瓶子里的带翅膀的老鼠，直白点说，就是吸血蝙蝠。

蝙蝠们见到跑来开门的“食物”高大胖很高兴，两眼发红地在笼子里直扑棱，狠命撞着栏杆，朝大胖同学露出尖长的吸血刺……高大胖猛地退后一步，差点坐在地上！幸亏被瑞派眼疾手快地一把拉住！

瑞派同学微笑着讲解，说这款宠物占地小，吃得少，而且毛茸茸的很受女生欢迎，现在很流行。他在集市上一看到它们就觉得高大胖绝对会喜欢，所以就买下来了。

高大胖表情僵硬，胳膊伸得直直地接过来，扯了扯嘴角，勉强说了句谢谢。苦苦等到瑞派一离开，就杀气腾腾地拎着笼子冲进了地下室！

地下室是大胖他们养人鱼的地方。

跟其他靠阳光生长的动植物不同，人鱼更像血族，喜阴喜湿。有着潮湿裸土且终日不见阳光的地下室，反而是饲养该物种的最佳环境。

人鱼吃肉，高大胖自己也吃，所以饲料供应上从来没有什么困难。再加上未十城就在海边，每日换水都方便了很多。小人鱼的日子每天都过得不错，长得圆润结实、血量充沛！

虽然经常给人鱼喂食的是高大胖，但人家小人鱼明显更喜欢亚伯。

高大胖在水晶箱外面的时候，人鱼小姐往往连拟态都懒得褪掉，背对着她在角落里梳理头发。等高大胖走了，才慢腾腾地游到食物旁边挑剔地吃掉。

要是亚伯偶尔出现在地下室，哪怕不是来看它的，人鱼小姐也会主动游到箱壁附近，全身光彩流动、艳丽四射！万一亚伯再走近几步，它绝对会忘情地跳上一段水中舞蹈以示讨好献媚……

被鄙视的高大胖同志觉得，这种差别对待的决定性因素，大概在于脸。

放下笼子试探了几次，高大胖终究不敢把这么危险的东西倒出来，只好叫亚伯来帮忙。

亚伯听高大胖说了这东西的来源，单手托起笼子冷淡地看了两眼。那两只刚刚还疯狂扑棱的吸血蝙蝠居然立刻偃旗息鼓，用翅膀包裹着身体瑟缩到角落抖成一团……

“这是那个叫瑞派的小鬼送你的？”亚伯同志毫不温柔地单手晃了晃笼子，里面的倒霉耗子发出微弱的吱吱声……

“嗯，他说觉得我会喜欢这个。”高大胖挠挠脑袋，“据说这个玩意儿现在很流行。”

亚伯不以为然地冷哼：“这东西都是女孩子玩的，落伍多少年了……”

高大胖疑惑：“你怎么知道？”

亚伯停顿了一下，不慌不忙道：“电视广告里经常播，你不知道吗？”

高大胖还真不知道，她最近都在努力学欧德留下的化学笔记，想要掌握一技，日后也有个保障。要不然就是在做家务或者教导亚伯，根本没什么时间看电视。

低头看了看高大胖身上轻薄的夏衫和领口露出来的细嫩的脖颈锁骨，亚伯目光微垂，低声道：“有外人来，你应该穿得正式点。”

高大胖不满地扯了扯袖子：“现在可是雨季最热的时候，我穿长袖已经够奇怪的了，正式套装可都是高领的，超热的。再说瑞派也不算外人，以后大概要常常接触，太拘谨了也不礼貌吧？”

亚伯转身把笼子丢在桌子上，冷淡道：“既然是熟人的礼物，你自己处理吧。”

高大胖莫名其妙地看着对方甩袖离去，不知道哪里得罪了这位少爷。只好自己小心翼翼地拉开笼门，对准了水晶箱往里倒……哪想到那蝙蝠居然不怕水，跌进水里翅膀扑棱了两下，竟然直接飞了出来！

吸血蝙蝠在空中抖落了油毛上的一层水珠，便龇牙咧嘴地、直直地朝着高大胖俯冲下来！高大胖迎着对方血红的瞳孔吓得尖叫一声抱头鼠窜！

刚走到门口的亚伯听到她的惊叫，一转过身，怀里就扑进来一个幽香温暖的小人儿，带着惊恐的呜咽紧紧抱着自己，试图往衣服里躲……

高大胖只觉得皮肤上被那恶心的蝙蝠擦过的地方汗毛倒竖！那两个东西却不依不饶地扑棱着，不断从上下左右袭过来！吓得她只想找个东西遮挡住自己，闭着眼睛抓住亚伯就往他怀里钻……

难得被主动抱住的男人愣了一下，便缓缓地露出笑容……

他一手抱牢怀里的人，一手优雅地抬起，让那狂暴的蝙蝠温顺地落在手上，尖细的小爪子抓着自己的手指蹲立待命。

怀里的高大胖鸵鸟一般拼命护住全身所有露出来的肌肤，头也不敢抬地在亚伯的衣服里凄惨哀叫：“它们飞走了吗？飞走了没？还没飞走吗？！”

金发男人忍着笑挥手把蝙蝠扔出去，让它们制造出更多翅膀扑棱的声音，两手轻轻抱着怀里缩成一团的高大胖，亲吻她的头发后颈，轻声哄骗：“没有，它们还在……”

高大胖不知道是什么东西碰到了自己脖子的后面，全身鸡皮疙瘩立刻涌起！简直如同被蟑螂碰过一般忍不住哆嗦！攥紧了亚伯的衣服咬牙呜咽：“走开走开！讨厌的吸血蝙蝠！我最讨厌吸血的东西了！不要碰我！

真恶心！”

揽着她的手臂突然冰冷，仿佛连前一秒还温情款款的怀抱也陡然变成了僵硬的铁壁！

连高大胖也感到了对方的不对劲，奇怪地抬起头来看亚伯的脸色。

亚伯松开手，没看她，起身走到地下室中央，扬手闪电般地抓住空中乱飞的两只蝙蝠！然后攥着它们走到高大胖面前，蹲下来，给她看手里哀叫的小生物……

“你觉得它们很恶心……我也是吸血的生物，你觉得我恶心吗？”

高大胖呆呆地看着亚伯的眼睛，那双细长的眼睛里从没对她流露过这么冰冷的神色。仿佛浮着冰碴儿的寒河，暗涌着受伤、愤怒和失望，刺得人肤发生寒、手脚冰凉……她立刻明白自己刚刚说得过分了。

那是他们这个种族天生的生存方式，有什么错？凭什么要被骂？

可是面对对方这样的眼神，道歉的话却怎么也说不出口，话到嘴边就给冻了回去。

亚伯看着她发白的脸色，忽然轻笑：“你讨厌它们，那就让它们消失吧。”

话音未落，他攥着吱吱乱叫的蝙蝠的苍白手指用力一收！那刺耳的叫声顿时戛然而止……

高大胖下意识地闭眼，肉体被捏爆的声音滑过耳膜，冰凉的肌肤感到黏稠的液体溅到脸侧，然后有滴滴答答的声音滴在地下室的地上……她忍不住哆嗦起来。

亚伯低头看着她，站起身，面无表情地走到水晶箱旁边，把手里捏烂的残骸丢进人鱼的地盘。小人鱼很柔媚地游过来，接过食物，没敢跳舞，只在男人冰冷的脸色下恭谨地退回了角落。

“如果你讨厌我……”亚伯背对着高大胖低声喃喃，“我也会立刻消失。”

高大胖忽然有流泪的冲动，下意识地就喊出“不要”来。

亚伯转过身，慢慢走到她身边，蹲下来轻声问：“为什么？”

高大胖抬手拽住他的衣角，哽咽：“不知道……反正就是不要……”

男人的表情变得郁闷，伸出手想摸摸她，又硬忍住收了回去，继续摆出冷淡的口气：“你不是说，等我懂事了，就让我离开吗？”

高大胖顿住，她的确是这么想的。

可是她也从来没想过真的把亚伯赶走之后是什么样。

身边一个人也没有，一辈子孤独地活着，是什么样呢？

高大胖一手攥着亚伯的衣服，松了又紧，紧了又松……

最后她低声说：“对不起……”

却终究把手松开了。

望着她独自擦着眼泪的背影消失在地下室楼梯口，被留下的男人保持着之前的姿势，挫败地垂着头，任金色的发丝无声地滑下肩头……良久，握拳狠狠地砸了一下地面！

…………

两人间的气氛忽然僵硬起来，并且一直僵硬到奇货店的瑞派第三次上门收货。

这次，他给高大胖带来了两张电影票。

高大胖几乎要无奈了，这个小伙子莫非在追求她？

瑞派说：“看你的年龄肯定还在念书吧？在哪个中心？嗯……未十城附近应该只有两个教学中心，斯达帝和勒恩，你在哪个？不瞒你说，我在斯达帝，说不定我们是校友呢。”

高大胖头痛欲裂。蓝血族的基础教育是全民的，说自己没在念书肯定很奇怪，可要是说自己在这附近读书，他问得细了也一样会露馅儿。于是，她只好含糊道：“我，我在比较远的城市读……”

好在对方没有穷追不舍，而是把话题引到了另一个方向："其实今天斯达帝有校庆，会上映最新的四维电影，我是执行委员，所以可以多拿一张票。你要不要一起去？"

高大胖很诧异："为什么邀请我？"

瑞派笑容和善："你一个人住在这里，不寂寞吗？"

"不寂寞。"

两人同时一愣。

高大胖连连摆手："刚刚那句话不是我说的。"

对面的瑞派脸色已经变了，盯着楼上走下来的陌生男人，眼睁睁地看着对方傲慢地抬手夺走自己手上的两张票，然后赏赐般地扔过来一句："谢谢。你可以离开了。"

瑞派想动怒，却被对方的气势压得说不出话来！下意识地后退了一步，退出男人的阴影，深吸了口气，刚要说话，就被一股大力扔出了屋外！

"给你个忠告，下次泡妞的时候，记得只带一张票。"

阴森冰冷的声音从头顶传来，戴着手套的手指抵在他的胸口微微用力一推，他便跌出了男人的斗篷投下的黑影，胸骨闷痛地坐在了地上……

大门在他面前无情地关上，男人带着警告之意的眼神在门合上前的最后一瞬间一闪而过，看得他遍体生寒！

瑞派在高大胖家门口休息了好一会儿，才扶着墙站起来，心里明白了几分：仅凭两根手指就能对强壮的血族造成这种破坏力的人物，不是他惹得起的。之前暗藏的那点小心思，看来也没希望了。于是自然也顾不上被抢走的电影票，只揉着胸口，慢慢离开了……

门的另一边，高大胖看着擅自跑出来的亚伯，长长地叹气……

男人把金发剪得短短的，穿了一身带金色刺绣的白色正装，王子一样地靠在门上，交叉着两条长腿，慢慢摘掉手套……

“你为什么要跑出来？”高大胖头疼抚额。

亚伯摘掉左手的手套。

“要是被人认出来怎么办？”高大胖按着太阳穴。

亚伯摘掉右手的手套。

“要是被他说出去怎么办？”高大胖揉捏着鼻梁。

亚伯站起身，整了整衣领。

“你就会给我惹麻烦！”高大胖抓着自己的头发。

亚伯走到她面前，微微低下头，剪短的发丝扫过坚毅的眉端和充满男人味的额角，他带着磁性的声音低低地传过来……

“我们去看电影吧。”他说。

高大胖保持着头疼的姿势看了他半天，最后夺过电影票，两手推着他上楼：“等会儿坐电车去，别穿白衣服，蹭脏了谁洗？”

一直垂着头的亚伯突然微笑！伸手握住高大胖推他的手臂，将她整个人拽到怀里抱住！

高大胖其实很庆幸被抱住了所以看不到对方的脸，因为亚伯那一瞬间绽放的、带着放松感的迷人笑容，让她几乎招架不住……

终于不冷战了，终于可以再次拥有这个温柔的怀抱了，真好。

30th Blood　我和僵尸有个约会

这是自上次打劫事件以后，高大胖第一次出门。

雨季已经结束，寒冷的雪季即将到来。潮汐依旧涨落，带着泡沫的冰凉海水不时漫过通往站台的道路……这一次，高大胖真不想光脚走过去。

脱下鞋子，站在最后一小块干地上，她盯着弯弯曲曲爬到她脚丫旁边又缓缓退回去的海浪，犹豫不决……腰上忽然一紧，身体腾空而起！接着她便被拉进一个男人的怀抱里……靴子蹚过海水的哗啦声掩盖了她细微的惊叫，男人低低的声音从她的头顶传过来，带点命令式的果决和宠溺的温和："抱紧我。"

高大胖惊魂甫定，双手下意识地抱牢对方，低头看着溅起的水花从自己悬空的脚尖下掠过……

这个高度和状态，都让她忽然觉得对方很陌生。

喂食洗澡、读书认字、穿衣睡觉、朝夕相处，手把手的教养记忆对高大胖来说太深刻了。在很长一段时间里，亚伯对她来说都是一个年龄和性别都很模糊的，家人一般的存在。

直到上次打劫事件之后，高大胖才意识到：亚伯只是失忆了，并不是真的婴儿。在他失去的记忆背后，他是个自己一无所知的陌生人。也许他是个阴险狡诈、恶贯满盈、嗜血成性的恶魔，也许是个风度翩翩、城府很深的商场老狐狸。

而直到之前两人那有关蝙蝠的不愉快对话之后，高大胖才意识到，对方是个随时可能离开的、独立的个体。他不是自己的家人，也不是自己的小孩或者宠物。

现在，这个一向沉默着任她洗刷、梳头、穿衣、摆弄的大型娃娃，忽然把她抱起来，用男人的声音安抚她，用坚定的脚步带着她前行，这让高大胖忽然从一家之主的位置掉到了被保护者的垫子上。

垫子挺软的，她摔得不疼。

如果对方真的只是个孩子，天要靠她撑着。可是现在，他是个男人，她可以坐下歇会儿。高大胖其实挺享受过河有人抱，身边有人陪，被欺负了有人罩着的生活的。

这也让她意识到，不管嘴上怎么说自己是异类，要一个人活下去，在这个陌生的星球，她潜意识里还是很想有一个人给自己依靠的。

他抱着她一步一步地走过海边甬道，神态很沉稳，侧脸很英俊。

高大胖乖乖待在他的臂弯里，抱着自己的鞋子，仰头盯着他英挺的下巴看。背景里星光满天的夜空从这个角度看过去格外灿烂……感受到她的凝视，亚伯微微低头，修长的眼睫下微闪的温柔目光对上她的视线，然后宠溺地亲了亲她光洁的额头。

高大胖忽然有点脸红……

…………

开往翠德城的电车，第一次让人觉得不无聊了。

推着悬浮饮食车的列车员们不厌其烦地一次次经过二人的座位旁，热情地推介着不同品牌、不同口味的艾尼玛饮料试用装——高大胖很确信，就在几个月之前，这些“手推车姐姐”还是绕着她这个不要脸的试用装占便宜狂人走的……

人民群众的反应，让高大胖同志再一次确认了：脸这个东西，是很重要的。

本来在这个全民美型的萨恩星，高大胖都快审美麻木了。

毕竟她在这里见到的第一张脸就是布鲁赫那种水准的，剩下的时间里则长期对着梵卓亲王那种“万人迷”，而身边围绕的人们，不是华丽的半血族，就是更加华丽的圣血族……这就像是当钱太多了，就感觉钱只是无意义的数字了一样，对高大胖来说，脸太帅了也就没有高下之分了……

所以，高大胖第一次见到亚伯的时候，也只是觉得对方挺帅，并没有意识到亚伯同志除了很帅以外，还帅得很有层次。直观地说，就是那种即使坐在全民美型的萨恩星电车上也能骗到列车员姐姐大把免费饮料的层次……

因为考虑到之前那套白色王子装的杀伤力，她才让他去换个不起眼的颜色的。亚伯同志倒的确是很听话地上楼去换了套“不容易弄脏”的衣服……结果现在他一身劲黑，帅酷皮靴，利落短发，再配上本来就有点邪气的长相，有点好的身材，有点性感的眼神……

高大胖扭头，无语凝噎。

“唉，我做人要低调的原则和我大众脸的人生全被你打乱了。”大胖叹气。

“哦……”亚伯单手支着扶手撑着下巴，侧头眯着眼看嘅嘴的高大胖，回应得心不在焉。从两人并排在车上坐下开始，他就在想着一些别的事。他抬手若有若无地拂过两人靠得很近的膝盖，拉起大胖老实地放在腿上的那只手，玩赏般揉捏了一番，修长的手指挤进柔软的小手指缝间，然后十指相扣，亲密地握着……

高大胖差点把整壶饮料都泼出去！僵硬地扭头，不自在地盯着两人交握的双手……

对方不知死活地又补上一句感叹：“你的手真柔软。”

高大胖哆嗦得更猛烈了，手里的饮料哆嗦了一地……

亚伯姿势都没变地抬眼看了乘务员一眼，支着下巴的手懒洋洋地伸出一根手指，示意了一下地上洒了饮料的地方。乘务员同志便乖乖地拿工具清理去了……

高大胖沉默了，她从以前就发现了，亚伯这家伙不动声色地吩咐下人做事的本事，简直就像天生就贯彻在骨子里一样！那眼神、那姿态、那气势，自然得连不是下人的人都会乖乖地去做下人做的事……到底是什么家教才会教出这样的少爷来？

左手突然的刺痛唤回了高大胖的神志！大胖诧异地扭头，然后惊恐地发现亚伯这禽兽竟然把她的手拉到嘴边，用唇边露出的尖牙试探着轻咬了一下！

猛地甩开对方的手，高大胖抱着自己的胳膊紧张地后退，拉开两人的距离！大胖惊恐地看了他一眼，然后头皮发麻地仔细检查那个牙印有没有渗血……

被甩开的亚伯愣了一下，随即一改懒洋洋的姿势，像刚犯了错误的大型宠物一样带点讨好地凑过来，观察着高大胖的手背轻声问："很疼吗？我没用力，只是你的手实在太软了，我忍不住想咬咬看是什么感觉……"

虽然这个理由让她很想抽他，但高大胖也觉得自己刚才的反应是过了点，反而容易让人起疑。其实亚伯咬得并不用力，就像是两只猫玩耍时互相调戏般咬咬的感觉。问题是她体质特殊，在这个饮食习惯也比较特殊的星球上，实在不能不紧张……

"也不是疼……"高大胖尴尬地编理由，"其实，呃，其实是因为太冷了，我不想拉手。"

嗯，这是个好理由，被高大胖经常用来在冬天阻止亚伯爬进她的被窝。

亚伯沉默了一下，似是接受了这个理由，抬手一个响指叫来乘务员，要了杯热饮，自己抱着躲到角落发呆去了。

高大胖松了口气，放松了姿势靠在窗户上，默默地望着车外飞速倒退的景物……这样的情景让她回忆起了从前每天坐车往返学校的日子。

那时候的梦想是不用穿校服上学，然后在公交车上被拥挤的人群挤倒的时候，被帅哥抱住纤细的小腰搂在怀里，从此展开一段浪漫恋情！

然而，不穿校服是要扣分的。

而高大胖的腰，也从来不是细的。

如果真的发生拥挤事件，帅哥更有可能是会被她压死，而不是与她展开恋情。

其实浪漫这种东西并不是靠帅哥、衣服或者腰围来成全的。浪漫不过是一份温暖情怀延伸出的表象而已。

迷上浪漫，其实是迷上浪漫背后的那份爱意。说到底，公交车邂逅的桥段能打动少女们的关键，是危难时刻那位异性出手相助的情谊。

当然，如果手的主人还很帅，那就是锦上添花了。

下车的时候，亚伯从后面拉住她的手。

舒适的温度暖暖地透过交错的手指传过来，高大胖忽然有一种想落泪的冲动……

他就是这样的人，是会在冬天她怕冷，把他赶出被窝的时候，执着地去壁炉旁把全身烘得暖乎乎的，再钻进被子里抱住她的那种人。

高大胖不是浪漫的人。

可她真的对浪漫背后那份温暖的感情很没辙。

这次她没甩开他的手。

她想不出理由了。

…………

萨恩星，翠德城，斯达帝教学中心。

九万七千四百年校庆。

很热闹。

虽然只是个学校，电影院的规模却很大。高大胖被影院外面触碰发声的立体投影海报吸引住，拉着亚伯绕着影院兴致勃勃地摸了一圈，才意犹未尽地进了门。

入口检票处的工作人员相当帅，完全不输外面的海报模特。高大胖忍不住趴在柜台上多看了几眼。对方倒是带着和蔼可亲的营业笑容询问：“这位小弟弟有什么需要？”亚伯少爷却用两根手指夹着票一脸傲慢地扔在人家面前，然后用冷冰冰的眼神传达着“废话少说，快点做事，下人还这么多话”的傲慢训斥……

高大胖觉得很丢脸，人没教养可怎么办……

好在工作人员的涵养十分好，微笑着刷完票，还发给他们一人一个浅绿色的果子。高大胖抱着果子疑惑了一会儿，直到看到别的观众怎么处理后才弄明白：原来这东西是看电影时的免费零食，就像是地球影院的爆米花和可乐一样。

本来这个星球上果子的味道基本都很可怕，情况好的也不过是不刺鼻勉强能吃而已，香甜什么的就别想了。所以高大胖一开始并没抱希望，直到被亚伯牵着走到座位上的时候试探着小小地咬了一口之后……高大胖同学几乎热泪盈眶！

太——好吃了！！

甜蜜多汁，入口即化，清新的果香缭绕唇齿之间久久不去……高大胖搜肠刮肚地把所有地球水果的味道加在一起也没找到可以形容这个果子味道的词汇！此时的激动之情仅次于当初找到维特草的时候！

高大胖嚓嚓地啃光了最后一点果肉，又细嚼慢咽、恋恋不舍地把那个果核也吃了，正舔着手指意犹未尽，一个饱满圆润的果子就被托到了眼前！

“咦？”高大胖诧异地仰视着眼神温和、略带笑意的亚伯，“给我吗？”

“嗯，难得你看上去很喜欢吃。”亚伯把果子放在她手里。

“嗯，真没看出来你是会分享食物的人。”高大胖挑眉。

亚伯舔了舔她指尖的果汁，笑容暧昧：“你讲过的故事里，那个叫后羿的男人把太阳射下来送给嫦娥，她就嫁给他了。娶个老婆可真不容易。好在，比起太阳你更喜欢水果，我应该庆幸才对。”

“……”高大胖同志站在原地，濡湿的手指僵硬着，她忽然觉得，手里的果子很难下咽……

…………

那天看的那部电影，高大胖一辈子都没能忘怀。

电影的名字叫《杀人草》，据说是根据萨恩星真实事件改编。

虽然是6D电影，但并没有像地球影院的3D电影那样发一副专用眼镜戴上，可是其视觉效果却是毁灭性的。

是的，我没用错词。

对高大胖来说，就是毁灭性的。甚至在看完这部电影之后长达十年的时间她都不想再看任何电影了。

因为电影开演十几分钟之后，她就明白为什么说本片是“真实事件改编”的了。

这样的情景，实在熟悉到让人浑身发抖！

纳美兹平原上的一草一木，夜袭诺斯城堡的红袍旦蛰族，阴森骇人的夜色和那晚大到诡异的月亮……

所谓6D就是完全还原真实的360°环绕立体效果！走过草丛的沙沙声就响在身侧，小腿上甚至有草叶擦过的触感！所有飙车的镜头都让人身临其境，前面就是挡风玻璃和晃动的视野，回头就是刚刚奔驰而过的道路！所有上坡、下坡颠簸翻滚，甚至空中坠落也绝对高仿真！高大胖终于知道开场前工作人员给系好的安全带是干什么用的了……

这样真实到恐怖的景象实在太让人毛骨悚然了！当电影演到那株噩梦般的镰刀植物出现的时候，高大胖差点从椅子上滚下来……

曾经的记忆混合着现场的惨叫声让一切逼迫般地在脑内外重演！杀戮、濒死、黑袍的男人、拼接的尸体、逃命、狼群、溺水，还有水畔那酷刑般的第一次……

明明用了一年的时间来遗忘，用一年的平静生活来掩盖才把它埋在心底……为什么，为什么要逼我重新想起来？

高大胖两手紧紧地捂住耳朵，抖得停不下来……

亚伯的手臂越过座位间的空隙轻轻捧住她的脸，解开她的安全带，搂着她的腰把她拉到自己怀里抱着。

她在他臂弯里发出微弱的请求："我不要看了……我们出去吧我们出去……"他亲吻她逃避的耳朵和紧闭着的眼睛，用只有两个人才能听到的声音轻轻地安抚她："别担心，故事的结局是好的……"

故事的结局是不是好的，高大胖根本就不记得了。

因为就在她蜷缩进他怀里逃避过去的时候，影片已经进行到了男女主人公被困森林里的桥段。由于二人多日独处，又有之前在战斗里积累下的友谊奠基，于是出于本能的需求、自然的伦理、野性的呼唤，这对男女就顺理成章地开始做了……

高大胖目瞪口呆地看着面前100%的真实效果加环绕立体声的360°细致写真现场，终于，彻底崩溃了……

高大胖脸色苍白地两手抱头，脑海中一片混乱！

为什么，为什么学校的公共影院里可以放这种电影？剧场里还坐着明显未成年的血族小孩啊！之前血肉四溅、残肢横飞的战斗段子也没有一点删减！血腥、暴力、色情全占了，难道这里的电影都不分级、不剪辑的吗？这是一个怎样的星球啊！

"为什么要删减掉真相？"亚伯的声音从一边传来，高大胖才意识到自己在震惊状态下无意识地把疑问都喃喃出口了……

"为什么要隐瞒？无论是杀戮搏斗还是出于生理本能的男女交合，都是生物最普通、最正常的行为，不是吗？拙劣地遮掩起来才更奇怪吧？"亚伯淡定的神色和言论都让高大胖无从反驳，只能气弱地强辩："可，可是这里还有未成年人，怎么能直接放出来……"

"小孩子就没有知道真相的权利了？"亚伯眯起眼睛盯着她，"你的道德理念真的很奇怪……说来，你似乎从来没教过我这些事，为什么？"

高大胖在对方的注视下竟然莫名地产生了一种罪恶感："对不起……我受到的教育与血族的文化完全不同，这种事……我根本不可能……这个……怎么教……"等一等，为什么我在道歉啊？难道没向未成年人宣传黄色内容，我还错了吗？！

6D立体屏上接吻和律动的淫靡水声，液体与黏膜的摩擦声，各种让人面红耳赤又充满情欲的声音，还在以近在耳侧的声效环绕在二人身边……

高大胖说不下去了。

她还坐在男人的腿上，亚伯的手臂揽着她，手掌有意无意地擦过她敏感的胸侧……她紧张并拢的大腿，可以清晰地感觉到男人的下身在弥漫整个剧场的喘息声里有了明显的反应……

尴尬地沉默。

高大胖觉得眼前开始发黑，包围着自己的雄性气息太强烈了，让她只想逃走，只想逃走……亚伯却突然开了口，低哑的声音如此之近，几乎就在她紧张急促的呼吸间响起，拂着她的面庞，缓缓地滑过她的嘴唇……

“教我接吻。”他说。

高大胖脑海里的最后一根弦断了！

…………

电影散场的时候，亚伯的脸色很臭。

高大胖可以理解，任何男人在求欢的时候，怀里的女人抗拒到干呕的程度，脸色都会很臭吧，自尊心大概也会很受伤。

看着他独自走在前面的背影，不知为何，被调戏未遂的高大胖反而觉得有点内疚。而且，没人牵着她的手了，空荡荡的感觉也让她有点失落……

之前那个很帅的工作人员此时正捧着一个粒子粉碎箱站在门口，微笑着请每个出门的观众把吸干的果核丢进去。

高大胖顿时升起一脊背的冷汗！

完了……竟然忘了这一点！血族是吸取果汁的，最后当然会留下一个干瘪的果脯，而自己却是啃光的啊！现在别说果子的干尸了，就是骨头渣儿也拿不出来了啊……

惊慌间，那位帅哥员工竟然已经来到面前了！他那等着高大胖扔垃圾的耐心笑容已经有点没耐心了……

怎么办怎么办？现在扯谎说扔在放映厅了也很快会被戳穿的！如何是好？如何是好！

“小弟弟……”帅哥员工的笑容已经挂不住，后面的观众也被挡住了。

高大胖眼神混乱地寻找着亚伯……

“抱歉。”亚伯的声音从她身后响起，稳稳的，一派波澜不惊，“我们习惯把约会时拿到的果子当作纪念品带回去。”说着亲昵地揽住高大胖的肩膀，低头亲了亲她的脸蛋，然后略带笑意地盯着工作人员，“如果需要的话，我们也可以支付果子的费用。”

帅哥员工连忙摆手：“不不，当然不用，如何处置赠品是客人的自由。”

周围的观众也纷纷窃笑私语：“哎呀，那对年轻人是一对儿吗？真可爱。”“约会的纪念品吗？好浪漫呢。”“不会吧？他们是一对伴侣？那小孩好普通……配那么棒的男人……啧！”“我觉得这想法很有趣哎。”“嗨，早知道我这个果子也不吃了……”“你要的话，果脯也可以做纪念啊。”“才不要，好丑！”

高大胖满头冷汗……

亚伯却不管其他，踩着一地的议论声，拉着她的手把她拖走了。

走到人少的地方，他便放开她的手，也不看她，只独自走到前面去。

高大胖估计他还在生气，可她自己还没想清楚，也不知道该对他说什么。只是轻轻地叹了一口气，默默跟在他后面。

一身黑衣、面色冷峻的亚伯，在大街上制造了可观的回头率。

血族是崇尚美的民族，对于围观帅哥这种事毫不扭捏，飞吻打招呼的辣妹更是不计其数……

高大胖跟在后面看着，忽然有点感慨，亚伯这样的男人跟自己这种即使在地球也沾不上美女边儿的胖妞在一起，是挺浪费人才的。想到这里，她低头悄悄地捏了捏腰侧的肥肉——定居在未十城的这一年，大环境安定团结，小环境丰衣足食，个人心宽体胖，肉的厚度自然也……大胖同志垂头丧气，郁闷地叹了口气，没看到前面的男人微微颤抖的肩膀……

且不说外形问题，高大胖琢磨着，就是智商，或者沉着冷静方面，亚伯也已经比自己成熟了。就像刚刚，自己已经要靠他来救场。

最开始的确是自己收留了亚伯，可是现在，谁在依靠谁已经说不清了……一个人生活的话，反倒是自己比较令人忧虑吧？当初决定了等亚伯有一天明白事理了就赶他走，现在大概就是那一天了吧？拖来拖去做什么呢？放他走吧。

做出这个结论之后，高大胖同志更加沮丧了，叹了最长的一口气……

罢了，高大胖摇摇头，长痛不如短痛，趁着现在没改变主意，今晚就让他走！

不过，他大概会赖着不肯走吧？

他一定会说“天马上就亮了，白天我没办法行动，明晚再走吧”。

嗯……那就勉强等到明晚吧。

不过，到了明天他大概又会说“我现在身无分文，根本活不下去，等我赚够了钱再走吧”。

哈，凭他的本事还可能会活不下去？再说大不了我送他些路费就是了。

然后他大概会找理由说“我还没查出自己的身份，贸然离开太危险了，还是等弄清事情真相再走吧”。

那我就把之前通过他衣服上的徽章查到的家族资料都给他，然后告诉他“你已经没有理由了，赶紧打包走人吧”！

打定主意的高大胖回过神来才发现，两人已经坐在返程的电车上了。

夜已深，黎明即将到来，车厢里空空荡荡的。

长长的座椅上不远不近地只坐了她和亚伯两个人。

男人两手插进口袋坐在椅子上，无视她的存在一般靠在椅背上闭目养神。

沉吟良久，深呼吸了两次，高大胖还是开了口："亚伯，你今晚就离开吧。"

说完这句话，高大胖发现自己一点也没有想象中的冷静。心脏在胸腔里跳得飞快！胸腔里激烈的怦怦声震动着耳膜，几乎听不清亚伯的回答……然而，她还是听见了，而且完全出乎她意料的，亚伯只回了一个字——"好"。

"什么？"高大胖难以置信地扭头看他！仿佛要确认那个回答是不是从他嘴里蹦出来的一样，紧紧盯着他嘴唇的下一步动作……

亚伯的回答很耐心，并且跟第一次一样平静，他重复了一遍："好，我今晚就离开。"

"咦？可是……马，马上就要天亮了，"高大胖支吾，眼神无目的地四处乱飘，"白天你没办法行动，再晒伤的话我又要救你……明，明晚再走也不是不行啦，反正我也不差这一两天……"

亚伯缓缓睁开眼，淡淡道："好，那我明晚再走。"

高大胖有点不自在地在座位上移动了一下，她没想到亚伯比她还坚定地坚持要走。难道他还在为之前的事生气？还是她一直抗拒他接近的态度已经伤到他了？今天的试探之后他对她已经彻底失望了？

"那……你身上有钱吗？你现在身无分文，根本活不下去吧？要不然等赚够了钱再走吧。"高大胖小声嘟囔，瞥了一眼身旁的男人。

亚伯忽然轻笑了一下，侧过脸来盯着高大胖，语气略带嘲讽和傲慢地说道："凭我还会活不下去？"

高大胖语塞，低头看着自己的膝盖，两手抓紧裤腿又放松，咬了咬嘴唇："你根本还不知道自己是谁，贸然离开太危险了，起码应该先弄清事情的真相吧？"

"你不是已经帮我查好了吗？"

亚伯已经完全转过脸来，身子倾过来拉近了两人的距离，腿也挪过来挨着她的膝盖，一只手臂搭在高大胖身后的椅背上，微微低头看着她的神色，几乎把她整个人拢在怀里一般在她耳边轻声低语，声音带着一点诱惑：“说一句‘我不想你走’有这么难吗？”

高大胖抓皱了裤腿，眼眶有一点湿，心情有一点委屈，声音有一点哽咽：“可是……你已经没有理由留下来了……”

“那就创造一个新的理由好了。”亚伯微笑，“比如，我爱上你了。”

“得了吧，血族根本不知道什么叫爱情。”

“哦，那你知道吗？”

“……”

被爱情的定义难倒的人类陷入沉默，空旷的车厢里又恢复了一片寂静。

亚伯低头，无声地拉起高大胖的手，十指相扣，掌心相贴，紧紧交握……

高大胖看了看两人握在一起的手，有点疑惑：“你今天为什么总是来拉我的手？”

亚伯：“是你说的，恋爱都是从牵手开始的。”

大胖有一点小感动，自己说的每一句话，他都用心地记得。

亚伯：“明天我可以吻你了吧？”

大胖：“太快了。”

31st Blood　世界上最短的科幻小说

如果说从前的亚伯对高大胖还只是找着借口，死皮赖脸地黏着她动手动脚，那么自从上次一起看电影之后，他的表现便完全是以男朋友的身份自居了。

他光明正大、理直气壮地抓紧一切时间推进着从牵手到拥抱再到亲吻的流程……明明是比起前戏更擅长直奔主题的血族，做起这些地球恋人间甜甜蜜蜜的事来却流畅自然得让高大胖简直怀疑他从前是不是主修这门课的……

不知道是亚伯觉醒的雄性激素刺激起了高大胖体内的雌性激素，还是欧德的小屋在恋爱的气氛下积累了太多的激素，高大胖同志最近明显地感觉到，自己的身体在出现变化——嘴更馋、胃口更好了，脾气变得有点暴躁了，额头上也多冒出了几颗痘痘，最重要的是，她的肚子开始隐隐地疼了……

大部分地球女性看到以上一段话，基本上都能猜到几分了。高大胖也一样，自己的身体自己最了解，她大概感觉得到，某个被称为月经的“活动炸弹”就要降临了……

其实高大胖同学把恋爱想得太伟大了。停滞了两年的经期恢复正常，跟亚伯同志并没有什么关系。仔细想想就会明白，真正的原因不过是身体调养过来了。

高大胖初来乍到的那半年，对这颗陌生星球的一切都在摸索阶段，吃不好、睡不好，又天天超量失血，体重飞速下降，整个人的身体都濒临崩溃的边缘，月经就更别指望了。

本来后半年跟着梵卓亲王全球巡视是个调养的好机会，吸血暂停又发现了合口的食物，每天吃得好、睡得好，脸色红润，体重都升上去了，却偏偏倒霉地赶上了杀人草事件，在两个吸血鬼的轮番暴行下元气大伤，又亡命奔波、生病晕倒，在沙漠里调养了好一阵子才养好内外伤……

要说真正风平浪静、休养生息，还是住在未十城海边小屋的这一年。门前种菜，屋后喂鸡；外面挣大钱，屋里养美男。而且她衣食无忧，万事顺心，阴阳调和，肥肉变多……高大胖这具在宇宙里漂了一万年的身体，也终于休养过来了。

身体好起来了，大胖同学却无法痛快地高兴。毕竟人类的月事对吸血鬼来说，就像是自来水龙头没关严一样。在以血为食的星球上，后果可能是致命的。更何况高大胖好歹还在逃亡中，政府悬赏令现在还在《新闻联播》右下角滚动播出呢。

好在居安思危的大胖同志对此早有准备。从欧德临终时给的鸡肋去味剂，到大胖反复试验成功的手制卫生巾，再到早早买好并安装在厕所的“粒子击碎宇宙粉尘级”去味马桶……林林总总一应俱全。

机会是留给有准备的人的。

去味剂吃到第二粒的时候，高大胖就隆重迎来了“大姨妈大人”。大概是因为刚恢复正常的关系，第一次的经期非常短，不到四天就结束了。由于准备充分，大胖整个经期很幸运地没有露出一丝马脚。亚伯同志甚至疑惑地表示过最近大胖“闻起来不如以前香了”。大胖窃喜……

然而真正的挑战，要在药效过了之后才来到。高大胖暗自算算，六个小时的高危险期还不算太长。她不知道血的气味会强化到什么程度，也不敢肯定自己准备的隔离措施能绝对好使，所以为了安全起见，她觉得亚伯这个“活动危险品”是一定要尽早赶得远远的！

被高大胖用两张熏香按摩除尸斑SPA体验券连哄带骗地轰出家门的亚伯少爷很不爽，但最终还是在大胖同学“你最近长斑变丑了”的恶意中伤和“你不走我走”的家庭软暴力下妥协了。

直到看到亚伯真的披上斗篷，拿了体验券，照了照镜子，然后脸色难看地出门，高大胖才松了口气。

看看表，药效马上就要过了，她连忙按计划躲进了地下室。欧德的房子里当数此处最为严密。出于实验的需要，这间本来就没有窗户的房间唯一的大门也是用厚达半米的精钢隔离板做的，隔音又防弹。再加上大门外面那层石墨硒金属隔离门，整个房间堪称密室！

不过，高大胖知道这点程度的防护还不够。按照兰卡的说法，血族，尤其是尝过她味道的血族，感知她气味因子的本事简直强大到匪夷所思的程度！想到之前在森林里躲进水底也没用，高大胖并不对这间密室抱很大希望。

所以除了密室以外，她还准备了一个之前在布鲁赫的城堡养伤时兰卡给她用过的东西——隔离气泡。这种气泡最开始的作用只是医疗上的保温，就像地球的保温瓶一样，是有一定的隔绝作用的，但并不严密。所以高大胖请奇货店的老板专门进口了这款改造版的气泡。不仅可以达到99.745%的空气隔绝度，其本身也是有一定坚韧性的保护膜。虽然只是肥皂泡一样的透明薄膜，其强度却可以抵抗野兽的利爪甚至撕咬……果然科技以人为本。

看着两层金属门缓缓合上，高大胖戴上氧气面罩，在椅子上坐下，开启了腰上别着的气泡启动器，一个半径一米的泡泡瞬间包裹住她！

地下室角落里的小人鱼慢腾腾地游到水晶缸旁，看了看脸戴面罩，把自己弄得奇形怪状的高大胖，鄙视地一甩尾巴，又潜回了海水深处……

高大胖呆呆地坐着，寂静的地下室只有电子钟每隔一阵子“嘀”地跳动一下，机械的声音显得房间里越发空旷……

未来的日子，都要这样度过吗？

每个月都像生化怪人一样戴着氧气罩躲进防弹地下室？

高大胖叹了口气，在面罩管道里吹出一阵呼呼声……其实从默认了与亚伯的关系之后，高大胖就认真考虑过这个绕不开的血液问题。一起生活的话，她不可能瞒他一辈子。高大胖也没洁癖到谁也不能碰她的血，非要对方明明想喝得要死，也只能为了尊重她而永远忍着。其实如果是适量的献血，也不是不能接受的事。

高大胖记得当初学校外面那辆白花花的红十字献血车就宣传过：人体每个月损失 400ml 左右的血液根本无关痛痒，相反还会刺激自身的造血机能，促进新血循环，有益身心健康。而女性每次月经损失的血液，量多的也就 50ml 左右，也就是说人体每个月会有 350ml 左右的血液富余。

350ml 是什么概念？用饮料来比量的话，大概就是一听啤酒那么多。

而血族，是可以靠一听稀释了的艾尼玛血液就能活上半年的顽强物种！

每个月一听人血，喝到饱是不可能的，但解馋或者维生都绰绰有余了，更何况失血 400ml 是有益健康的量。根据兰卡的计算，人类要一次性失血 800ml 以上才会出现头晕的感觉。而且，也只是头晕而已。

既然她的血对他们来说是珍馐，便宜外人还不如留给自己喜欢的人。接受这个物种，就要接受他的全部。她没有强制对方为自己改变生理习性的打算，因为不自然只会带来无尽的痛苦。恋爱是两个人的事，她与他在一起会觉得幸福，相对地，她希望他跟自己在一起的时候也能觉得舒服。

只是，现在还不是坦白的好时机。如果不想在献血的时候被对方控制不住地瞬间吸干，高大胖首先要确认亚伯对她的感情和自制力都足够多了才行。而血液气味数倍强化的现在，这么做显然太刺激了……

高大胖一个人的沉思，突然被地下室角落传来的人鱼歌声打断了！

大胖诧异地抬头，她立刻反应了过来，马上屏气凝神，认真地听。有了上次的经验，这次的歌词她从头到尾都听清了。时隔一年的人鱼预言歌，听起来依旧无比美妙动听，清澈冰冷，甚至有点毛骨悚然……

真相假象，
正向反向，
面具掉落，
气泡戳破，
故人新人，
杀鬼弑神。

小人鱼重复唱了两遍，声音渐渐湮没下去，最后缥缈地融合在海水的气泡中，听不见了……

高大胖直愣愣地盯着它的方向，心里一片混乱！

什么意思？是什么意思？

前两句话根本听不懂，后面两句让她有点紧张，尤其是有关气泡的那段——她现在可就裹着一个气泡啊！不知道这句话是直白地说她会被袭击，气泡会被弄破，还是只是一句暗喻，是指谎言的气泡或者美好现实的气泡将被戳破之类的？接下来一句话是说会有从前认识的人要出现吗？难道是已经在身边了？最重要的是，那句血腥暴力的最后一句话是怎么回事啊？听起来怎么这么不吉利……

预言什么的，果然最讨厌了！

看看表，已经早上 8 点多，再有两个小时，危险期就要过了。高大胖稍微舒了口气……她特意把药效过劲的时间控制在白天就是出于安全的考虑，毕竟夜晚是血族频繁活动的时刻，说不准哪只路过的血族就闻出了不对劲儿然后破门而入。相对而言，白天的万人空巷对她来说要安全得多。

刚这么想着，墙上的监控屏音响里就传来了外面惊人的敲门声！

突然出现的访客影像传到了屏幕上……一瞬间，高大胖全身汗毛直竖！

神啊，现在外面可是白天！

在吸血鬼星球上白天有人敲门，简直就像那个著名的一句话科幻小说一样："最后一个地球人独自坐在房间里，屋外忽然传来了敲门声……"

这种想一下才反应过来的浑身发凉，真是比普通的浑身发凉更凉……

边境小城，连军队都没有日行防护服，能在白天走在大街上的人，就只有不怕阳光的圣血族了。而现在屏幕上传来的影像上那醒目的银发红瞳，也清楚地印证了这一点。

来人敲了两次门都没得到回应，此时正仰头冷冷地盯着门口的摄像头。对方色泽浅淡的银发在阳光下几乎呈现带着流光的半透明状态，刺得高大胖睁不开眼睛，下意识地后退……

怎么，偏偏是他呢……

曾经那片蓝色沙漠里风沙弥漫的血腥记忆，仿佛都随着来人那身黑色的蒙面装束以及冷冰冰又带着杀气的凌厉眼神回来了！用一把匕首就在十秒钟内干掉了整个劫匪团队，把她洗劫一空的沙漠圣血族强盗，传说中从不离开砂海的阿萨迈族人，为什么会出现在这里？

高大胖探头探脑地悄悄瞥了一眼显示屏，竟然与男人抬头看向摄像头的眼睛直直对上！一瞬间，她几乎以为当初在夜龙背上回首对视的不可思议的情景重现了！

这男人的眼神太可怕了……那完全是地下世界杀人者才有的冷漠和魄力，跟正派世界背道而驰，阴冷得让高大胖这种小市民看上一眼都忍不住哆嗦……

这样的人她惹不起。高大胖利索地决定——装死。

不管怎么说，既然他还肯敲门，就表示其实是来拜访而不是来打劫的吧？那只要装作家里没有人，他应该就会离开了。高大胖忐忑地想着，行动上，却已经开始下意识地往角落里缩……

显示屏上，门口的访客收回视线微微低下头，似乎在思考什么。

高大胖团在凳子后面紧张地盯着屏幕……

少顷，强盗先生似乎结束了思考，然后抬起头，对着显示屏，无比阴森地笑了一下……

是的，虽然看不到蒙面的部分，但高大胖却几乎可以从对方那微妙变化的眼角瞬间感知到他是在笑！而且是那种大型肉食兽闻到弱小动物留下的蛛丝马迹之后，志在必得的、残忍的笑……

高大胖被这个笑容弄得浑身都发毛了！

还没等她做出什么反应，房子的大门就被来人一脚踹开，轰然倒塌……

哪有这样的啦！高大胖抓着凳子腿浑身发抖……

一片灰飞烟灭中，强盗先生踩着门板跨进室内，在客厅立定，微微仰头环顾四周……

高大胖哆哆嗦嗦地自我安慰：没关系没关系，欧德的房子房间很多，他不可能马上就找到我。我还有时间，快想想该怎么办！

打电话报警？我不想活了我……

打电话给亚伯？且不说他来不来得及赶回来，就算真的回来了，在这种状况下也保不齐是多弄回来一个人吃我……

怎么办怎么办……高大胖很混乱。

而闯入者显然一点不乱，只在客厅里判断方向一般地稍微停留了一下，便转头笔直地朝地下室大踏步走过来！

不要啊啊啊！他怎么会知道我在这儿啊？！高大胖两手抱头，浑身颤抖！几乎将整个人缩进了凳子底下……

"冷静，我要冷静。"大胖同志闭眼深吸了一口气，自言自语。

地下室有两道门，一层厚达半米的精钢压缩板，还有一层是宇宙中最坚硬的物质，比金刚石还要硬上二十倍！对方身上没带重型武器，就算带了那把挺锋利的匕首，想把这么厚的门凿开，怎么也得要一阵子……咦？

门外突然传来一阵可怕的金属撞击声和破碎声！

在这样的隔音效果下居然能听到外面的声音，那就意味着铜墙铁壁已经出现了破绽。

高大胖惊恐地盯着那扇最后的屏障……难道他真的在破坏大门？！

然而破坏声没持续多久，外面便安静了。

高大胖提心吊胆地微微吐了一口气……还没吐完，门口就传来了比刚刚更加恐怖的嘎吱声！仿佛是一台沉重的、生了铁锈的压缩机被坚硬的钢筋活活撑开一般，高大胖眼睁睁地看着那块比三重电梯门还厚的钢板居然渐渐分开了一条缝隙！然后一双戴着黑色手套的手从缝隙伸进来，两手用力，竟缓缓地把大门硬生生地分开来……

高大胖已经说不出话来了……

这家伙根本就是怪物！！

徒手破坏了双重防护门的男人踩着一地的漏电，穿过形状被强行扭曲的金属门板，一边活动着手腕，一边泰然自若、脚步轻盈地走了进来。流畅连贯的动作就好像丛林里安静潜行的捕食的兽，威风凛凛、杀气腾腾，抬爪落脚都带着野性的优雅和爆发力，却又悄无声息……

高大胖半跪半坐在凳子后面，一动不动。

这就像原子弹马上要在你三米外爆炸一样，人们往往连跑都懒得跑了，反正也没用。

抬手摘掉脸上的氧气面罩，高大胖默默地看着对方挥手轻松挠破了所谓的高韧性加强防护气泡，然后领子被对方揪住，整个身子被拎起来……强盗先生埋头在她颈侧嗅了嗅，眼角再次流露出那种掠食者的残忍的笑……

“找到了……”他轻声说。

32nd Blood　血族第一高手

箱子里的人鱼在跳舞。

高大胖家这条曼娜提人鱼的习性是一高兴就要扭两下。见到熟悉的人，更要扭腰摆臀、抛媚眼地来一段。

如果说之前高大胖还只是猜测眼前的男人大概是阿萨迈族那位优雅的盲眼强盗头子口中的编号七，现在根据人鱼的反应也已经可以确信了。

高大胖觉得，既然两人同族，彼此比较熟，如果编号七同志有那位编号一先生一半的绅士风度，就有沟通的可能。于是她试着跟强盗先生商量："那个……我不会反抗的，你能不能……不要太暴力？"

强盗先生手起爪落"刺啦"一声粗暴地撕开了她的上衣！

果然协商沟通这种事只有在法治社会才行得通……

高大胖自暴自弃地耷拉着脑袋，抱着衣服碎片，软绵绵地被对方堵在墙壁和两臂间紧迫的空隙里。她没有任何逃跑的缝隙，就连呼吸喷到男人的胸膛上也会被挡回来。她的脸被对方抓着扳到一边去，破掉的上衣被扒得更敞开，露出里面白白细细、毫无遮拦的脖子，全无反抗力地等待对方享用……

不是她不反抗，而是对方当初用沙漠里散落一地的尸块让她见识了什么叫速度和身手，现在又用那段可怕的破门突入让她见识了什么叫破坏力！如果此时高大胖还幻想着用什么咬他一口、踹他一脚的防狼自卫土办法逃跑，她也不用混了。

可是，等死真可怕啊。

雪季空气里的寒意和不知什么时候会落下的獠牙，让她裸露的皮肤上渐渐浮起一点战栗……高大胖整张脸都被蒙在对方手心里，只能发出被打扁的猫一样微弱含糊的求饶声，为自己的生存做最后一搏："能不能……不要把我一次吸干？"

高大胖没等到回答，只等到了一声轻蔑的嗤笑，然后便是冰凉的血牙刺进肌肤里那种麻痹般的痛感……

对方低头的时候，浅银色的短发扫过她的颈间，猫毛一样柔软。这让高大胖产生了一种错觉，仿佛身上趴着的是只大狗，自己抬手就能摸摸他，抬脚就能踹飞他，扔只球就能把他遛得满屋子乱转……这个幻想让她很满意，好像脖子上也不那么疼了……这一刻她不再是一个人，她不是一个人！小市民精神附体，鲁迅和阿 Q 与她同在！伟大的地球人！伟大的精神战胜法！在宇宙的彼端发扬光大！

只可惜，皮糙肉厚的宇宙生物丝毫感受不到孱弱地球人恶毒的精神攻击波，依旧抱着她吸得津津有味……他搂在高大胖腰上的手臂越收越紧，让她有些喘不上气。头被强行扳到一侧的姿势也很难受，高大胖开始本能地挣动。对方忙着吸血没太管她，大胖同学扭来扭去，终于从男人的五指山里露出半张脸，刚一睁开眼，便越过他的肩膀看到一道杀气腾腾的蓝光！高高挑起，从天而降，瞬间便铺满了视网膜！

压着她的强盗先生明明是背对着突如其来的袭击的，却比正对的高大胖反应还快！瞬间就消失在了眼前！

而那道凌空劈下的剑光也稳稳停在高大胖发丝顶端，分毫不差，技艺精湛……

高大胖腿一软，顺着墙溜下，跌坐在了地上！愣愣地盯着头顶的剑尖，记忆中某些相似的情景似乎被隐约地勾起了，一闪就过了……见到救星一刹那的放松感让她无暇多想，几乎是立刻带着哭腔地扑到了来人的怀里！

"亚伯！呜呜嗷嗷……"高大胖揪着他的斗篷，紧抱着他结实的腰不撒手，把满脸的眼泪和脖子上的残血都蹭到了亚伯的衣服上……

他的衣服是她今早亲手洗好收回来的，带着熟悉的、让她安心的味道。

而此刻的她太需要这种稳定人心的味道。

亚伯似乎也很激动，搂着高大胖的手臂紧了紧才松开，抓着她的胳膊把她藏到身后，然后转向一旁的入侵者。

“阿萨迈族习惯不请自来地闯入别人的领地吗？”亚伯的口气淡淡的，也没有任何多余的动作。可是高大胖就是感觉得到，他并不像平时那样淡定，甚至有一点紧绷。

被质问的强盗先生依旧一脸嚣张，旋转着手里的匕首，回答的话也很挑衅：“只能怪你的大门太差了。”

差的是你的素质好吗？高大胖满头冷汗地盯着无耻的入侵者，眼角的余光却诧异地发现亚伯的斗篷不知何时竟划开了一道长长的口子！难道那强盗男在躲开背后袭击的同时，竟然还能反击？而且受伤的居然还是偷袭的人！虽然不是第一次见到了，高大胖还是忍不住对黑衣强盗的身手恐惧了一下……现在她知道亚伯的紧张从何而来了。

他也许，打不过他。

高大胖往前凑了一小步，站在亚伯身后，拉住了他的手。

她要表明立场，坚决支持！

亚伯反应极快，立刻反手捉住了她的小手，紧紧握着。

虽然第一次交锋吃了点亏，亚伯同志气势上却毫不示弱，他冷冷地说：“从我家，滚出去。”

高大胖本来刚才还有点担心自己拉着亚伯的手会不会妨碍他发挥，但听了亚伯这么说，此刻也豪情万丈了！

听到没有？亚伯说了，这是“我家”，我家！

这词儿太暖心了！

在这个星球上，习惯性逃跑的高大胖还是第一次萌生了留下来抗争到底的激情！她紧紧回握着亚伯的手，心想：来吧，要死也要死在自己家！

强盗同志丝毫没被他们的激情震撼，轻哼了一声，懒洋洋地抓了抓头发，便轻巧敏捷地步步逼近过来……往前走了两步，却突然停住！他略有些诧异地侧头看了看自己的肩上……然后回头重新上下打量了一遍亚伯，口中赞道："不错嘛。"一边说着，一边抬手扫去肩上被削断的零散碎发，看向对手的眼神认真了许多。

这次换亚伯轻哼了一声。

高大胖顿时很得意！看到没？我家亚伯也是很厉害的。你不过割破了对手的衣服角，我家亚伯可是削断了你的头发呢！

那些被拂落的浅色的银丝在众人的视线中飘落在地上的一刹那，两人同时在高大胖面前消失了踪影！

当物体移动速度远远超过眼球反应速度的时候，虹膜上就只能留下物体的残影。

高大胖现在，就只看得到残影。

等她看到两人在房子左边兵刃相接的时候，战线早就拉到了右边……金属的撞击声清脆而瘆人，零星的火花偶尔出现在高大胖的视线跟不上的地方。她想，大概只有他们其中一个被砍死的时候，她才能搞清楚战况。

然而二人却比高大胖想象的更快分开！

亚伯落在她不远处，手撑着剑，没有受伤，没有喘气，但脸色很难看。强盗男则像只蝙蝠一样倒挂在屋顶上，看不出来有没有受伤，蒙着面也不知道脸色是否难看，却若有所思地说了一句话："……原来如此。"

高大胖看到强盗男说"原来如此"的时候，亚伯握着剑的手紧了一下，然后就像是不许强盗男再开口一样，不给他任何喘息机会地斩了过去！

两人再次开战！

这次比起上次貌似要激烈得多，地下室到处都开始出现恐怖的劈痕！破碎的桌椅、器皿形成一片狼藉！连人鱼的水晶鱼缸也不知被哪个人斩掉了一角，水泄了一半出来，小人鱼两手捂着耳朵发出惊慌的唧唧唧的刺耳尖叫……高大胖第一次知道，原来人鱼本来的叫声是这样的！

一道劲风刮过她的身侧，高大胖惊恐地发现脚边的地面整个儿裂开一道幽深的沟壑！而自己的袖子则直接被刀风破开了！虽然没出血，但这样吓人的波及力也足以让高大胖抱头鼠窜，钻进凳子底下了……

第二次的交锋比上一次更快结束，而且是以一个很不妙的姿势结束的。

高大胖看到亚伯的剑架在强盗男的脖子上，但对方的匕首却是抵在他的心口的。这在地球上大概还能说是平手。但对血族来说，心脏被破坏远比被斩首要严重得多！

如果两人同时动手，亚伯会死。

意识到这一点的高大胖，只愣了半秒钟就从椅子下猛地蹿出来扑向黑衣强盗男！

伸出罪恶的黑手的一刹那，高大胖简直要被自己的英勇感动了——虽然她其实明白，别说推开黑衣男了，估计自己在碰到人家衣角之前就会被一刀劈死了……

而事实上高大胖也的确没碰到人家的衣角。不过那是因为，在她伸出罪恶的黑手之前，强盗男就被人拉开了！

来人就像是丧失耐性的主人来抓乱跑的宠物一样，单手从后面揪住强盗先生的脖子，然后直接把他扔了出去！

强盗男结实的身体在地下室的废墟里撞出一阵激烈的破碎声……

高大胖目瞪口呆地保持着罪恶黑手的姿势卡在原地。

这个转折实在太戏剧化了，别说她，连亚伯也愣住了。

“七，你怎么还是这么暴躁，实在太失礼了。”来人对着被七同志砸出来的废墟堆，慢吞吞地说。

废墟堆里传来微弱的呻吟声……

扔怪物的牛人转过头来，先朝着静立的亚伯点了点头，然后转向高大胖的方向和善一笑：“好久不见。”

这样温柔的神态，谦和的眼神，俊美的容貌，华丽的银色长发，以及那双没有焦点的美丽眼睛，都跟上次在欧德的沙漠小屋见面时一模一样。可是，目睹了此人刚刚那干脆利落的一击，高大胖已经没办法再像从前一样觉得他是个无害的绅士，或者可怜的残疾人了。果然能做到沙漠盗贼一族首领的男人，就算长得再怎么温柔，也绝对不会是什么善茬……

略微瑟缩地躲到亚伯身后，高大胖露出半个脑袋，战战兢兢地小声打招呼：“您，您好……一，一大人。”

正主出现，水晶箱里的小人鱼已经欢快得要跳抽了……

盲眼的盗贼首领听到了水声，便慢慢走到水晶缸旁，安抚般神色平和地摸了摸缸壁。小人鱼兴奋得一个鱼跃跳出水面！然后翻着花样落回水里……高大胖真担心它闪着腰。

其实人鱼之所以如此亢奋，不能全怪原主人一，高大胖自己也有一部分责任。她血液的气味以加强了数倍的状态弥漫在整个地下室。身为食肉动物的人鱼自然不可能没反应。在这样的状态下，普通吸血鬼闻到她的血味都是直接扑上来的。强行突入的七同志，瞳孔到现在都是亢奋的金色！就连身为保护者的亚伯，握着她的手也不受控制地伸长了指甲，划出了血色……反倒是这个叫作一的男人，居然淡定成这样，连高大胖也不禁佩服他的定力了。

小七同志已经从废墟堆里爬了出来，竖起膝盖全身警惕地坐在地上，正像大狗一样低头舔着自己受伤的手背，居然对被扔的事实一句怨言也没有！

一大人背对着他，看着鱼缸叹气：“七，你已经继承了阿萨迈的称号，还这样莽撞，让人怎么放心……”

不可一世的强盗先生一句话也没反驳，只低低地唤了声：“Father……”

一大人又叹了口气……

然后转向一身狼狈的亚伯、大胖二人组，左手甩开斗篷，右手虚扶胸前优雅地行了个礼：“族人擅闯私人领地，给诸位添麻烦了，还请原谅。”

亚伯没吭声，似是依旧气不忿儿。

高大胖知道他傲慢惯了，对她以外的人向来少给好脸色看。但眼前的男人哪是惹得起的角色，于是赶忙冒出脑袋来连连摆手：“不敢不敢。”

盲眼的盗贼首领谦和一笑，招招手把一肚子怨气的七同志也叫了过来。

黑衣强盗站直了身子，铁塔般立在高大胖面前，头也不肯低地垂下眼帘扫了她一眼，然后跟挡在她前面的亚伯电光石火地对视片刻，才不情不愿地哼了一句：“弄坏的房子我会赔偿。”便闭嘴不吭声了。

你说句“对不起”会死啊！

想归想，小市民高大胖还是继续没用地连连摆手：“不用不用。”

亚伯依旧不说话，脸色越发难看。

高大胖拉拉他的袖子，送出一个“大少爷我求你了，忍一忍行不行”的眼神。

人家是强盗，不是三好学生。首领都肯这样低头了，面子已经给足，台阶做得够大，何况还许诺了经济赔偿，咱们一介平民，见好就收吧！

再说那阿萨迈族是什么人物？从前欧德告诉过她，那是有名的暗杀一族。别看萨恩星现在是由其他氏族执政，但单论个体战斗力，这一族才是圣血族最强的！血族的世界是用实力划分地位的，谁够强，谁称王。这就是为什么原住民蓝血族肯服从于圣血族的统治。这也是为什么即使是萨恩星政府，也对砂海的阿萨迈族敬畏有加，连象征权力确认的全球巡视都会绕开他们的领地。

其实阿萨迈族的维生方式说白了不是打劫就是暗杀，那可都是违法行为，人家还不是明目张胆地代代相传，无人敢管？而帝都的贵族拜访砂海，还要强盗头子点头才能成，人家肯点头还是看在“从前有恩于我不便拒绝”的面子上……这一族人数虽少，却是独立于国家机构之外的强大存在。政府都惹不起，何况他们两个小市民？而能继承阿萨迈名字的，一族中只有一个人，也就是说那人是强中之强，可以说是整个血族的第一高手！

高大胖瞄了一眼扭头看着别的地方的黑衣强盗。这样怪物级的战斗力倒也不愧为第一高手了。我们也真够倒霉的，一惹就惹到最厉害的角色！连点缓冲也没有……

不过话又说回来，大胖转头看了看另一边面容和善的一大人。这家伙单手就能把第一高手扔出去，而且根据刚才那句“Father”判断，他估计还是强盗男的教父……这男人的实力真可怕。可是如果他才是真正的最强高手的话，为什么不继承阿萨迈的称号呢？

仿佛感受到大胖疑惑的目光一般，一大人微微低头，谦和一笑，阳光的笑容里传达着暗黑的潜台词——那么麻烦的称号谁要啊，白痴……

高大胖浑身哆嗦……

闹别扭的亚伯少爷终于在大胖恳求息事宁人的目光下，勉强地朝一大人回了个礼，至于七同学，他是连看都没看。

三人间进行了一阵高大胖看不懂的眼神交流之后，强盗先生们便打道回府了。已经走到门口的一大人忽然想起了什么似的停顿了一下，然后从袖子里掏出了一个小毛团，回头丢给高大胖，微笑道：“算是赔礼。”

高大胖两手接住那核桃大小的银白色毛团，诧异地看着它慢慢展开身体，露出细巧的四爪和一条毛茸茸的大尾巴来……那只貌似袖珍版小狐狸的生物仿佛刚睡醒一般懒懒地伸爪挠了挠蓬松的尾巴，弓起背抖了抖毛，然后仰头瞧了瞧自己的新主人，发出貌似还算满意的“吱”的一声。

旁边的亚伯愣了一下，惊讶道："狐焰？这种生物居然还没绝种？"

高大胖茫然地捧着小狐狸扭头看他，虽然不知道这到底是个什么东西，但也明白这玩意儿相当贵重了。

门口的一大人口气淡淡地补充："给它一滴你的血，从此以后它就会认定你是主人，尽心保卫。"

高大胖求证地看向亚伯，后者点了点头。

血嘛，现在这里有的是。高大胖手翻过来，手背上被亚伯的指甲抓破的伤口里淌出的血便沿着指尖缓缓滴了一滴下来……抱臂站在门外的强盗男下意识地舔了舔嘴唇。

小狐狸伸出两只小爪子，在空中便定住那滴血液，仿佛玩太极一样，慢慢滚成一颗圆溜溜的血珠子，渐渐落在它的爪子里。小狐狸捧起来毫不犹豫地啊呜一口吞掉！然后便全身发光，慢慢蜷成了一团……仿佛变色一般，银白色的小毛团从中心开始蔓延，几秒钟之内就变成了漂亮的火红色！

毛团再展开的时候，小狐狸已经变得精神抖擞！灵巧地从高大胖的手心三跳两跳地跃到了她的肩上，亲昵地蹭着她的颈窝脸侧，金色的眼睛享受地眯着……

"狐焰能解毒，能控火，这样一来，寻常恶徒应该都近不了你的身。这只狐焰权当族人对你冒犯的赔偿，还请收下。"见仪式已成，一大人也不再逗留，欠了欠身便要离去。

高大胖连忙出声叫住对方，扭头看了眼亚伯，然后转过身来走近了几步小声商量："一大人，那个，能不能请您别将我在未十城的消息泄露出去？尤其是……呃，对帝都那边……"

优雅的强盗首领微微一愣，随即看了眼她身后的方向，笑道："我想，已经没有那个必要了。"

33rd Blood　食色，性也

一大人的这句话让高大胖很惊恐！“已经没有那个必要了”是什么意思？

从字面意义来看貌似有以下两种可能：

1. 你的身份早就暴露了，所以帝都的人已经知道你在未十城。反正马上就会找过来，还用得着我告状吗？我想，已经没有那个必要了。

2. 人家已经找到更好吃的东西了，知不知道你在未十城又怎样，反正也懒得来找你，告状也没有任何好处，所以已经没有那个必要了。

高大胖自然希望是第二种。

不过不管怎么看，都是第一种可能性更大些。所以当务之急，只有赶快搬家避难！

一片狼藉的地下室也懒得修了，高大胖决定放弃欧德的小屋，立马着手准备逃亡的事。

新的房子找起来并不容易，城市要隐蔽又不能太偏远。人类跟血族不同，在生存条件太艰苦的环境是活不下去的。

亚伯少爷只肯吃人鱼血档次以上的食物，所以小人鱼连箱子都得带走。高大胖自己要吃的动植物带着也是一大堆，还有锅碗瓢盆等花了大价钱从外星进口的东西自然也舍不得扔。光是这些行李加起来就是个麻烦了。高大胖又不敢乘坐国有的大型交通工具，于是用生物运输的话，无论买龙还是租龙都是另一个麻烦。

另外，根据萨恩星的管理体制，居民想要拥有不动产的话，必须实名登记购买。现在住的房子是欧德名下的，如果想要搬出去住新房子，高大胖还得给自己弄个合法的身份。

然而，血族的身份管理是很严格的。为什么呢？因为血族居民的总人数是恒定的，只可能减少，不可能突然多出来一个。

林林总总的麻烦堆积在面前，高大胖很头疼。

打包搬家本来也是体力活，正是最需要青壮劳动力的时候，亚伯却很少露面了。

事实上，高大胖隐约感觉得到，自从月经事件后，亚伯就有意无意地在躲着她。

高大胖知道他心里有芥蒂，只是不知道他是在介意当时弄伤了她，还是在后悔没咬她两口？

那天阿萨迈族的两人离去之后，又过了一个多小时，那骇人的血味才消下去。在这期间，亚伯逃得远远的，关严了房门，不见高大胖。只是当时在放开她的手之前，他很是费了一番决心和力气。

在那之后，亚伯的视线每次触及高大胖手背上红色的结了疤的指甲抓痕，都会僵硬地挪开，然后整个人阴沉地转身上楼去闭关。

高大胖觉得不能再这样下去。虽然自己血液的秘密暴露的时机无比差劲，但反过来说，事已至此，倒也给了她坦白的动力。她决定跟亚伯好好谈谈。如果以后要两个人一起生活，总这样一个提防、一个别扭地忍耐，也不是办法。

高大胖拿了欧德的钥匙打开顶层的阁楼，找到独自坐在窗口陷入沉思的亚伯。

亚伯看到她进来愣了一下，视线滑落到她的手臂上就想走开。

高大胖一声不吭地径直走过去，爬上他的膝盖坐在他的怀里，止住他起身的动作，捂住他的嘴，然后语气平静地把自己地球人的身份、怎么来到这个星球、怎么惹上贵族，又怎么受到伤害逃了出来的事统统讲了一遍。

亚伯被她捂着嘴，眼神从诧异到怜惜再到神色莫辨，听到她说受伤害的那段，便默默地闭了眼……

一口气说了十多分钟，高大胖最后总结："我的血很好吃，那天你也知道了。对不起瞒了你这么久，因为我实在害怕你也把我当作食物。你大概不会明白那种恐惧感……大部分血族看我的眼神就好像我是一个肚子里装满美食的包装袋……

"我其实并不怕被吸血，我知道血族伴侣之间也是会互相吸血的。可是，我害怕被当成一个包装袋……因为没有人会怜惜一个袋子，里面的东西吃完了，袋子也就可以扔了。要是急着吃里面的东西，说不定还会粗暴地撕烂外面的袋子。

"可我是个人。

"我有思想也有感情，我会害怕疼痛，我想有人陪着，我也希望被珍惜……就算在一个已经没有同类的宇宙里，我也想好好活下去……我不想，不想当个可悲的包装袋……

"亚伯，你以前曾说过你喜欢我，现在……还算数吗？"

高大胖的声音忍不住颤抖，这段从没对任何人说过的话几乎耗光了她全部的勇气。问到最后一个问题的时候，她甚至已经没有足够的勇气等待答案……

亚伯默默地看着她……

高大胖觉得声音的颤抖已经蔓延到了自己的指尖："不，你还是不要现在回答我了，我不想听随口说的谎话，如果你要离开的话……"高大胖哽住，她忽然说不出那句"那就离开吧"。

亚伯慢慢抬手握住她的手腕，轻轻亲吻她的手心，那温柔到不知该拿你如何是好的吻，让高大胖的眼前渐渐水汽氤氲……

他缓缓拉下她捂着他嘴的手，低头亲吻她的嘴唇："你记错了……"

他说，“我当初说的是‘我爱你’。”

高大胖再也忍不住，哽咽着伸手搂住他的脖子，抱得紧紧的不肯放手……

亚伯回抱着她，侧头零碎地轻吻她的耳侧，低声喃喃：“对不起，我不是个很有自制力的人，所以才……”他说这句话的声音极轻，口气却如此沉痛，让高大胖隐约觉得无论是那句“对不起”还是这句话，都不只是为了她手背上那几道指甲的抓痕……

她感觉得到他有事瞒着她，可她不想问。无论是那日他是如何在白天赶回家里的事，还是他身为蓝血族是怎么跟圣血族第一高手打个平手的事，她都不想问。

她只要知道，他赶回来是为了保护她，就够了。

亚伯抱着她在静静的房间里说话，口气依旧淡淡的，像在讲述别人的事：“我以前无论做什么事都从没失败过。我一向随心所欲，也从没有畏惧过什么。可是……现在我很怕你。闻到你的血味的时候，我只想闻到更多……你太弱小了，生命又无法挽回。我怕我只要有一次控制不住自己，就再也没有机会说对不起……”

高大胖忽然觉得有一种深深的感动。

这份感动跟爱情无关，跟种族无关，跟人类、血族都无关，只是这份被珍惜的心意，让她感动得无以复加……

她松开搂着他脖子的手，捧着他的脸，仰头，在他唇上吻了一下，轻声说：“亚伯，我不怕你会伤害我，我只怕你不怕会伤害我……”

这个吻换回了对方一个用力到骨子里的回吻！

亚伯紧紧地抱着她，深深地亲吻……高大胖觉得自己的嘴唇都快麻了，可是这种时刻的气氛从未如此亲密而自然过，她不想破坏。她现在需要这么一次情之所至、肢体纠缠的温柔经历，无论是在生理上，还是在心理上。

她不想每次想到男女之事的时候，都只有暴力血腥的记忆。

亚伯说得其实很对，这原本是生物最自然的事，为什么要讳莫如深?

可是两人除去衣物肌肤相贴的时候，高大胖还是忍不住微微颤抖……因为恐惧，也因为血族过低的体温。

感到她在他的手臂里瑟缩了一下，亚伯勉强停下动作，起身离开："我去把身体烘暖了再来。"

高大胖忽然想要落泪……她主动伸手拉住他："不用了，我帮你。"

她的吻试探着落在他的下巴上，顺着喉结、颈项一路向下，舔舔，咬咬，有点犹豫不决地吻着他的胸膛……亚伯被这零碎的、小猫一样的撩拨弄得愈加按捺不住，却只能硬挺着。

他现在疯狂地想扑倒她，进入她，撕碎她!

可是他更怕她会害怕。于是只能在脑海中一遍一遍地演练激情到喷血的过程，两手抓着床单，肌肉紧绷，体温飙升得飞快!

且不管男人的煎熬，高大胖此时倒是渐渐进入了状态。她发现亚伯的身体真漂亮！匀称，结实，有肌肉，却不夸张，优雅流畅又有力度的线条，紧绷的腰肢，没有任何讨厌的体毛，光洁的皮肤仿佛上等的人偶……

可是漂亮成这样也有点可怕，因为实在很僵硬。而且不知为啥，从刚才起，对方的肌肉就有越来越硬的趋势……即使被包裹在皮肤下面，都能触手感知到那种可怕的爆发力！高大胖突然有点后悔了，被这样强健的男性抱着进入，肯定很疼吧?

她停下动作，有点可怜兮兮地仰头看着男人，用眼神传达着：能不能不做了?

亚伯几乎要被她弄疯了!

原地狂暴地深呼吸了好几次，才抬手用尽量不会捏碎她腕骨的力气，抓着她的手腕推倒她!

小小吓了一跳，本能地想逃！却立刻被拉进一个急不可耐的怀抱，密密的亲吻紧接着跟上，眼睛、睫毛、额角、嘴唇、颈侧、锁骨、胸口、乳尖、腰肢……一个地方也不放过。他吻得她睁不开眼表达拒绝，张不开口说出不要，扭不了腰肢挣扎逃跑。亲吻顾及不到之处，便又落入了灵活的手指和温热的手掌里。或轻或重地抚摩揉捏，让她觉得自己好像一个软软的布娃娃，让对方又怜惜又迫不及待，有时还带点孩子气的粗暴对待……全身的肌肤都被亚伯弄得酥酥麻麻的，小小简直不知道自己现在是什么状态了，两只手臂也在不知不觉间搂在了男人的脖子上……

亚伯吻她，诱哄着说："你也亲我一下。"

她就迷迷糊糊地凑过去亲他一下。

他说："多亲点。"

她就多亲点。左边一下、右边一下，啄啄嘴唇，舔舔耳侧……亲着亲着不知为何就跟对方的舌头纠缠到一起了，然后甜甜蜜蜜便升级成了天雷地火，直烧得口干舌燥、胸口发热……

两人紧密到极致地贴在一起，如此契合，竟像天生就是一体的。

上帝造了最早的人，把他们一分为二，一半成了男人，一半成了女人。

穷其一生，他们都在寻找彼此。

因为他是她的另一半，她是他的另一半……

他在她耳侧轻声说："我越来越喜欢你了，怎么办……"

她眼眶有点湿，抬手紧紧抱住他，低声喃喃："我才想问你呢……"

能找到你真好，我的另一半。

34th Blood　一个没有保险套的星球

两人的感情好不容易顺利了，搬家的事却没有想象的那么顺利。

第一步伪造身份就花了很多时间。奇货店老板开价很高，效率却很低。高大胖不得不按兵不动，而且她潜意识里不知为何总是觉得，自己就算不逃跑也不会有事……至于为什么不会有事，她却不要细想下去了。她还没做好挖出真相的准备。

那一晚与亚伯确认彼此心意的床上运动，虽然在她的恐惧下没能做到最后，但总算也没出现窒息、呕吐之类的不良反应，最关键的是心理上好受了很多，也算是一大进步。

不过亚伯显然不甘心就此罢休，开始努力把未遂向成功过渡。

高大胖知道让一个男人在蓄势待发的时候硬生生停下是很不人道的事，出于愧疚感，对亚伯在性事上的纠缠也就不太反抗了。更何况血族是那种相信一次两次不成，百次千次总有希望的执着类型。习惯了用千万年来做一件事的吸血鬼的耐性，地球人真的磨不过。

不过不知道是不是这种事做起来都差不多，高大胖总觉得跟亚伯上床的时候有一种莫名的熟悉感。而亚伯最近也很奇怪，动不动就会提一些类似“是不是如果道歉就会被原谅”或者“结果和理由哪个更重要”的古怪问题。

高大胖十分疑惑，仔细思索后怀疑地反问：“你是不是把水管修坏了？还是又把炒锅弄漏了？难道是把小吱弄死了？”

说到水管，本来每次坏了都是奇货店小伙计瑞派来修的。但自从上次的电影票事件之后，瑞派不知为何变得战战兢兢了许多，每个月来取货的时候连大门都不敢进。于是家庭维修之类的事就落到了亚伯身上。亚伯大少爷当然不会这些事，可血族的学习能力再次震撼了高大胖同学！

她第一天起床的时候看到了一根漏水的管路，拜托了亚伯去修。当天下午就震惊地发现整面墙的水管都被某人挖出来弄断了！然而到了晚上的时候，大胖更震惊地发现那一面墙的水管都接好了不算，居然连上下水系统都给重新排布彻底精简完毕了！

左手拿书、右手拎工具箱的亚伯少爷，玩得很高兴……

至于炒锅，那就是另一个故事了。亚伯少爷极其不愿意做家务，却对高大胖的地球式烹饪很感兴趣。某天看到大胖熟练地掂着平底锅煎了一个荷包蛋之后，便趁大胖不备，自己抓着锅试了试……试验的后果就是弄漏了一只锅、弄死了一只鸡、弄断了两根锅铲……

高大胖爆发了！

但凡与食物相关的时候，她总是比较容易激动的。亚伯第一次见到她生气，惊讶之余再也不敢贸然进厨房。于是聪明盖世的亚伯大少爷，至今也不会煎荷包蛋……

而小吱，就是一大人送的那只叫作狐焰的生物，团起来可以变成一个小毛球来装饰大衣，捏它尾巴的话会吐出一个火球，大小随机。高大胖目前除了炒菜时拿它点火以外，还没开发出其他功用……

不知出于什么心理，亚伯同志十分不喜欢小吱，晚上睡觉的时候不止一次把它从高大胖脖子旁边拽下来，很不人道地扣在玻璃杯子里关着。高大胖有一次甚至在找了小吱很久之后，才发现它竟然被关在人鱼的水箱里！正在某鱼的血盆大口下拼命挣扎……

虽然没有切实的证据证明是亚伯干的，但那家伙毕竟有捏爆吸血蝙蝠的前科，高大胖估摸着他对狐狸也做不出什么善良的事来……

就这样，日子在试探和小打小闹中度过。

雪季快结束的时候，高大胖在这个星球迎来了自己二十岁的生日。

两年的宇宙生活竟过得这么快，大胖同学有些感慨。地球灭亡，逃生舱漂泊，一万年的跨度，只有吸血鬼的星球，如今想来都像梦一样虚幻。

可自己现在却是真实地坐在高科技的饭桌旁，身边是以血为食的恋人，桌上的长寿面是自己从种子开始种植，然后收获、晒干、磨粉、和面、烹煮的。碗里的煮蛋不是鸡蛋，而是一种头上长角、身上有鳞的怪鸟下的。更可悲的是，这个世界是买不到生日蛋糕的。

如此真实，真实得让人忍不住叹气……

高大胖怀念地说："从前每年过生日的时候，妈妈都会做茄子豆瓣酱的打卤面，爸爸虽然舍不得给我买很大很贵的那种冰激凌蛋糕，但总会买个小的巧克力水果蛋糕。蛋糕上面插的蜡烛据说要一口气吹灭，不然许的愿就没法实现，我每次都深吸好大一口气才吹，可不知道是不是方法不对，从来都不能一次性吹灭呢……"

高大胖笑了笑，眼神飘得很远，兀自喃喃："每年过生日的时候都会跟爸爸耍脾气，却一次也没跟他说过，其实，巧克力水果蛋糕也很好吃的……"

亚伯不解："蛋糕是什么？"

高大胖忽然从回忆中醒过来，然后明白，这才是现实。

这里根本没有"蛋糕"这个单词。

打卤面和爸爸妈妈都在一万年以前跟地球一起毁灭了。

爱情不能解决一切，有些东西是无论如何也无法相互沟通理解的。

她沉默着埋头吃面，不想让亚伯看到她眼中的失落。

亚伯看着她的神色，忽然轻声问："如果，你以后找到一个星球，非常像地球，上面长满了你喜欢吃的东西，你会离开吗？"

“绝对会。”高大胖回答得斩钉截铁。

亚伯的脸绿了……

高大胖觉得自己这样说大概只是在赌气，却又不知道是在跟谁赌气，便只埋了头，一声不吭地大口大口吃面条……

当天晚上睡得迷迷糊糊的高大胖忽然听到屋外有翼龙翅膀破空的声音！

她几乎是瞬间惊醒！第一反应是帝都的人找过来了！

一跃而起却发现亚伯不在房间里！她惊慌地光着脚，穿着单薄的睡衣奔出屋子，然后惊讶地看见，月色下从龙背上跳下的男子不是别人，正是亚伯。

亚伯看到她竟然光脚跑出来，愣了一下，皱眉道：“吵醒你了吗？”

然后伸手从斗篷里小心翼翼地拿出一块罩在玻璃盒子里的小小糕点。烘焙的松软蛋糕，乳白的奶油，咖啡色的巧克力屑，以及上面点缀的樱红色的不知名的水果，都在银色的月亮下闪着柔和的光泽……

“这个不知道是不是你要的那种蛋糕……”亚伯说，语气带着点犹豫和不肯定。

高大胖抬手捂住嘴，忽然说不出话来……

“你要吃什么，我都会找给你。”亚伯继续说，夜风拂过他的斗篷和发丝，他认真执着的眼神在月色下很美丽，“别去其他星球，留在我身边，好吗？”

高大胖从台阶上跑下来，光着脚跑过冰凉洁白的雪地，直直地扑到亚伯怀里……

本来亚伯就不敢用力拿着的精巧蛋糕，被她一撞，掉进了雪里……

“蛋糕沾上雪了。”亚伯说。

“没事，沾了雪花也好吃。”高大胖说，闭了眼睛紧紧抱着他的腰。

亚伯展开斗篷温柔地把她裹进去，低头想亲吻她的发丝……小小却踮起脚仰起头，主动接住了他的嘴唇……

那天他们在雪地里拥吻了很久，然后几乎没有任何障碍地水到渠成地做到了最后。

高大胖终于明白这种事并不需要强迫和刻意试验。

情之所至，自然为之。不是只有男人才是好色的那个，感情到了，其实你也想要他。

…………

做了爱做的事，就要承担该承担的后果。

大家别忘了，在这个不孕不育的吸血鬼世界里，萨恩星是一个没有保险套的星球。

正是因为知道血族无法繁育后代，而之前长老院的实验也证实了培养皿里的受精卵无法长时间存活，所以高大胖自己其实也花了很长时间才接受了怀孕的现实。

虽然从没有过怀孕的经验，周围也没有任何仪器可以检测，但且不说恶心呕吐、食欲下降、困倦疲乏之类的反应，身体里多出一个生命来，自己总是隐约有感觉的。而且不知道是不是异种结合的关系，这个新生命的存在感异常强烈！让人无论是清醒还是睡梦中都有清晰的感知，让高大胖想要无视或者自欺欺人都办不到……

高大胖才二十岁，第一反应当然是恐惧！

自己做好成为一个母亲的准备了吗？做好接受一个可能不是人类的婴儿的准备了吗？做好真的融入这个异星世界并成为其中一员的准备了吗？

没有，没有，没有！

如果肚子里的那个孩子像电影《异型》里寄生的虫族一样破胸而出怎么办？！或者像《恐怖大师》里那样长着螃蟹的硬壳和甲刺，划开母亲的肚皮爬出来呢？

高大胖很恐惧，不可抑制地恐惧……

亚伯是她现在最想找来商量，也最不敢与之商量的对象。因为毕竟孕育后代对地球人来说还是司空见惯的正常事，但对于几十万年都没有新生命产生的血族来说，冲击力恐怕比高大胖受到的还大。对方平静接受并且承担起父亲责任的可能性，实在很小。

所以高大胖其实有点害怕知道亚伯的反应。她心目中的亚伯是美好的，因此更不想看见对方逃避退缩的样子，哪怕只是“可能”。

这种矛盾的心情很是折磨……

而完全不知情的亚伯，从第一次成功的房事之后食髓知味，几乎每天都缠着高大胖想做。如果说以前还能睁一只眼闭一只眼地尽量配合，现在她也只能坚决地拒绝了。

高大胖觉得，自己潜意识里大概还是在保护这个孩子的。因为她甚至从来都没产生过流掉它的念头，并且已经下意识地在做一个母亲的事了。

另一方面，高大胖最近的冷淡和拒绝，让亚伯同志也很烦躁。

男人在这种事上的容忍度一般都是很低的。高大胖估摸着再来这么几次，亚伯搞不好就要采取强制性措施了……

一直瞒下去也不是办法，高大胖知道现在自己只有两个选择：

第一，告诉亚伯，然后被抛弃；

第二,一走了之，抛弃他。

高大胖打包了行李。

亚伯对这种事是极端敏感的，几乎是立刻堵在了门口，脸色阴沉地问：“你要去哪里？”

高大胖停下手，仰头看着他。

怎么办，是甩他还是被甩呢？

可是……有没有第三种可能呢？比如，亚伯欣喜若狂，欣然接受，从此对她呵护备至，两个人共渡难关？

这点一闪而过的美好希望，让高大胖鼓起了不多的勇气。她决定试一次。

“亚伯，我好像怀孕了。”高大胖静静地说。

海风吹拂着小屋阁楼的白色窗纱，那一瞬间，亚伯脸上的表情仿佛在梦中一般……

吸血鬼是不会做梦的。

所以恐怕此时亚伯脸上的表情，连他自己都没见过。

这段短暂的，充满了不现实感的愣怔，让高大胖有点心慌……

“我，我从前跟你讲过的吧。地球人是可以繁育后代的，我们的世界是新生命成长，旧生命死去，这样代代更迭的。我知道血族从来没有这样的经验，如果你一时无法接受我也能够理解……”高大胖喃喃地说，声音越来越小，最后叹了一口气，在行李上坐下来，“对不起，我说谎的，我八成无法理解。其实我现在也很混乱，所以你如果出现什么过激反应，我大概一定会讨厌你。我不想讨厌你，所以现在实在不太想听你的答案。我们……暂时分开一阵子吧。奇货店老板说假身份已经做好了，我打算离开未十城一段时……”

“不行。”亚伯突然出声打断她的话！

高大胖愣了一下，耐心解释：“我并不是要跟你分手，只是这件事太突然了，我需要时间消化。跟你在一起我实在没办法静下心来……”

“不行。”亚伯再次打断她，口气坚定，不容拒绝，“你不许走！”

屡次被打断的高大胖也有点不爽了：“你有什么资格决定我能不能走？”

亚伯站在她面前沉默。

他沉默的样子有点陌生，让人感到一阵无形的压力……

高大胖下意识地站起来，想退出他罩着她的那片阴影，却被对方一把抓住了手腕！突如其来的力道让高大胖皱眉……一直团在她肩上的毛团小吱却突然跳下来！在空中便展身蓄力，猛地吐出一大团炽烈的火焰直袭亚伯的面孔！

亚伯明显没提防，被迫松开手，后退一步俯身躲开！

高大胖也吓了一跳！血族喜阴喜湿，对于太阳啊、火焰啊之类的东西，潜意识里还是畏惧的，而这些东西也是最容易弄伤他们的。

见亚伯单膝跪在地上，手臂挡在面前，衣服略有焦煳，高大胖心里一紧，两步上前拉开他的手，紧张地查看他身上有没有受伤……

亚伯反手扣住她的手臂，仰头看着她低声道："你不要走……"

他的声音很低，略带恳求，竟让高大胖有些呼吸不畅……他那么骄傲的人，别说恳求了，连拜托别人都没有过……

有时候她觉得亚伯已经长大了，陌生了，说不定连记忆都已经恢复了。可是像这种时候，她又会觉得，他跟从前一样，一点没变，还是小鸟追着母鸟一样迫切地需要她。这份"被需要"让她有种说不清楚的感觉，有点麻烦，有点感动，还有很多很多的没辙……

"好，我不走。"高大胖叹气。

亚伯微笑起来，搂着她亲了一下："我会做个好父亲的。"

高大胖很怀疑……

…………

而当天晚上，这种怀疑就变成了心惊。

冷月无声，万籁俱寂的深夜，高大胖却突然醒了。

手臂落在身侧，那里没有人。

腕间刺痛了一下，高大胖收回手臂，躺在枕头上看着自己手腕上那个十字形的小小痕迹，沉默了……

窗户是打开的，月色温柔地笼罩着整个房间。

这样的月色让她觉得周围都是凉凉的，心也有点凉……

她认得那个十字形伤痕。当初她被送到长老会研究院的时候，采血样的仪器就在她的手臂上留下过这样精致的痕迹。

"长老会研究院已经给出检测结果了，"床边隐在阴影里的椅子上传来熟悉的声音，“你的确是怀孕了。为了安全起见，我会带你回帝都修养。”

高大胖默不作声地慢慢坐起来，深吸了一口气，然后转头看向床边的男人。

他银色的长发还是那么华丽，如丝如缕，光华婉转。五官也像她第一次在棺材里见到时那样，俊美得仿佛雕像。冷静的眼睛，薄削的嘴唇……她怎么会傻到觉得自己能逃出这个男人的手掌心呢？

“梵卓大人……”她叹了口气，心里已经有了答案，却还是不死心地反问，“你真的是亚伯吗？”

梵卓抬眼看着她，他甚至不用点头，她便明白了。

这双眼睛，她怎么会一直没认出来呢？

早该想到的不是吗？

她这么弱，掩饰的手段又破绽百出，怎么可能逃走了一年之久都没被任何人抓到？血族里有什么人能在白日赶回来救人？有什么人能跟血族第一高手拆招？整个萨恩星又有几个人的身份能尊贵到让阿萨迈族首领致歉低头？一夜之间找到根本不存在于这个星球的新鲜蛋糕这种事……哪怕是贵族里又有几个人做得到？就是一大人当初留下的那句话，也已经足够明显了……

其实仔细想想亚伯的性格、傲慢的态度、行事的风格，甚至零零星星的小破绽，分明早就暗示了他的身份。为什么自己当作没看见呢？为什么从不深想一下呢？

是被最开始的那幕苦肉计蒙蔽了吗？高大胖苦笑……不用找理由推卸责任了。其实自己心里最明白不是吗？

不是不深想，而是不愿深想，也不敢深想。

她害怕直面真相，因为真相出现意味着假象的失去。

亚伯太美好了，美好到哪怕是个假象，她也自欺欺人地不想让他消失……

一直支撑着高大胖否认心底那份隐隐预感的信念是，高傲的亲王大人绝对不会为了她做到这种程度。

可是现在真相揭开了，他真的做到这个程度了，她该怎么办？骂他恶心无耻，唾弃他，叫他滚得远远的吗？

她真的还没准备好。

没准备好讨厌亚伯，也没准备好不讨厌梵卓。

可是他们是一个人。

她一直不出声，倒是梵卓先站了起来，缓缓坐在她床边，凝视着她，似乎想说什么，却终究没开口。

高大胖忍不住笑出来，真难得看到杀伐决断的亲王大人也有犹豫不决的时候。

梵卓完全没想到她会笑，愣了一下。

“梵卓大人，我想一个人待一会儿。”她轻声说。

“别叫我大人。”亲王皱眉。

“好。梵卓，我想一个人待一会儿。”高大胖口气不变。

梵卓盯了她一会儿，点点头：“等会儿护卫队会来接人。你好好休息。”

他起身走到门口，关上门之前，又望了她一眼：“你不会逃走吧？”

高大胖又笑出来：“我能逃走吗？”

看着房门关上，高大胖四仰八叉地躺回了床上……其实她一点也没想过要逃走。毕竟凭梵卓亲王的本事，如果想捉她回去，根本不费什么事。

其实从最开始，他就根本没必要费这么多心思又伪装、又布局、又耍赖的。如果他只是想抓只食物回去的话，直接将她擒拿回帝都，关起来打老实了慢慢吃就是了。

如果，他是想抓只食物回去的话……

梵卓这样生性多疑的人，当然不会傻到真的等到早上才回高大胖的房间。隔了一会儿听不到房里的动静，便立刻上楼推开了房门。

然而房间里已经没有人了。

窗户依旧是开着的。

他没有在附近设任何守卫看着她。他自己也说不清楚是想证明什么。可此时，他倒是清楚地感到了心底隐隐的失望……

默默地走到窗口，两手搭在窗沿上，看着外面的夜色，亲王大人自嘲地轻笑……他想起那天晚上，也是在这个窗台上，她坐在他的膝上搂着他的脖子吻他，声音颤抖地向他确认，他是不是还喜欢她？

然后他又想到她坐在床边给他讲故事时不满地噘着嘴说："这种犯罪侥幸心理最要不得！发现真相的小兔子肯定更不会原谅他……"

"好像一切又回到原点了……"梵卓轻声自语。顿了顿，便甩袍转身下了楼梯。

"亲王大人。"护卫队队长立刻迎上前，躬身听令。

"去抓她。"他说，脸色和口气都很冰冷。

…………

高大胖呢，此时刚下了通往翠德城的悬浮车。

夜色正浓的时候，街上到处都很热闹。

她也没什么目的地，索性两手插在口袋里优哉游哉地慢步闲逛。

她其实也不是想逃跑，会跑出来，大概只是想平复一下矛盾的心情，以及享受一下所剩无几的自由时光。

溜达了一会儿，街上远处似乎渐渐喧哗起来，不知道是有什么罕见的景象，周围聚集了越来越多的市民围观。高大胖觉得拥挤了，手臂有时甚至会擦到其他路人。出于安全考虑，她不敢再在街上逗留，裹紧了斗篷便转身进了街边的一家小酒吧。

酒吧里的光线很昏暗，酒保衬衫笔挺地站在吧台后面慢慢擦着杯子，有几对男女在角落里暧昧嬉笑着纠缠成一团，其他顾客则零星地坐在沙发或者吧台旁兀自闲聊着……吧台顶上有个很大的立体投影屏，正直播着不知哪里的军队阅兵，旁边几个年轻女孩子津津有味地指点议论着。

高大胖有点口渴了，便走到吧台旁叫了杯冰水，然后费力地爬上转椅，坐着等她的饮料。

她原本无意跟别人接触，所以选的位置离那几个女孩还隔了两把椅子。可年轻女孩的好奇心总是不可抵挡的，靠近她这边的一个蓝紫色鬈发的女孩很快注意到了这个角落里的小小“少年”，伸过脑袋来搭讪道：“咦？小鬼，你还没成年吧？不能饮酒哦。”

高大胖小声回答：“我点的是水。”

蓝紫发女孩却笑眯了眼，继续纠缠：“你多大了？在哪里上学？叫什么名字？”

女孩的同伴轻拍她的肩膀调笑：“你们看，帕丝拜她又来了。”“恋童癖哈哈……”“放过人家小男孩吧！”“这样的也要？你还真不挑食……”

高大胖决定不理睬，扭头喝着自己的那杯水。

蓝紫发女孩却干脆挪了挪屁股坐在她旁边，上下打量一番，好奇地伸手戳了戳盘在高大胖斗篷上的毛团小吱：“你这个斗篷搭扣还真特别……啊！”

狐焰这种生物哪肯温驯地让人戳？突然间抬头就咬住了女孩的手指！女孩惊得叫了一声！高大胖连忙掀起斗篷罩住小吱……

“刚刚那是什么？玛乌斯鼠吗？”女孩更加好奇，“我还是第一次见到红色的玛乌斯，而且这么小，是名贵品种吗？”

高大胖支吾着，只想快点喝光了水，然后走人。

蓝紫发女孩还欲再问，就被同伴的呼唤打断：“帕丝拜，别在那儿混了，快来看啊！天哪！原来街上那些禁卫军是帝都来的！”“好帅啊，我第一次看到帝都的男人呢……”“啊啊！快看！是梵卓亲王大人！”

高大胖一口水喷出来！

四周的高分贝有增无减，连分散在酒吧其他地方的顾客都聚集到吧台旁边来看直播了……

高大胖擦擦嘴抬头，才注意到原来那投影屏上被她当成军队阅兵的直播，正是眼熟的护卫队们在眼熟的街道上搜人……

事情居然闹得这么大，高大胖简直要冒冷汗了。趁着众人没注意，她悄悄地溜下了吧台椅……

看电视的群众叽叽喳喳地议论着：“原来在抓人呢，不知道是什么人，这么兴师动众的……”“我猜是政治犯！”“不好说……搞不好是亲王大人家的半血族宠物呢。”“胡说八道……”

高大胖蹑手蹑脚地走向门口……

“哎呀，逃犯头像放出来了！”

高大胖一个趔趄！

“快放大，放大看看！”“……咦？什么啊，是个小孩嘛……”“嗯？我怎么觉得这张脸在哪儿见过？”“哼，你每次都说这种话，明明谁的脸都记不住……”

高大胖心中祈祷着他们的记忆力继续糟糕下去，抓住酒吧门的扶手刚要开门，就被酒保一声喝住：“哎！客人，您还没付钱呢！”

高大胖虽然想跑，但此时这么做只怕更引人注目，只好拉高了衣领半遮半掩着脸掏出钱快速移动回到吧台旁……

“真的很眼熟……我最近一年里绝对见过这个人。”蓝紫发女孩还在摸着下巴做深沉状念念有词……

高大胖尴尬地向外移动……

“哇！你们快看！亲王的卫队全部都骑翼龙哎！”“好奢侈啊，那是今年赤角灰翼龙的限量版吧……”“哇，看那个领队骑的，是虹龙啊！”“不知道亲王大人的坐骑是什么样的？”“我猜是蝎龙！”“蝎龙不行，花哨有余，霸气不足。”“我见过布鲁赫将军的黑龙，不知道是什么品种的，那才叫霸气！”

“银龙……亲王的坐骑是银龙……”其中一个女孩突然低声喃喃。

“你怎么知道？”帕丝拜回头。

“你看窗外……”同伴哆嗦着指着外面……

众人齐刷刷地回头，然后震惊地看到酒吧外聚集的井然有序的军队和大批从天而降的翼龙……小酒吧的门脸，正在众人头顶的直播电视上清晰地显映着，透过镜头里酒吧的窗户，甚至能看到大家呆滞的脸……

已经摸到门口的大胖同志，刚拧开门把手，整扇门就灰飞烟灭了！

高大胖目瞪口呆地僵在原地……

梵卓静静地站在门外，沉默地俯视着呆立的她，夜风扬起他肩上银色的发丝，精致奢华的黑色军装在街灯下流动着贵族的气息，这一刹那的华丽跟这个小城的破酒吧格格不入……

事已至此，高大胖反倒镇定下来了。收回手站在原地，等着对方先开口。

他会说什么呢？是会暴怒地斥责她逃跑，还是为之前欺骗她的行为道歉？或者干脆什么都懒得说，锁上她就押走？

“我……从以前，就很傲慢。”亲王大人缓缓开口。

高大胖愣住，她怎么也没想到他会说这么一句话！而且……原来他自己也知道啊……

“没有道德底线，也从不遵守法律，为达目的，不择手段。”亲王大人没有起伏地继续陈述。

高大胖沉默了……难道他是来自我检讨的吗？

“既不善良，也不勤劳，更没有半点同情心。”梵卓看着高大胖的眼睛，“你说的故事里主人公那些优秀的品质，我一样也没有……可是我还是想要故事的结局，怎么办……”

高大胖莫名地被他目光里的那份专注震动！

“所以我只能用我的方式。又卑鄙，又无耻，又有效。”梵卓沉沉地说着，“如果我不假扮成另一个人，即使做同样的事，你也不会接受我，不是吗？”

高大胖沉默，其实梵卓说的话一点没错。

应该说他实在聪明得可怕。

因为他选的，恰恰是唯一有可能成功的一条路。

正如他所说，她畏惧并且防范着他们每一个人，每一个人！不只是伤害过她的梵卓和布鲁赫，每个血族都一样。这个星球上随便拎出来一个吸血鬼都比人类强大。他们从一开始就是站在比她强壮、比她优越、随时能伤害她的位置上，出于弱者的自我保护心态，高大胖不可能接受任何一个。

可是，亚伯不同。

这个人物的设定，是从失忆的、无害的、需要依赖他人的“婴儿”状态开始的。从最初，就站在了比高大胖弱势的位置上。正因如此，她才有可能不防范、不畏惧地接受他、爱护他……

而漫长的手把手的教导过程，对于人类来说是难以割舍的亲密回忆。别管是以一个什么身份，反正他住进她的心里了，他是她生活的一部分了。

至于其他的，以后再慢慢努力就是了。

而事实上，梵卓也的确是这么做的，并且十分成功地从她的家人变成了她的男人，然后再潜移默化成恋人……

高大胖实在不知道该害怕他的心机，还是该感动于他的这份心意。

“我不会道歉。因为我从来就不是什么正人君子。就算重来一次，我还是会这么做。”梵卓低声说，“你曾经说过，真心是要用真心来换的……我用的也是真心，只不过它是黑的。不行吗？”

高大胖哭笑不得地看着他，理直气壮成这样，竟让人说不出反驳的话来。

思索良久，她叹了口气：“你太狡猾了，我甘拜下风。”

赤血丹心全宇宙大概也没几颗，收到一颗全心全意的黑心，也是好的。

这么一想，高大胖便笑起来，走过去主动拉住梵卓的手。

对方反应极快，立刻反手攥住她，牢牢的。

高大胖咧嘴笑起来，他这个反应真的很像亚伯。

对了，他们本来就是一个人。

…………

在回去的路上，坐在银龙背上的梵卓怀里，高大胖忍不住问："你怎么弄了这么大的排场来抓我？"

"谁让你逃跑！"亲王大人的语气不善，"我原本就打算，你要是不愿意跟我回来，就算用暴力，我也要把你抓回去。排场大才好，这样全宇宙的人都知道你是我的，谁也不敢擅自私藏！"

"我并不是想逃跑。"她叹了口气，伸手抚摩他的侧脸，轻声喃喃，"你说过你喜欢我的，忘了吗？我怎么会从这个宇宙里唯一爱我的人身边逃走呢？"

梵卓微微震动，似乎想说什么，却终究没说，只握住她的手，低头爱怜地吻她……

今夜星光明媚。

好不容易走到一起的两人，此时还没有意识到，一个能孕育血族后代的地球人，意味着什么……

——Chapter Ⅱ · End——

Band-aid No.2　番外·居家章

《“囧囧有神”的吸血鬼与人类的同居生活 Q&A》

·厕所·

Q：首先是这个大家关注了很久的问题：吸血鬼需要上厕所吗？

胖：当然……呃，在言情文里问这个不合适吧？

Q：可是众所周知，吸血鬼只食用液体，那么他们需要大便吗？

胖：我，我不知道……这文真的是言情吗？！

Q：可是总有厕纸之类的东西让你做判断吧？

胖：……他们的厕所是直接对垃圾进行粒子粉碎的，下水管通往宇宙尘埃废物基地，马桶自带泡沫清洗和吹干功能，不需要厕纸，不留痕迹，没有气味。所以我不知道他们都在厕所里排泄什么……请容我再确认一遍，本文真的是言情吧？！

·刷牙·

Q：吸血鬼要刷牙吗？

胖：要的，他们很重视这个，超市里牙膏、牙线、牙刷之类的东西通常可以占一整层楼。

Q：是你教会亚伯刷牙的？

胖：不，我怎么教他他也不会，后来就给他买了傻瓜型泡沫喷雾。

Q：那是？

胖：喷在嘴里，闭上嘴一分钟，然后吐出去就行了。亚伯喜欢夏日人鱼血味的，我一点也不喜欢。

Q：为什么你会知道那东西是什么味的？

大胖的脸上浮现可疑红晕。

亚伯暧昧微笑。

·牙齿·

Q：吸血鬼的血牙又尖又长，日常生活里不会不方便吗？

胖：很不方便啊，兰卡说吸血鬼的牙齿就像是啮齿类动物的一样，不常磨的话就会越长越长把嘴撑开，所以他们才喜欢咬来咬去地磨牙。平时他们也会不小心咬破自己的嘴唇，接吻的时候也很容易碰破对方的舌头、皮肤、敏感处……

Q：你确定他不是故意的吗？

胖幡然醒悟！扭头怒视某鬼！

亚伯送上无辜的微笑。

·舌头·

Q：既然提到接吻，那么来采访一下血族的吻与人类的吻有什么不同吧。

胖：嗯……主要是牙齿吧，亲亲的时候要小心躲开。另外就是舌头，血族的舌头比人类的长得多，而且是尖的。

Q：像野兽那样？

胖：……是啊，就像野兽那样。

Q：那个省略号的停顿真让人不安啊……

·卫生巾·

Q：请问高大胖在这个没有卫生巾的星球是怎么自制出手造护舒

宝的？

胖：啊，很简单的，萨恩星的高科技产物比地球多多了。用吸水粒子、不结块柔棉，再加上透气防水纸就能做成一个很洁白可爱的软绵块儿。

Q：亚伯同学没有对这个软绵块儿表示过好奇吗？

胖：他至今以为那是擦桌子的。

Q：……

胖：而且擦桌子是挺好用的……

Q：……

·食物·

Q：其实大家都很好奇一件事：如果吸血鬼吃了人类的食物会怎样？

胖：会感冒。

Q：为何是感冒？至少应该是拉肚子之类的才比较正常吧？

胖：吸血鬼只喝新鲜活血，人类的食物对他们来说是死体，死体的病菌会破坏他们的生理系统，然后就感冒了。

Q：那么吸血鬼感冒是什么样的呢？

胖：全身发热，意识不清，皮肤发紫，口吐白沫……（这不是感冒吧？）

·衣服·

Q：衣、食、住、行四大样，我们知道高大胖、亚伯二人住着欧德的房子，吃着自己养的食物，坐着悬浮电车进城，那么剩下的那样“穿衣”是怎么解决的呢？

胖：我的衣服的话，一般买超市里的童装。不过萨恩星的服饰都华丽得很离谱，这里最难买到的其实是路边摊式的纯棉T恤……

Q：那亚伯的衣服呢？

胖：他穿欧德衣柜里的衣服。真看不出来那死老头年轻时还挺臭美的，衣服又多又风骚呢……

欧德飘过：我冤！

亚伯：喂？西里吗？上次定做的那套夏装不错（大胖说很帅），下次还去那家定做吧，送来的时候小心点，别被她发现了……

·祛斑·

Q：第 31 章里提到高大胖说亚伯长尸斑变难看了……

胖：啊，那是骗他的。

Q：那么血族真的会长尸斑吗？

胖：亚伯说蓝血族会，但圣血族不会。

Q：呼……还好。

胖：不过不知为什么，自从我嘲笑他长斑了之后，他经常去照镜子呢……

Q：……

·地位·

Q：家里的地位排序是怎样的？

胖：按战斗力的话，亚伯＞人鱼＞小吱＞其他动物＞我。

亚伯微笑：我都听小小的。

Q：死循环？

·爱好·

Q：两个人在生活中有什么共同的爱好吗？

胖：睡觉？

亚伯：睡觉。

Q：似乎两个答案的含义很不同啊……那么各自有什么爱好吗？

胖：我喜欢数钱。

Q：……

胖：他喜欢私造武器。

Q：咦？！

胖：上次他弄出来一门加强款的粒子冲击炮，实验的时候还把贵族家的一条翼龙打下来了……

Q：那，那门冲击炮后来怎么办了？

胖：在宇宙淘宝网上卖掉了。

Q：那，那条死掉的翼龙呢？

胖：吃掉了。

Q：……

·闲置·

Q：大家想知道，第 27 章里面那口大胖给亚伯买了却又闲置的华丽棺材后来干什么用了？

胖：放鸡蛋。

Q：……

胖：冬暖夏凉又防腐，里面还垫了天鹅绒，不容易把蛋弄碎，视觉效果也让人很有食欲呢。

Q：那好歹是口棺材！

·家务·

Q：两人一起生活的时候，家务是怎么分配的呢？

胖：他不喜欢做家务，最多只肯擦桌子。

Q：那你……

胖：我负责做饭、洗碗、洗衣服、铺床、打扫房间、喂动物、捡蛋、杀龙，然后把他擦过的桌子再擦一遍。

Q：……

…………我是小市民日常生活中伟大的亲王大人其实也没啥用的分割线…………

《特别番外·梵卓大人的伪装一日》

am7 ：00

大胖起床；我伪装赖床。

大胖来叫；我将她拉进被子里调戏。

大胖反抗；我怏怏放开她。

am7 ：30

大胖做早餐；我在厨房外观望。

大胖单手打蛋，熟练掂锅；我觉得厨房里的胖很帅……

am7 ：40

大胖吃早餐；我看到胖吃饭时慢慢动的柔软嘴唇有点馋，下地下室啃人鱼解馋。

am8 ：00

大胖去后院喂动物，捡蛋锄草，照顾植物；我把自己关在房间里审阅国会文件。

大胖突然开门闯入；我立刻切换屏幕伪装成打游戏，被斥不学好。

am11 ：00

大胖做午饭；我站在厨房外观望。

大胖杀鸡放血、烫毛剔骨；我满意地觉得胖不愧是自己的女人，果然够心狠手辣……

am11 ：40

大胖吃午餐，告知地下室的热水管坏了，请求帮助；我觉得胖咬着勺子烦恼的样子很可爱，眯着眼睛欣赏，没太听清她说啥。

pm1 ： 00

大胖午睡；我骚扰她。

狐焰妨碍；我将它踹下床去。

大胖试图讲故事教导我走上正路；我却问她怪问题。

大胖被怪问题折腾得精疲力竭；我继续骚扰她，得逞。

pm2 ： 00

大胖洗衣服做家务；我去地下室修水管。

但我不知道到底哪里坏了，长途连线管家西里，在全帝都机械师的遥控指导下拆了整面墙的水管，还是不知道哪里坏了。

pm4 ： 00

交换劳动心得。

大胖得意地展示焕然一新的房间；我夸奖她。

大胖看到地下室乱七八糟的墙后沉默；我感觉脸丢大了，微怒，决定回去以后集体减薪!

pm5 ： 00

大胖做晚饭；我在地下室自己看书研究水管。

pm5 ： 40

大胖吃晚饭；我继续在地下室研究水管。

pm6 ： 00

大胖来送饭，噘着小嘴主动亲吻以示奖励；我抓住机会亲个够本，晚餐省了，决定再装会儿修水管的样子。

pm7 ： 00

我们去海边散步。

大胖蹲在沙滩上捡贝壳，海龙从背后的海面浮出，张开血盆大口；我指的甲伸长，干掉它，扔进海里。

大胖无知无觉地继续捡贝壳；海龙尸体被海浪冲走……

大胖捧着一堆东西，眼睛亮晶晶地踮着脚展示，问值不值钱；我觉得她很可爱，亲吻她，告诉她很值钱。

pm8 ： 00

大胖去超市买东西；我尾随她。

大胖没抢到最后一支特价牙膏，情绪低落；我便立刻吩咐超市所有牙膏全线特价。

大胖根本没注意，继续低落；我给超市施压。

大胖在收银台收到超市提供的赠品牙膏三支，很开心；我觉得这个超市马屁拍得很好，于是通知乔凡尼给予超市缴税特惠。

pm9 ： 30

大胖看电视，继续追黄金档连续剧；我陪着看，顺便吃她豆腐。

大胖夸赞某男配角好看；我表示不屑，被斥不谦虚。

女主角挂了，大胖落泪；我安抚她，继续吃她豆腐。

pm10 ： 30

大胖洗澡；我试图跟她一起洗，被拒。

我自己洗澡，装作不会洗，所以大胖只好帮忙，我便弄湿她，最后我们还是一起洗了。

狐焰妨碍我俩，我将它踹进水里。

pm11 ： 00

趁着狐焰抖毛，我抱走大胖，用浴巾裹着抱到床上。

求欢，被拒。

亲吻之，继续求欢，成功。

am2 ： 00

大胖累极了便睡着了；我起身到书房继续批阅文件。

am3 ： 00

远程视频会议行政分会、经济分会、治安分会、军事分会、文化分会。

速战速决。

am6 ： 00

邮件签发。

吩咐帝国武器研究院将改造遇到“瓶颈”的新款核子波动轻型炮寄一门过来；

吩咐西里把大胖捡的贝壳放到宇宙淘宝网上卖，标上天价，叫帝都机械师们去买；

吩咐兰卡调查黄金档连续剧，给编剧施压，让某个帅男配角尽快死掉；

看到布鲁赫的质问邮件，无视之，吩咐智囊团继续编借口上报长老院；

通知议会精简高端会议，安排下周睡眠日。

am6 ： 50

收工回卧室。

躺回床上，支着手凝视大胖粉扑扑的睡颜，喜爱难自抑，亲吻之……

am7 ： 00

闹钟响起的一刻闭眼，伪装赖床。

突然感到嘴唇上被轻轻柔柔地偷亲了一下……

——番外之居家章 · End ——